Re:ゼロ
Re: Life in a different world from zero
から始める異世界生活

Characters

Re: Life in a different w

The only ability ... returns by ...
I ... again ... save her

ヨルナ

Jorna

ヴォラキア帝国九神将の『漆』。
魔都カオスフレームの
守護者として君臨している。

タンザ

Tanza

ヨルナに付き従う禿。
魔都カオスフレーム周辺の
出身者で、鹿人の半獣人。

マデリン

Madelyn

ヴォラキア帝国九神将の『玖』。
一番新しい一将。

カフマ

Kafma

かつて新しい
『九神将』として推薦され、
マデリンと空席を争った武人。

「兄弟、そりゃ笑えねぇ冗談だぜ」
「じ、冗談なんかじゃ……」

「ルイちゃんが、
大罪司教って……」
「冗談じゃねぇんなら、なおさら笑えねぇよ！」
「この帝国において、『魔女』を奉ずるものは如何なる理由があろうと処刑される」

「――お二人さん、こちらへ」

「あ、あんたは……」
「追われてるんでしょ？　相手もかーなーり、本気みたいじゃないですか。
悪いことは言いません。星に誓ってもいいですよ」

Re: Life in a different world from zero

The only ability I got in a different world "Returns by Death"
I die again and again to save her.

CONTENTS

第一章『野心の獣』
011

第二章『瞼の裏側』
046

第三章『コンコン』
086

第四章『消えぬ■■』
134

第五章『星の巡り合わせ』
171

第六章『恋心は譲れない』
210

第七章『十一秒のその先』
248

第八章『理想郷カオスフレーム』
285

幕間『蒼穹を覆う』
320

Re：ゼロから始める異世界生活29

長月達平

MF文庫J

口絵・本文イラスト●**大塚真一郎**

第一章　『野心の獣』

1

「――――」


鏡に映った自分の顔を見て、ナツキ・スバルの喉は凍り付いた。

見知った顔だが、見慣れたというには抵抗感のある顔――それもそのはず、鏡に映った自分の顔は、もはや薄れかけた過去の記憶にしかない遺物。

――幼いナツキ・スバル少年の顔が、そこに映し出されていたのだから。

「なん、だ、これ……」

手鏡を持つ手が震え、青白い顔をした幼い顔が小刻みに揺れる。

恐る恐る、鏡を持つのと反対の手で自分の顔に触れる。鏡の中の幼い顔にも、同じように手が触れた。手の大きさと顔立ちは、おおよそ十歳前後だろうか。

当時、スバルは周りと比べて成長が遅く、背の順でも前から数えた方が――、

「なんだこりゃぁ――っ!?」

そんな昔の思い出が、今現在の緊急性に砕《くだ》かれ、スバルは絶叫した。

悪夢と、そう呼ぶしかない馬鹿げた展開だ。こんな非常識な『若返り』を望むほど、スバルは年齢に絶望感は抱いていない。そもそも、尋常な事態ではなかった。

たった一晩の間に、人間の体が十歳近くも若返るなんてこと。

「こ、こうしちゃいられねぇ……っ」

長い時間をかけて我に返り、スバルは大慌てで寝室の扉に向かった。

まさか、カオスフレームの宿の宿泊特典に『若返り』が含まれていたなんてオチではあるまい。これは、敵対的な何者かからの攻撃と考えるのが自然だ。

ならば、同じ宿に泊まる仲間たちに情報を共有し、打開策を探らなくては——、

「みんな、ヤバいことになった！　一目でわかると思うが……」

「あ！　やっぱり、スバルちんもちっちゃくなってる！」

「うえ？」

いつもより高い位置にあるドアノブをひねり、勢いよく扉を開け放った瞬間、スバルを出迎えたのは予想外の——否《いな》、予想して然《しか》るべき光景だった。

寝室の外、宿泊客が一堂に会せる居間でスバルを待っていたのは、愛らしい顔立ちに朗らかな笑みを浮かべて手を振る少女だ。澄んだ青い瞳と、規則性のない編み込みが特徴的な金色の髪。そして、見間違いようのない太陽のような明朗さ——、

「まさかとは思うけど……ミディアムさん？」

「そだよ〜！　起きたらちっちゃくなってて、あたしもビックリさ！　でも、スバルちん

もちっちゃくなってて安心したよー。仲間、仲間！」

ミディアム・オコーネルと、そう自己申告した十二、三歳ぐらいの少女。素肌に薄布を巻いただけの際どい格好の彼女も、スバルと同様の現象に巻き込まれ、ぐっとサイズ感が縮んでしまったらしい。それでも、スバルより頭半個分ほど身長が高いが。

ともあれ――、

「仲間がいて嬉《うれ》しい、なんて喜んでられる状況じゃ……うおあ⁉」

「うーっ！」

最初のショックを呑《の》み込《こ》む努力をするスバル、その体が横合いからの衝撃に吹っ飛ばされた。音を立ててひっくり返るスバル、その胸の上に誰かが圧《の》し掛かる。

思わず、「ぐええっ」とスバルは潰《つぶ》れた蛙《かえる》のような悲鳴を上げた。

「ああ！　ルイちゃん、ダメだってば！　スバルちん、ちっちゃいんだから！」

「あー、うー！」

「きゃーっ！　あたしもちっちゃいから、ルイちゃん持ち上げらんないよ～！」

ジタバタと胸の上で暴れる猛獣、それをミディアムが引《ひ》き剥《は》がそうとするが、縮んだ彼女の腕力では邪知暴虐なる存在の蛮行を止められない。

そのまま、為《な》す術《すべ》なくナツキ・スバル少年が蹂躙《じゅうりん》されかかるのを――、

「ルイ、いけませン！　スバルが潰れてしまいますかラ！」

鋭い叱責の声と共に、胸の上の重たい怪物が「あーっ」とどけられる。見れば、仰向《あおむ》け

のスバルから遠ざけられるのは、何故《なぜ》か悲痛な面持ちをしているルイだった。

そのルイの小脇に手を入れ、彼女を持ち上げたのは黒い礼服姿のタリッタだ。そのタリッタの姿に、スバルは命拾いとは別の形で安心する。

「は～、タリッタちゃん、ありがと！　あたし、力不足だったよ～」

「イ、いエ、このぐらいなんてことハ……スバルモ、ご無事ですカ？」

「無事って話だと怪しいけど……タリッタさんは何ともなくてよかった。それと……」

ミディアムの差し出してくれた手を取り、体を起こしたスバルは部屋の奥を見る。

そこでソファに座り、今しがたの一連のバタバタを黙して眺めていたのは、その顔を鬼の面で隠した黒髪の男――この一党の代表である逃亡中の皇帝、アベルだ。

今のやり取りの最中、一切手助けしようとしなかった姿勢には思うところがあるが、その姿形にスバルたちと同じ異変が起きていないことには安堵《あんど》する。

「アベル、お前も何ともなくて何より……」

「――醜態だな」

だが、無事を喜ぶスバルを、アベルは不機嫌を隠さない一言で切って捨てる。その切れ味の冷たさに、スバルは一瞬言葉を失って、

「……自分じゃ、わりと可愛《かわい》げのあるベビーフェイスだと思ってるんだけどな」

そう、憎まれ口以上の何物でもない憎まれ口を叩《たた》くのが精一杯だった。

そこへ――、

「自分でベビーフェイスたぁ、兄弟らしい。実際、まぁ可愛くなっちまったもんだ」

「――っ、お前」

　言いながら、別の寝室から現れた人物にスバルはギョッとする。それは今のスバルと同年代の少年――ただし、適当に裂いた布を顔に巻きつけた異様な風体の人物だった。

　見知らぬ少年、その正体は話の流れと、失われたままの左腕から一目でわかる。

「アル、だよな？　……その覆面は」

「お？　ビビった？　兜《かぶと》のサイズが合わなくなって、手頃なもんがねぇんだ。悪《わり》ぃけど、あんまり気にしねぇでくれると助かるわ」

「気にするなって言われても、気にはなるだろ……」

　そう言って、幼い姿形になったアルがひらひらとスバルに手を振った。

　巻き方の大雑把な覆面、頭の後ろで揺れる黒髪が見えるのが新鮮だが、その斬新なスタイルの前では些細《ささい》な印象だ。昔の映画の、出来の悪い殺人鬼みたいに見える。

「……兜が被《かぶ》れないんなら、無理して顔隠さなくてもよくないか？」

「そりゃデリカシーに欠けた発言だぜ、兄弟。兜は伊達《だて》や酔狂で被ってんじゃなく、コンプレックスの表れだ。見た目は子ども、頭脳は大人ってなっても変わらねぇよ。――腕が生え変わらねぇんだ。顔の傷もおんなじ。それは兄弟も、だろ？」

「それは……」

　肩をすくめ、なくした左腕を見せつけるアルにスバルは自分の体を見下ろした。

サイズの合わないぶかぶかのシャツ、その下には消えない白い傷跡がいくつもある。幼い子どもの体には痛々しすぎるそれは、この世界で過ごした歳月の証《あかし》だ。

その傷が教えてくれる。――これは若返りではなく、手足が縮んだだけなのだと。

「けど、一晩寝たら体が縮むなんて数奇な運命、ポンと起こっていいわけがねぇ」

「だよね～。うーん、これじゃあんちゃんの仕事の手伝いができなくなるかも。あんちゃんひ弱だし、大問題だよ～！」

「確かに、オコーネル兄妹《きょうだい》の事業的にも大打撃なのは間違いないけど……」

長期的な事業計画もそうだが、山と積まれた目先の問題に目を向けたいところだ。

現状、スバルの問題は合う服がないせいで不格好なぐらいだが、アルやミディアム、戦うことを生業《なりわい》とする二人はそうもいかない。

「アル、兜《かぶと》のサイズが合わないって話してたが、武器は？」

「ご明察。とてもじゃねぇけど、この可愛《かわい》い細腕じゃあんなもん振り回せねぇよ」

「あたしも、二本とも持つのはしんどいかも。一本なら何とか……あうっ」

「危なっ！」

立てかけた鞘《さや》から双剣の一本を抜いたミディアム、その手から剣がすっぽ抜け、スバルの鼻先を掠《かす》めて床に突《つ》き刺さった。思わず、血の気が引く。

「わ、わ、わ！　スバルちん、ごめん！　死んでない!?」

「し、死んでないけども……だいぶヤバいな」

しゅんと項垂《うなだ》れ、ミディアムが床に刺さった剣を慎重に鞘に戻す。

昨日まで自在に使えた武器が使えず、期待された武力面の役目が果たせなくなったミディアム。彼女からすれば、自分の土台が揺らぐ緊急事態だろう。

「これ、俺たちの中で戦えるのがタリッタさんだけってことだよね？」

「ええ～っ！　あたし、ちっちゃくなっても頑張るよ!?」

「気概は買うけど、労働基準法を満たしてないんだよな……」

挫《くじ》けないミディアムの姿勢は素敵だが、事態を現実的に見る目も必要だ。

アルとミディアムがこの状態では、まともに戦力に数えられるのはタリッタ一人。如何《いか》に彼女の力量が確かでも、敵地でそれは心細いとしか言いようがない。

実際、タリッタもその事実を指摘され、強い緊張に頬《ほお》を硬くしていた。

「どうやら、思いの外、取り乱してはいないようだな」

と、そう状況把握に努めるスバルに、黙考していたアベルが口を挟んでくる。見分されていたと、そうわからされる台詞《せりふ》にスバルは「どうかな」と唇を尖《とが》らせた。

「慌てふためくタイミングを逃しただけかもだぞ。もっとこの体で不便なことが色々見つかってから、失った身長と体重の大きさに気付くんじゃないか」

「縮んでも口の減らぬ男だ」

「適応力と小賢《こざか》しさが、数少ない売りなんだ」

ますます減らず口と思われそうだが、スバルは構わずそう言い返す。案の定、鬼面越しに視線を鋭くしたアベルには、「減らず口を」と呆《あき》れられた。

しかし——、

「——おそらく、貴様らに起こった異変の下手人はオルバルト・ダンクルケンだ」

「なっ⁉」

その後に続けられた言葉が、スバルの複雑な心境を一言で打ち砕《くだ》いた。

凝然《ぎょうぜん》と目を見張り、スバルはアベルの口にした名前——オルバルト・ダンクルケンと該当する人物を思い浮かべる。

「昨日の、城で出くわした爺《じい》さん……『九神将』の一人の！」

それは昨日、紅瑠璃《こうるり》城で遭遇した偽皇帝と同行する矮躯《わいく》の老人——帝国最強と称される一将の中、上から三番目の称号を与えられたとされる人物だ。

「あの爺さんの仕業で間違いねぇのか、アベルちゃん」

「見た目を偽《いつわ》るだけなら候補は他にもいよう。だが、貴様らに起こった異変はまやかしの類《たぐい》ではない。なれば、奴《やつ》の術理を疑《うたぐ》るのが適切だ」

「……オレとしちゃ、ヨルナってエロい姉ちゃんの仕業って線も疑ってるぜ？」

動揺するスバルに代わり、アルがアベルに推理の根拠を求めている。

事実、スバルもアルと同意見で、この異変の原因はヨルナの方を疑っていた。縮んだ三人の共通点は城にお邪魔したことなので、ヨルナとオルバルトの疑惑は半々だ。

にも拘《かかわ》らず、アベルがオルバルトだと断言できるのは——、

「あのオルバルトって爺さんが、相手を小さくする魔法の使い手ってことか？」

「それ自体の確証はない。オルバルトに限らず、『九神将』の手の内は俺にすら秘されている。その上、奴は『シノビ』と呼ばれる秘密の多い一党の頭目でもある」

「シノビって……忍術使ったり、闇夜に紛《まぎ》れて諜報《ちょうほう》活動とか暗殺とかしたりする？」

「ニンジュツとやらは知らぬが、シノビの主な役目はそうだ。……どこで知った？」

「いや！　その、俺の地元だと、似た仕事人が忍者って呼ばれてて……」

シノビの響きに『忍者』を連想したスバルが、知ってはいけないものを知った相手に向ける目をしたアベルに慌てて言い訳する。そのまま、言い訳するスバルが同郷のアルに助けを求めようとしたところで、「あ！」とミディアムが声を上げた。

彼女はその大きな丸い目をさらに大きく見開いて、

「昨日のお爺ちゃんの仕業なら、あれかも！　ほら、お城から逃げるとき、あたしとスバルちん、二人とも胸のとこ突《つ》っつかれたから！」

「逃げるときって……あ」

いささか語弊のあるミディアムの叫びだが、スバルも同じ可能性に思い当たった。

あれは昨日、紅瑠璃城からの脱出――ヨルナの底意地の悪い条件を達成するため、命懸けの攻防があった最中《さなか》のことだ。偽皇帝の護衛であるカフマの茨《いばら》から逃れ、天守閣の壁を破って脱出を図ったスバルたちに、追撃するオルバルトの手が届いた。

しかし、その『九神将』の攻撃はスバルたちに何の被害ももたらさなかったのだ。

──あの場は、それでよしとした。だが、何ともないはずがなかった。

「でも、こんなの予想できるはず……！　それに、アルはやられてないだろ⁉」

「……悪《わり》ぃ、兄弟。オレも飛び出す前に爺《じい》さんとはやり合ってたからよ。どっかしらで突《つ》つかれててもおかしくねぇ。死なねぇ傷ならノーカンだって見過ごしちまった」

低い声──あくまで、声変わり前の少年レベルでの低い声で唸《うな》り、アルが自分の手抜かりを責めるように呟《つぶや》く。だが、アルを責めるのはお門違いだ。

アルは自分の役割を果たし、あの状況下で三人を生還させた。ミディアムも同じだ。二人は役割を全うした。──気付かなくてはならなかったのは、スバルだ。

戦力的に役に立てないのだから、せめてあらゆる事態に注意すべきだったのに。

「こんな様《ざま》、とてもレムに見せられねぇ……ベア子と同じぐらいのサイズにされて、ますますエミリアたんにも年下扱いされちまう……」

「オレが縮んでも姫さんが可愛《かわい》がってくれると思えねぇし、マジで誰得って感じだぜ」

「あ、案外皆さん冷静なのですネ……私ハ、戸惑い通しなのですガ……」

縮んだ事実に苦悩するスバルとアルに、タリッタが内心を吐露する。

バタつくルイを腕に抱いたまま、唯一の戦力となってしまったタリッタの顔色は悪い。まるで、被害を免れたことに罪悪感を覚えているようですらある。

もちろん、タリッタの反応の方が正しい。所詮、スバルたちのこれは空元気だ。

「正直、俺は軽口でも叩《たた》いてないと今にも叫び出しそうだよ」

「そウ、なのですカ？」

「ああ。……そのぐらい、気持ち悪い」

幼くなった自分の肉体が、ではない。

自分の肉体が意図せず作り変えられる、その自己の定義の崩壊が気持ち悪い。

──これまで、スバルは異世界で様々な目に遭ってきたという自負がある。

『死』の経験が最たるものではあるが、この一年半の経験の濃密さは誰にも負けない。そんな百戦錬磨のスバルをして、自分を作り変えられる感覚の嫌悪感は耐え難かった。

「これが、『色欲《しきよく》』の被害者が味わってる気分か……」

自分の細く小さな肩を抱いて、奥歯を噛《か》みしめるスバルの脳裏に羽音が響く。

それは水門都市で、『色欲』の大罪司教の権能の被害に遭った人々の羽音──その肉体を蠅《はえ》へと変えられ、今も救いを待っている被害者たちの記憶だった。

幼い姿の自分に変えられるだけでこの違和感、ならば生物として全く異なるものへと作り変えられた彼らの悲劇は、スバルの薄っぺらな理解では決して届くまい。

こんな感覚を強いる行い、それはまさしく──、

「──悪辣《あくらつ》、と言えようよ」

スバルの内心をぴたりと言い当て、その息を詰まらせたのは腕を組むアベルだ。

その彼と視線を合わせ、スバルは自分の小さくなった手を開閉しながら、

「これ、元に戻れる……よな？」

「確実なことは言えん。だが、戻す手段はあると考えるのが自然だ」

「そ、その根拠は？」

「すぐに死なぬ毒を盛る理由は、相手と交渉するために他なるまい」

アベルの推測——便宜上、『幼児化』としておくが、それを毒を盛る行為になぞらえ、即死に至らせない相手方の思惑を測った彼の考えにスバルも納得させられる。

もし、これが何らかの譲歩を引き出すための方策ならば——、

「でハ、相手から何らかの接触があるト……」

そう、タリッタが息を呑《の》み、アベルの考えに理解を示したときだった。

——外から、部屋の扉がノックされたのは。

「——っ」

直前の話もあり、全員の意識と緊張が扉へと向けられる。

よもや、『幼児化』をもたらしたオルバルトからの接触ではないかと。しかし——、

「——朝から失礼いたします。ヨルナ・ミシグレ様の使いでございます」

扉越しに届けられた声は、この瞬間に限れば期待外れな報《しら》せだった。

「今の声、昨日の鹿人《しかびと》の子……タンザちゃんだよ。もしかして、手紙の返事かな？」

「え？　あ、ああ、そっか！　返事か！」

落胆と拍子抜けが理由で、高まった緊張感のやり場をなくしたスバル。それがミディアムの指摘で、訪問者の目的に遅れて気付かされた。

「ええと、入ってもらっていい、よな？」

微妙に驚きを引きずりつつ、スバルはアベルに相手の入室の是非を問う。そのスバルの視線にしばし沈黙し、アベルは静かに顎を引いた。

その許可に、タリッタが扉を開け、訪問者を招き入れる。

「お邪魔いたします。ヨルナ様のお言葉を届けに参りました」

部屋の敷居を跨《また》ぎ、そう言って一礼したのはキモノ姿の鹿人の少女、タンザだ。

まだ幼いヨルナの従者である彼女は、招かれた部屋の中を見渡して乏しい表情の眉を顰《ひそ》める。見知らぬ子どもが四人と、怪しい鬼の面の男が揃《そろ》った状態だ。

奇々怪々な陣容を見たリアクションとしては、実に控えめと褒めるべきだろう。

「皆様、お揃いのご様子で……その」

「なんだ」

「――。いえ、何でもありません。失礼いたしました」

ただ、それでもアベルの鬼面への興味は隠せなかったらしく、すげない態度で謝罪したあとも、ちらちらとアベルを気にする様子は年相応で微笑《ほほえ》ましくもあった。

とはいえ、彼女の持ってきた報告は、スバルたちの今後に大きく影響するものだ。

静かな緊張を以《もっ》て迎えられたタンザが、部屋の真ん中でちょこんと頭を下げ、

「昨日の書状の件、ヨルナ様が正式にお返事をなさいます。つきましては皆様に、紅瑠璃《こうるり》城へご登城いただきたく存じます」

「……手紙、読んでくれてたか」

失礼を承知の上で、まずは手紙に目を通してくれたらしき事実にホッとする。

昨日の賭けがあってなお、ヨルナが気紛《きまぐ》れに手紙を破り捨てる可能性はゼロではなかった。気位の高い猫や、プリシラ相手と同じ緊張感があったと言える。

ともあれ、城に招いた以上、話し合いへ進める段取りは作れたらしい。これで目下、スバルたちが抱える問題は『幼児化』だけに絞られて――、

「どうぞ、書状を書かれた主様と、昨日の使者の皆様においでいただきますよう」

「――ぐえっ」

「――？」

思わずこぼれた呻《うめ》き声《ごえ》を聞いて、タンザが丸い眉を寄せて首を傾《かし》げる。

その動揺を悟られまいと、スバルは心臓の弾む胸を押さえて、「何でもない何でもない」と愛想笑いで誤魔化《ごまか》した。

それで納得したのか、さして興味がないのか、タンザは傾けた首の角度を戻し、

「では、火の刻の鐘が鳴る頃、紅瑠璃《こうるり》城にてお待ち申し上げております」

「委細、わかった。大儀である。下がるがいい」

「――。はい、失礼いたします」

時刻の指定――火の刻の鐘というのは、おおよそ正午を意味すると捉えていい。

ヨルナとの会談のセッティングを伝え、タンザが最後に一礼を残し、部屋を出るべく背

を向けた。と、その背中に「あの」とスバルは声をかける。

「念のために確認したいんだけど、お呼ばれのメインは手紙を書いた人で、昨日の使者はおまけだよね？　つまり、諸事情で使者が参加しづらい場合は……」

「ヨルナ様は、使者の方々も招くよう仰せです」

「――――」

「この魔都で、ヨルナ様のお言葉を違《たが》えるようなことのありませんよう」

声音は淡々と、しかし、絶対の揺るがぬ意思を込めたタンザの念押しだった。

それを残し、去ってゆく使いの少女を見送ると、扉を閉める。そうしてから、スバルは大きく深呼吸をして振り返った。

そして――、

「――作戦会議！」

と、昨日と見違えた自分の短い腕を上げ、そう仲間たちに呼びかけたのだった。

2

――ヨルナ・ミシグレから伝えられた、紅瑠璃城への登城の要請。

直接、アベルを城に向かわせるリスクはこの際呑《の》み込《こ》むとして、最大の懸案事項は言うまでもなく、『昨日の使者の同行』というヨルナ側の要求だ。

アベルの推測通り、スバルたちの『幼児化』にヨルナが無関係だった場合、果たして縮んだスバルたちを連れて向かって、ヨルナの要望を満たせるものだろうか。

最悪、悪ふざけとみなされ、交渉がご破算になる可能性もある。あるいはヨルナに事情を打ち明け、彼女の心に真摯に訴えかけるという手もあるのだが——、

「——相手の出方もわからぬ状況で、手札を開示するなど正気の沙汰ではない」

と、そう断言するアベルに、今回ばかりはスバルも全面的に同感だ。

魔都の支配者であり、『九神将』の一人でもあるヨルナの実力。そして昨日の接触で抱いた『悪女』という印象は、ヨルナを警戒させるのに十分すぎる条件だ。

アベルの帝位奪還、そのための最初の協力者として目を付けておいてなんだが、簡単にはこちらの事情を明かせない相手と考えるべきだった。

「こっちの事情を全部ゲロっても、兄弟のことで突っ込まれるかもしれねぇしな。女装なととわっちを謀《たばか》ったでありんすか、的なキレ方されたらどうするよ」

「一応、もしもに備えてナツミ・シュバルツのロリ状態を装っておくべきか……？」

「マ、待ってくださイ。それはいよいヨ、私も混乱してしまいそうでス……」

嘘《うそ》を誤魔化《ごまか》すために嘘を重ねる、というジレンマはよく聞く話だが、女装を誤魔化すために『幼児化』してなお女装を貫くという業はあまり前例がないのではなかろうか。

アルの兜《かぶと》と違い、ウィッグのサイズ感は調整が利くので女装自体は可能だが。

「それでそれで、どうするの？　火の刻の鐘って、あと三時間くらいでしょ？」

同じサイズ感になったルイを抱いたミディアムが首を傾《かし》げる。彼女の腕の中、「うー？」と真似《まね》して首を傾けるルイを横目に、スバルは頰《ほお》を搔《か》いた。

「まず、ヨルナの招待を受けないって選択肢はないよな？」

「だわな。でなきゃ、オレたちの苦労は水の泡、縮んだ甲斐《かい》もねぇってもんだ」

「むしロ、被害ばかりが残りますネ……」

アルとタリッタの言葉に頷《うなず》きつつ、スバルは撤退も視野に入れてはいる。

払った賭け金の回収に拘《こだわ》るのは、ギャンブルで大負けする人間のお約束だ。状況次第では損切りも必要。ただし今回、切られる損はスバルたちの身長だった。

「これを重いと見るべきか、軽いと見るべきなのか……」

「歳喰《としく》ったならまだしも、若返ってっからな。これ、悪用したらヤバくね？」

「ああ、確かに。記憶そのままで、子ども時代をやり直せるって考えたら――」

ある意味、『若返り』とは『死に戻り』のようなチャンスの増大を意味する。

大人の知識と経験を有したまま、幼い肉体の成長に合わせて適切な修練を積むことも、かつては達成を諦めた目標に再挑戦することもできる。

状況が状況なら、『幼児化』はプラスに活《い》かせる場面も多そうなものだと――、

「――と、思うじゃろ？　けど、そこまで使い勝手のいいもんじゃねえのよな、これ」

瞬間、話し合いに割って入った第三者の声に、スバルの息が止まった。──否《いな》、止まったのはスバルだけではない。室内にいた全員が、突然の闖入者《ちんにゅうしゃ》に硬直する。

しかし、当の闖入者は高まる緊張感もどこ吹く風で、

「勝手に茶ぁ淹《い》れて飲んどるけど、他にも飲みたい奴《やつ》とかおる？」

そう、湯気の立つ湯呑《ゆの》みを持ち上げ、気安い調子で尋ねてきた。

「──ッ！」

直後、タリッタが一瞬で弓を構え、それを侵入者──長く白い髪と眉、子どものような矮躯《わいく》が特徴的な老人、その皺《しわ》だらけの横顔へ狙いを付ける。

その、超至近距離でつがえられた矢を見て、老人は「おいおい」と肩をすくめ、

「やめとけやめとけ。ワシ、先の尖《とが》ったもん向けられるの好きじゃねえのよ。ただでさえ年寄りは便所いく回数が多いってのにちびらせる気かよ。戦々恐々じゃぜ、なぁ？」

「ふざけたことヲ……！　あなたはいったイ……」

「──オルバルト・ダンクルケン」

至近の矢にも、剥《む》き出《だ》しの敵意にも取り乱さない老人にタリッタが顔を赤くする。が、その彼女の疑問に答える形で制したのは、老人の名を呼んだ鬼面の男だ。

ただ一人、ソファに座って身じろぎ一つしなかったアベル。その鬼面越しの黒瞳と視線を交わし、老人──オルバルト・ダンクルケンが太い眉の下の目を細める。

件《くだん》の『幼児化』、その下手人と目され、堂々と部屋に侵入したシノビは笑い、

「まあよ、ワシが有名人なのは昨日も確認したからそんな驚かんのじゃけど、なかなか印象に残る面構えじゃぜ、お前さんも。その面、どこで買った土産かよぅ」

「たわけた言葉を弄するな、老木。貴様、ここへ何をしに現れた？」

「最近の若《わけ》ぇのは年寄りの無駄話に付き合おうとしねえ。里の連中も日に日に聞き流すのが上手《うま》くなりやがって寂しいもんじゃぜ。かかかっか！」

老齢の寂しい事情を語りながら、オルバルトが大口を開けて快活に笑った。

そのアベルとオルバルトの対話に、ようやくスバルたちも最初の衝撃から立ち直る。ただし、溶け切らない困惑と驚愕《きょうがく》、そして警戒は残したままだ。

「お爺《じい》ちゃん、どうやって入ってきたの？　あたし、扉の方も見てたのに」

「おお、ちっちぇえが昨日の踊り子みてえな嬢ちゃんかよ。お爺ちゃんが答えてやっとあれよ。あの鹿人《しかびと》の娘っ子通したじゃろ？　で、一緒に入ってきたわけじゃぜ」

「一緒に？　タンザちゃんと？　でも……」

「一人じゃったのにってか？　かかかっか！　そう見えたんならしめたもんよ。どうやって入ったかは内緒じゃぜ。シノビの技はワシの商売道具じゃからよ」

ミディアムの素朴な質問を、オルバルトは煙に巻くように笑い飛ばす。

どこまで真剣に取り合っていいのか疑問だが、自ら『シノビ』を自称した彼は出鼻に聞き捨てならない発言をした。その真意について、探るより聞いた方が早い。

故に――、

「——あんた、俺たちが縮んだ原因を知ってるのか？」

小細工なしに尋ねたスバルに、オルバルトの目が細められる。そのまま、老人はしばらく考え込むように眉間に皺《しわ》を寄せていたが、やがて「あ」と呟《つぶや》いて、

「お前さん、あれか！　昨日の、赤い服着た娘っ子の方か！　踊り子みてえな娘っ子と隻腕は間違えようがねえし、めちゃめちゃ悩んじまったんじゃぜ」

高まる緊張を袖にされ、絶句するスバルにオルバルトが納得する。その答えに、さりげなく立ち位置を変えようとしていたアルが忍び笑いをこぼした。

「……さすが、兄弟。シノビの頭領にも正体バレてなかったらしいぜ」

「おお、大したもん大したもん！　あの化けっぷり、ワシの里の連中にも見習わせてやりてえわ。講師とか引き受けんか？　歓迎するんじゃぜ」

「……生憎《あいにく》と、ナツミ・シュバルツのスケジュールはかなりパンパンなんだ。そっちの答え次第じゃ、時間作れなくもねぇけど」

「ほうほう、ワシの答え次第ってのは？」

女装への意外な食いつきに、スバルは降って湧いた好機だと唇を舐《な》める。

戯言《たわごと》の口約束が活《い》きるかはわからないが、オルバルトと話せるチャンスは逃せない。アベルの読み通り、目の前の老人が『幼児化』を引き起こした張本人なら——、

「俺たちの体がこうなった理由、それに心当たりがあるなら正直に……」

「ああ、それかよ。それならワシがやったんじゃぜ。面白《おもしれ》ぇじゃろ、シノビの術技」

「――――」

駆け引きなど抜きに、あっさりと自分の仕業と認めるオルバルト。

彼の発言にその先の用意した言葉を掻《か》き消され、スバルは息を呑《の》んだ。そして、固まるスバルを見ながら、老人はにんまりと意地悪い笑みを作り、

「うっかり殺すと、何の話も聞けなくて面倒があとに残るじゃろ？　だもんで、殺さねえで絞る技ならいっくらでもあるんじゃぜ。――面白《おもしれ》ぇじゃろ？」

と、そう言い放ったのと同じ口で、呑気《のんき》に温かな茶を啜《すす》ったのだった。

3

――スバルとアル、そしてミディアムの三人を襲った『幼児化』。

『九神将』を知るアベルの証言から、犯人がオルバルトだろうことはほぼ確定だった。

しかし、それを直接本人の口から肯定されるのは、また別種の驚きを伴う。ましてや相手が欠片《かけら》も悪びれず、堂々としたものならなおさらだ。

「おいおい、全員でおっかねえ目ぇするもんじゃぜ。年寄りはいたぶるんじゃなく、いたわるもんじゃって習ってねえんかよぅ」

再び緊張の高まる室内、最初から弓を下ろしていないタリッタを筆頭に、アルやミディアムにも厳しく見られるオルバルトが苦笑する。

しかし、それで場の空気が和らぐ余地など微塵《みじん》もなく、

「戯言《たわごと》を弄するな、オルバルト。重ねて問うぞ。貴様、何用でここへ出向いたのだ」

最も鋭く恫喝したのが、鬼面越しの視線を冷たくするアベルだ。その覇気に振り向くオルバルトへと、アベルは躊躇《ためら》わず言葉を重ねる。

「この魔都の支配者、ヨルナ・ミシグレの考えは耳に入っていよう。あれはこのものたちを使者と認め、手出しはさせぬと明言したはずだ」

「そ、そうだ！　手出し無用で、そのための昨日の勝負じゃありませんの！　わたくしたちも命懸けでしたのよ！　なのに、この仕打ちは話が違いますわ！」

「おいおい、興奮して口調が混ざっちまっとるんじゃぜ。落ち着け落ち着け」

アベルの攻め手に乗じ、スバルも昨日のヨルナの発言を再度主張する。オルバルトの言う通り、気持ちまで昨日に遡ってしまったが、それで事実は崩れない。

ヨルナはスバルたちを使者と認め、タンザも誰にも手出しさせないと明言した。

それを無下にするということは、ヨルナと敵対する意思表明に他ならない。

「無論、貴様らが魔都を滅ぼすつもりなら一顧だにせぬだろうがな」

「う！　い、言われてみれば……」

アベルの追加の一言に、スバルの熱くなった血の気が冷たく引いた。

実際、オルバルトを擁する偽皇帝は、ヨルナとの交渉権をスバルたちへ譲った形だ。これを悪手だったと見て、即座にちゃぶ台をひっくり返す余地も彼らにはある。

その場合、『九神将』でも悪い意味で一目置かれるヨルナと構えることになるが――、

「滅ぼすつもりでかかれば滅びは免れん。当然、相応の被害は出るだろうが」

「ほう。仮面の若僧《わかぞう》が、見透かした風に言ってくれたもんじゃぜ」

「……仮面の、若僧」

指で顎を掻《か》きながら、唇を曲げるオルバルトの返答、それにスバルは眉を顰《ひそ》めた。

何ら態度を変えないアベルだが、スバルはこのやり取りにかなりハラハラさせられている。――なにせ、オルバルトは皇帝をよく知る『九神将』の一人だ。

当たり前だが、仮面で顔を隠していようとアベルはアベル。喋《しゃべ》り方も声色も変えていないのだから、オルバルトがアベルの正体に気付いても何の不思議もない。

しかし、堂々とした態度で応じるアベルには、そうした不安も配慮も一切がない。

オルバルトの方も、アベルの正体に勘付いた様子は皆無だ。そうなると、スバルの方からそれを指摘することもできず、内心の怯《おび》えを隠して付き合うしかない。

どうあれ――、

「まだ、質問の答えを聞けてないぜ、オルバルトさん」

「――。爺《じい》さん呼ばわりされるよか、さん付けの方が敬意払われてる気はするわな。それで娘っ子のふりしてたことは見逃してやるんじゃぜ」

「オルバルトさん！」

答えをはぐらかす老人に痺《しび》れを切らし、スバルが目つきを鋭くする。その反応に、オル

バルトは「わかったわかった」と降参するように両手を上げた。

「お前さんらの言う通り、狐《きつね》娘の言葉に逆らうなって閣下には言われとるんじゃぜ」

「だったら……っ」

「ただほれ、ワシがお前さんらをつついたのって昨日の勝負の真っ最中じゃろ？　そしたらほれ、戦ってる間の傷で死んでも文句言われねえのと同じで、戦ってる最中に入れた縮こまる術の文句も言われる筋合いとかねえと思うわけよ」

「そ、そんなの詭弁《きべん》だ……！」

「まあよ、実際詭弁じゃぜ？　――けど、覆せっかよ？」

片眉を上げ、老獪《ろうかい》に嗤《わら》うオルバルトにスバルは反論を封じられた。

オルバルトの言い分は詭弁と、そう本人も認めた通りだ。だが一方で、彼の言い分は正論でもあった。戦いの最中に負った傷が理由で命を落としたとしても、それが停戦交渉が成る以前の傷なら、停戦後の悲劇の責任を問うのは筋が通らない。

そう言いくるめられてしまい、スバルは何も言えなくなり――、

「大概にせよ、オルバルト」

その老人の老獪さに抗《あらが》うのは、みなぎる覇気を鬼面に宿した男の方だった。

アベルは鬼面越しの眼光で、幼童をいたぶる老人の湯呑《ゆの》みを弄ぶ手を止めさせると、

「俺は貴様に、何用かと聞いたはずだ。いったい、何度問えば答える気になる？」

「余裕と遊びのわからねえ奴《やつ》じゃなぁ。ま、付き合わねえのが正解じゃけどよ」

そうこぼし、オルバルトは茶を飲み終えた湯呑《ゆの》みをテーブルの上に置く。それから首の骨を鳴らし、「正直な話よ」と前置きして、

「狐《きつね》娘はともかく、閣下の命令にゃ逆らえねえわけよ。だから、お前さんらに手出しはできねえ。じゃもんで、ワシがきたのは実際、茶飲み話が本音じゃぜ」

「茶飲み話って、俺たちと？」

「おうとも」とオルバルトは頷《うなず》いて、すっと窓の外、魔都の街並みを指差した。

「昨日の城での啖呵《たんか》、ありゃワシも痺《しび》れたもんよ。ただ、閣下相手にあれこれかまそうって奴《やつ》は結構おるし、今んとこ全部失敗しとるわけじゃぜ。だのに、なんでまた危ねえ橋を渡りたがんのかと、胸の内を聞いてみてえってわけじゃな」

「……それを聞いて、どうするんだよ」

「あ？　そんなもん、聞いてっから決めるに決まっとるじゃろ。で、嘘《うそ》つかれても困っから、先に小細工しといたわけじゃぜ。かかかっか！」

大口を開け、唾を飛ばして大笑いするオルバルトにスバルは顔をしかめた。

彼の姿勢、聞いた通りのそれを悪趣味と切り捨てるのは簡単だ。だが、彼はスバルたちを『幼児化』させた張本人であり、アベルの帝位奪還のために協力させるべき『九神将』の一人でもある。——ここで話を終えていい相手では、ない。

「……むしろ、チャンスか？」

味方に付けるため、そもそも接触すら困難なのが『九神将』の立場だ。

だが現在、カオスフレームには支配者のヨルナ以外にも、目の前のオルバルトと、偽皇帝に扮《ふん》しているとおぼしき『九神将』、チシャ・ゴールドも居合わせている。

無論、率先して敵対行動しているチシャの篭絡《ろうらく》は不可能だろうが――、

「昨日のアベルの考えが正しければ、オルバルトさんは敵って確定したわけじゃない」

すでに相手の駒とされている『九神将』と並べ、オルバルトには希望が残されているというのがアベルの見立てだった。ヨルナとの交渉のテーブルを用意したことも合わせ、アベルの判断は正しいと、そう信じる根拠はある。

ただし、ここでオルバルトを仲間に引き入れる交渉をするには――、

「――――」

ちらと、スバルは黙したままのアベルの横顔を窺《うかが》う。

聡明《そうめい》な彼であれば、スバルの視線の意図はわかっているはずだ。オルバルトを味方に引き入れるための交渉カード、それが仮面の下のアベルの素顔しかないのだと。

正直、これは千載一遇の好機だ。偽皇帝とヨルナに縛られ、オルバルトはスバルたちに直接的な危害を加えられず、回りくどい手を打った。

その事実こそが、オルバルトにこちらの話を聞く余地があることの証《あかし》だ。

「――アベル」

静かに、スバルがアベルの名前を呼んだ。

それを聞いた彼の意識が、改めて鬼面越しにこちらを向くのがわかる。鬼の面に遮《さえぎ》られ

て視線は窺《うかが》えないが、注意はスバルに向けられた。

その感情は見えない。――しかし、意図は察せられたと、そう感じたから。

「ヴィンセント・ヴォラキア皇帝だ」

「ああん？」

アベルの視線を受け、そう言い放ったスバルにオルバルトが眉を上げる。

長く豊かな眉で隠れた目を剥《む》いて、老人はスバルの言葉に怪訝《けげん》な顔をした。それは当然の反応だが、求めている反応には程遠い。

だから、その求めた反応を引き出すために、より深くへ踏み込む。

「なんでヨルナに会いにきたのか、俺たちの腹の底が知りたいんだろ。だったら、俺たちの根拠はそれだ。――ヴィンセント・ヴォラキア皇帝だよ」

「そりゃどういう意味じゃ。年寄りにもわかるように話してほしいんじゃぜ」

「もちろん、わかるように話すさ。――アベル」

色濃い疑念を宿したまま、問い返すオルバルトの前でアベルを呼ぶ。

そのスバルの呼びかけに、事ここに至りアベルは反論しない。ただ静かに、彼のたおやかな指が自分の顔に伸びた。そして――、

「――こいつは、どえれえことじゃぜ」

呆気《あっけ》に取られた声を漏らすオルバルトの前で、隠された顔が晒《さら》される。

その素顔を目の当たりにし、顔を強張《こわば》らせるオルバルト。彼《か》の老人を見返すのは黒髪の

美丈夫――ヴィンセント・ヴォラキア皇帝の尊顔に他ならなかった。

思いがけない皇帝との謁見、その事実にオルバルトは目を瞬かせ、

「閣下、じゃと？　じゃが、そいつはおかしすぎんじゃろ。なら、ワシが一緒に――」

「老いた知恵を巡らせよ、オルバルト。貴様は、答えを己の内に持っていよう」

「閣下の顔で、閣下らしいこと言いやがるもんじゃぜ。……じゃが、そうか」

一度は驚嘆に呑《の》まれ、しかし、老齢のシノビはすぐに落ち着きを取り戻した。

素顔を晒し、皇帝としての言葉を発したアベル。その言葉通り、オルバルトは自らの持ち得る情報の中から納得いく答えを見出《みいだ》したように、

「なら、あれはチシャってことになんのかよ。まんまとやってくれやがる……しかし、そうなっとらしくもねえ。閣下、やられっ放しじゃぜ？」

「俺の腹の底を、貴様の眼《め》が見通せているとでも？」

「おお、おっかねえおっかねえ」

ひらひらと両手を振って、アベルの答えにオルバルトが喉を鳴らした。

実際、オルバルトの言う通り、アベルはやられっ放しのサンドバッグ状態だ。が、それを窺わせない圧倒的なハッタリに、スバルの方も肩の力が抜ける。

オルバルトも理解した。――アベルが本物の、ヴォラキア帝国の皇帝なのだと。

「実際よ、なんでまた急に狐《きつね》娘に会いにきたのか不思議には思っとったんじゃぜ」

「それはあれだ。全部、こっちの頭を押さえるためだったんだよ」

「ははぁ、頭のいい連中の考えにゃ年寄りついていけねえぜ。実際、若くて賢くて色男って欲張りすぎじゃろ。お前さんもそう思わん？　思わんか。お前さんも若ぇもんな。あ、それはワシがやったせいじゃったわ！　かかかっか！」

呵々大笑《かかたいしよう》し、オルバルトが笑えない冗談を口にする。

その冗句に頬《ほお》を引きつらせ、スバルはふとタリッタを見た。なおも、オルバルトに警戒と弓を向ける彼女に、武器を下ろすよう言わなくてはと。

「タリッタさん、もう弓下ろしていいよ。オルバルトさんは……」

「あ？　いや、別に下ろさんくていいんじゃぜ？　つか、敵じゃねえって確定しとらん奴《やつ》の前で警戒解くとか、その嬢ちゃんには無理じゃろうもん」

「は？」

武器を下ろして話をしようと、そう呼びかけたスバルを狙われるオルバルトが止める。そのちぐはぐな言葉に、スバルは目を丸くして振り向いた。

今の発言、まるで自分の危険性は薄れていないと、そう忠告しているようで――、

「でも、こっちの話を……」

「聞いたんじゃぜ？　聞いてから判断するって言ったじゃろ。で、したわけよ」

その答えに喉を詰まらせるスバル、しかしオルバルトの表情に変化はない。

そのとき、アベルが初めて聞かせる舌打ちを響かせ、

「どちらへ出るかわからぬ札の一枚だったが、貴様はそう動くか」

「らしくねえんじゃぜ、閣下。本気で手札がねえなんて致命的じゃろ。しかも、ここでワシを引くってのがまた運がねえ。いっぺん、やってみたかったのよ」

「ほう、何をだ？」

オルバルトの方針は固まり、シノビの頭領は座を追われた皇帝の言葉に笑う。

嗤《わら》い、『悪辣翁《あくらつおう》』の肩書きに相応《ふさわ》しく、野心を語る。

「――老い先短《みじけ》ぇジジイの死に花に、皇帝を弑逆《しいぎゃく》してみたかったんじゃぜ」

その野心が明らかになった瞬間、張り詰めた緊張がついに弾《はじ》ける。

この刹那、それぞれが与えられた『戦闘禁止』のルールを踏み躙《にじ》り、タリッタもアルもミディアムも、全員がオルバルトの目的を挫《くじ》くべく動いた。

しかし――、

「歳喰《としく》ってから覚えた技ってのは、若《わけ》ぇときはうまく使えねえもんじゃぜ」

そう言って、首をひねったオルバルトが両手を振り、その指先から血が散った。

直後、目を見開いたスバルの視界を、赤い惨劇が展開する。

「か……っ」

漏れた声は、首を押さえて倒れるアルのものだ。踏み込み、オルバルトを取り押さえんとしたアル、そしてミディアムの二人が首を抉《えぐ》られ、血が噴出した。

小さな子どもの体、そのどこにこれだけの血が流れていたのかと、そう思いたくなる量の血が飛び散り、明るい部屋の内装がおぞましく塗りたくられる。

「この分じゃと、昨日の技は使えねえみてえじゃな。あれも興味あったんじゃが、種明かしの前にやっちまって、失敗失敗」

何の気なしに舌を出すオルバルトの傍《かたわ》ら、倒れた二人がすぐに動かなくなる。流れた血の量と痙攣《けいれん》する手足、二人が事切れたのだとスバルは理解してしまった。

そして、唯一、オルバルトに対して先制攻撃の準備が整っていたタリッタも――、

「――ぁ」

放たれるはずの矢が放たれず、振り返ったスバルは唖然《あぜん》とする。

視線の先、タリッタが壁に縫い留《と》められていた。

女性としては長身のタリッタ、その細身が壁に背を預け、固定されている。原因はその双丘の中心に突《つ》き立った投擲《とうてき》具――手裏剣だ。

何の冗談か、星形をしたオーソドックスな投擲具、それがタリッタの胸を貫いて、彼女の体を壁に縫い留めている。心の臓を破壊され、即死だとわかった。

「――手出しを禁じる理屈も、貴様には及ばぬか」

不意に、死が蔓延《まんえん》した一室に男の声が響いた。

それを響かせたのは、恐ろしい勢いで死屍累々《しかばねるいるい》と化した部屋に立つアベルだ。席を立った男は、この死を築いたオルバルトを透徹した眼差《まなざ》しで見下ろす。

その視線に、オルバルトは頬《ほお》に跳ねた血を指で拭いながら、

「貴様の、その破滅的な嗜好《しこう》は読めなんだ。俺の手落ちか」

「いやいや、そりゃ仕方ねえじゃろ。ワシの老いたりの夢がバレてたとあっちゃ、それが恥ずくて生きてらんねえんじゃぜ。かかかっか！」

アルが、ミディアムが、タリッタが、殺された。

その状況で交わされる皇帝と臣下の会話は、スバルには別世界のモノに思えた。だが、別世界ではない。現実だ。現実で、圧倒的現実で。

スバルが誤った選択の末に、辿《たど》り着《つ》いてしまった現実だったから。

「お？　おお、まだお前さんがおったかよ」

ふらふらと、視界を遮《さえぎ》るように進み出たスバルにオルバルトが眉を上げる。老人はスバルの様子に肩をすくめ、それから倒れているアルたちを指差すと、

「別にお前さんまで死ぬ必要はねえじゃろ。邪魔せんなら、殺さずにおくんじゃぜ？」

「そ、あ……」

「ああ、勢いで動いちまったやつかよぅ。言うこともやることも、決めてっから動いた方が老い先短《みじけ》ぇジジイは助かるんじゃぜ。ま、そんな長くは待てねえんじゃがよ？」

淡々と、冗談さえ交えるオルバルトを前にスバルの思考が白くなる。――否《いな》、思考は真っ赤だ。それが怒りなのか、アルたちが流した血の色なのかも判然としない。

しかし、だとしても、どうであれ、スバルの体は動いて――、

「――たわけめ」

そう、侮蔑するように言い放ったのはアベルだ。

彼の視線は今、スバルの後頭部に突《つ》き刺さっているのだろう。鋭い視線の圧を感じながら、スバルはその言葉の正しさをひしひしと痛感していた。

今さらこうして、アベルを庇《かば》うように立ったたって何の意味もない。

もう、スバルは間違えてしまった。それはもう、取り返しのつかないことで。

「うー……」

「おいおい、その娘っ子までかよ。閣下は女子供にゃ嫌われる性質《たち》じゃったろうに」

額に手をやったオルバルト、彼の前にルイが立っていた。――否《いな》、ルイが立ったのはオルバルトの前ではなく、スバルの前だ。

スバルがアベルを庇い、そしてルイがスバルを庇い、三人が縦に並んでいる。

それは、あまりにも馬鹿げた肉の盾だった。

「てっきり、閣下は一人で死ぬもんじゃと思っとったんじゃぜ」

「――。誰も、貴様の目測の限りに収まるものではない」

「かかかっか！」

この期に及んで口の減らないアベル、その答えにオルバルトが嗤《わら》った。

老いたシノビの目には、スバルの存在もルイの存在も映ってはいない。だが、敵意を抱いて前に立つものを見逃すほどの優しさなど、持ち合わせてもいなかった。

だから――、

「――俺は、あんたを許さない」

悪辣《あくらつ》に嗤い、己の野心を満たさんとするシノビの顔を目に焼き付けて、ナツキ・スバルの幼い体は血を噴き、自らの血溜《ちだ》まりに沈むこととなった。

そして──、

4

血が流れ、熱い感覚が傷口から迸《ほとばし》り、体は芯から冷えていく。

そうして溢《あふ》れ出《だ》したモノが、足先から自分を呑《の》み込《こ》み、溺れさせ、見えなくして、そうしてそうして奥底まで沈め切った先に、先に──、

「──」

瞬間、失われた血液が自分の体の中を巡り、耳元でうるさく騒ぎ始める。

極限まで聴覚が研ぎ澄まされ、静かな空間で自分の中を巡る血流の音を聞く感覚。それに全身を打たれながら、スバルは呼気を荒くした。

荒くして、遠ざかる痛みと喪失感に視界を点滅させたまま、奥歯を噛《か》みしめる。

自分が、どこへ戻ったのか、それを確かめるべく──、

「勝手に茶ぁ淹《い》れて飲んどるけど、他にも飲みたい奴《やつ》とかおる？」

瞬間、忘れ難《がた》い悪辣な声が、ナツキ・スバルの新たな戦いの始まりを告げていた。

第二章　『瞼《まぶた》の裏側』

1

しわがれた老齢の声が聞こえた瞬間、スバルの全身の血が逆さに流れ始める。

粟立《あわだ》った肌が痛みを訴え、肺に取り込んだ空気が凍り付くのを感じた。ずっしりと、尖《とが》ったものが胸の奥で存在を主張し、スバルの魂《たましい》が覚醒を促される。

──『死に戻り』の発動と、最悪の場面への回帰が起きたのだと。

「──ッ！」

瞬間、スバルが何らかの反応をするより早く、タリッタが弓の狙いを付ける。

照準は当然、突如として現れた招かれざる訪客──オルバルト・ダンクルケン。

『九神将』の一人にして、ほんの十数秒前にスバルたちを皆殺しにした怪老だ。

あの惨劇を知らずとも、礼儀に則《のっと》ったとは言えない訪ね方に警戒は張り詰める。

だが、同じ部屋の中、超至近距離から矢を向けられるオルバルトは、そうしたスバルたちの警戒を嘲笑《あざわら》うように「おいおい」と肩をすくめた。

「やめとけやめとけ。ワシ、先の尖ったもん向けられるの好きじゃねえのよ。ただでさえ年寄りは便所いく回数が多いってのにちびらせる気かよ。戦々恐々じゃぜ、なぁ？」

「ふざけたことヲ……！　あなたはいったイ……」

「──オルバルト・ダンクルケン」

突《つ》き刺さる敵意を飄々《ひょうひょう》と躱《かわ》すオルバルトに、タリッタが怒りで顔を赤くする。が、彼女を遮《さえぎ》るように老人の名を呼び、鬼面のアベルが訪客の素性を周りに明かした。

そして始まるのは、滑稽なほど血腥《ちなまぐさ》い腹の探り合い──それは、スバルが直前に体感したばかりの展開をなぞる光景、行き着く先に待ち受けるのは破滅だ。

その、記憶に真新しい結末を何としても変えなくてはならない。

だというのに、そのために仲間と話し合う時間が、ない。

「なんで……」

この瞬間に舞い戻ったのかと、どうにもならないことを嘆きたくなる。

『死に戻り』で二度目の機会を与えられながら、傲慢《ごうまん》で身勝手な考えだとわかってはいる。

それでもせめて、オルバルトが現れる前に戻れたなら相談もできた。

前回、城郭都市《じょうかくとし》グァラルでトッド相手に幾度も『死に戻り』を重ねたときも、対処するための時間がほとんどなく、悪戦苦闘させられたことが思い出される。

今回も、事情は違えど条件的にはそれと近い。

言うなれば、血に飢えた猛獣と同じ檻《おり》に入れられたところがリスタート地点だ。

元々、『死に戻り』で遡る時間にはムラがあったが、これはかなりの重篤と言える。

このジリ貧の状況で、それでも未来への突破口を探るなんて――、

「――ッ！」

「おお!?　いきなりなんなんじゃぜ!?」

「うわきゃっ!?　なになになに!?」「うー!?　あー、うー！」

次々と湧き上がる弱音、それを振り払う気概でスバルは両頬《ほお》を力一杯叩《たた》いた。

乾いた音が部屋に響いて、スバルの突然の行いに皆の注目が集まる。いきなりそんな真《ま》似《ね》をされたら誰でも驚く。それは申し訳ない。ただ、必要なことだった。

「驚かせてごめん。――今、ちょっと気合いを入れた」

時間がないことを呪い、少ない時間を浪費する愚を犯そうとする自分を戒める。

スバルの愚かさの報いを受けるのは、いつだってスバル自身ではないのだ。

あの血の惨劇を再び招くようなこと、絶対にあってはならないのだから。

「気合いたぁ、ほっぺた赤くしてよく言うもんじゃぜ……うん？　お前さん、もしかして昨日の赤い服着た娘っ子じゃね？　誰かわかんなくてビビったんじゃが」

奇行に出たスバルの正体を看破し、オルバルトが興味深げに分厚い眉を上げる。

前回と同じで、オルバルトはここで初めてスバルとナツミを結び付けた。このまま『幼児化』の下手人がオルバルトと判明すれば、以降も同じ流れを辿《たど》りかねない。

その同じ轍《てつ》は踏《ふ》めない。オルバルトは、恐ろしく危険な人物だ。

アベルが本物の皇帝、ヴィンセント・ヴォラキアとわかった途端、長年の野心を露《あら》わに

命を奪いにくるシノビ。――すでに、潜在的な敵と言っていい。

「しかし、大した化けっぷりじゃなぁ。お前さん、ワシの里の連中に化け方仕込むつもりとかねえかよ。その気があるなら歓迎するんじゃぜ」

おどけた風に顎を撫《な》で、オルバルトは好々爺《こうこうや》めいた笑みを見せる。

だが、それすらもオルバルトにとっては戦術の一端に過ぎない。無音で忍び寄って驚かせるのも、砕《くだ》けた親しげな態度も、相手の素を覗《のぞ》くためのテクニック――彼の言行の全ては罠《わな》や毒、己の目的を果たすための忍術だと疑ってかかるべき修羅なのだと。

「ねえねえ、あたしたちがちっちゃくなってるのってお爺《じい》ちゃんのせい？」

ふと、会話の途切れたタイミングにミディアムがそう疑問を差し込む。それを受け、オルバルトは「かかかっか！」と大げさに笑い、

「おう、そうじゃぜ。シノビの術技の一種じゃが、奇想天外で面白《おもしれ》ぇじゃろ」

「やっぱり、あんたの仕業かよ、爺さん……！」

「怒んな怒んな、片腕の。むしろ、感謝されてもいいくらいじゃぜ？　うっかり殺して話聞けなくしたくねえから、縮めるだけにしといたんじゃからよ」

自分の仕業と素直に認め、その上で力量差を突き付ける発言にアルが押し黙る。

オルバルトの言い分は事実だ。彼の老人はその気になれば、昨日の紅瑠璃《こうるり》城の攻防でスバルたちを殺せた。そうせず『幼児化』に留《とど》めたのは、スバルたちが皇帝に反旗を翻せた理由が知りたいと、怪老が気紛《きまぐ》れにそう思ったからに他ならない。

と、そうスバルは考えていたのだが——、

「ま、結構本気で殺しにかかったら、それは全部防がれっちまったもんじゃから、苦し紛《まぎ》れでやっといたってのもあるんじゃけどよ？　じゃろ、片腕の」

「……何のことだかな」

「お、手品のことは言わねえか。ありゃお前さんの切り札じゃろし、仕方ねえわな」

「何べん言われても同じだよ。——何のことだかな、だ」

布切れで顔を覆い、くぐもった声で答えるアル。

それは期待にそぐわぬ答えだったはずだが、オルバルトは「そうかよそうかよ」と頷《うなず》いて、アルの反応を明らかに楽しんでいる様子だった。

その二人のやり取りの意味が、スバルにはまるでわからない。

紅瑠璃《こうるり》城での戦いの中、スバルとミディアムを守ったアルの八面六臂《はちめんろっぴ》の働き、それを達人であるオルバルトが評価したということだろうか。

だが、仮にそれが事実でも、『幼児化』したアルの技法はシノビには通用しない。

それを、すでにスバルは知ってしまっている。故に、揺るがない絶対の原則——オルバルトとは何としても戦ってはならないと、そう確信してしまっていた。

そして、戦わずにこの場を切り抜けるためにも、オルバルトのペースで話が進むことは避けなくてはならない。だから——、

「オルバルト、さん、あんたは……」

「――貴様の術技が、このものたちを縮めたと言ったな」

話を引き延ばし、打開策を練るための時間が欲しい。

そう考えて口を開きかけたスバルを、それより早くアベルの声が遮《さえぎ》った。

一瞬、ひやりとしたスバルだったが、こちらを見向きもしないアベルの鬼面越しの横顔を見て、その意図を解した。アベルの真意は、スバルの役割の代行だ。

――すなわち、スバルが必要とした時間を稼ぐため、その役目を買って出たのだと。

「お、そうじゃったわ。その話もしねえとなの忘れてたんじゃぜ。どうにも年寄りってのは話が脱線しちまう。ワシも、そろそろ引退時かもしれねえわ」

「貴様が？　笑えぬ冗談はやめよ。歳《とし》を重ねて衰えたと標榜《ひょうぼう》するなら、一将の位を早々に返上すべきだろうよ。そうせぬ時点で、貴様の腹は決まっている」

「へえ、言いよるもんじゃぜ。仮面で自分の横も見えづらそうじゃってのに、お前さんにワシの腹が見えるってのかよぅ」

「無論だ」

躊躇《ためら》いなく頷くアベルに、オルバルトの眼差《まなざ》しが好奇の色を宿した。

そうして対話を引っ張るアベルは、考える時間を欲しがるスバルのアシストに徹している。何故《なぜ》、彼がスバルの胸中を察したのかはわからないが、今は頼るしかない。

そんなスバルに目もくれず、アベルは鬼面に表情を隠したまま腕を組み、

「一将、その『参《さん》』の位にあり、貴様は帝国の頂にいる一人と言えよう。しかし、貴様の

性質《たち》は貪欲だ。その立場すら満足と程遠い」

「枯れたジジイ扱いよりは、まだ欲深ジジイって方がマシかもしれんがよぉ」

アベルの口から語られる評価に、オルバルトが我知らず不敬罪を重ねている。

そうとも知らないオルバルトだが、彼が深奥に秘めたる闇はアベルでさえも測り違えていたものだ。――違う、測れるはずがないものという方が正しい。

それを見抜けるものかと嘲笑《あざわら》うように、オルバルトの黄色い瞳が昏《くら》く瞬き、

「で？　お前さんは不満を抱えたワシが何を欲しがっとると睨《にら》む？」

「――『壱《いち》』の座」

静かに、だが揺るがぬ声音でアベルの言葉が発された。

それを聞いた途端、枯れ葉がこすれ合うようなオルバルトの吐息の音が消えた。

無言となるシノビの心中、どんな嵐が吹き荒れているのかは想像もつかない。ただ、アベルの指摘がオルバルトをざわつかせたのは確かだろう。

なにせ、アルとタリッタの二人が、生じた隙に乗じようと動きかけたほどで――、

「おう、片腕の。気持ちはわかるが大人しくしとけ。弓の娘っ子も同じじゃぜ」

「――ッ、頭の後ろに目がついてんのかよ」

「研鑽《けんさん》不足って言っとくんじゃぜ。年季が違《ちげ》ぇのよ、年季が。とはいえ、ワシから見たら大抵の奴《やつ》は未熟者ってなんじゃがよ。これ、年寄りの無敵理論じゃから」

そのオルバルトの警告に、名指しされたアルとタリッタの二人が息を呑《の》む。

オルバルトの意識はアベルに集中し、確かに隙が生まれたように思えた。ただしその状況ですら、怪老の老練な眼力は他者の些細《ささい》な変化を見落とさなかっただけ。

未熟者の小細工など目で見るまでもない。それが、超越者の在り方だった。

「アル」

首を横に振り、スバルはアルに手出ししてはならないと伝える。

彼の実力と芸当を完全に把握しているわけではないが、おそらく防戦に特化した技術の使い手なのだろう。だが、それも通じずに殺されるのが残酷な現実だ。

そのアルの恨めしげな視線を浴びながらも、オルバルトの関心はアベルの方にある。

「しかし、ワシがこの歳《とし》で『壱』の座を狙っとるとかとんでも発言じゃぜ。なんでまた、そんな突拍子もねえこと言い出しよったのよ、仮面の若僧《わかぞう》」

「老境など、野心の涸《か》れる理由に足らん。──シノビは己の肉体と精神を極限まで痛めつけ、そうした一握りだけが至れる境地。死するその日がきたとて、完成はせぬ」

「なるほどの。……勉強熱心なもんじゃぜ」

そう答えるオルバルトの態度は薄味で、先ほどまでとは明らかに温度差があった。それがかえってアベルの推測を裏付けているように感じるが、実態は違う。

──実際のところ、アベルの指摘が不正解なことをスバルは知っている。

オルバルトの本心、シノビの頭領の最終目標は皇帝の弑逆《しいぎゃく》であり、『九神将』のトップに上り詰めることは二の次、三の次だ。

それでもオルバルトの声が曇ったのは、アベルの言葉が全くの的外れでないことの証《あかし》。

究極、アベルが指摘したのはオルバルトの抱えている『渇欲』なのだ。

その渇欲を満たす術《すべ》としてアベルが推測したのが、オルバルトも所属する『九神将』における絶対の勲章、『壱《いち》』の座の奪取であったと。――だが、無理もない。

一将の位にあり、シノビの頭領という立場もあるオルバルトの望みが、それまでの人生の全てをなげうってでも歴史に名を遺《のこ》すことなんて、どうすれば気付けるのだ。

傲岸不遜にして自分本位、他者を慮《おもんぱか》る姿勢を微塵《みじん》も持たないアベルだが、それでも彼はヴォラキア皇帝――帝位にある存在として、自らの命の価値を理解している。

自分が失われれば、帝国が大きく揺らぐことを自覚しているのだ。

それは、ヴォラキア皇帝であるアベルが持ち合わせる必然の意識であり、一方で彼と比較すれば薄っぺらくとも、誰もが持っている『責任感』というべきもの。

――それが、オルバルト・ダンクルケンにはないのだ。

自分の野心が叶《かな》うなら死んでもいい。それで周囲が迷惑を被っても関係ない。

その並外れた破滅思考が、アベルですら読み切れなかったオルバルトの『闇』だ。

だが――、

「――オルバルトさん、あんたの狙いは『壱』の座じゃなく、皇帝じゃないか？」

――オルバルト・ダンクルケンの『闇』を、ナツキ・スバルは知っているのだ。

2

――刹那、空気の色が、匂いが、肌触りが変わった。

「――――」

アルやタリッタの、実行力を伴った敵意には振り向きもしなかったオルバルト。そのオルバルトの視線が、幼子となったスバルの方へと向けられる。

直前の、スバルの言葉を聞き流せなかったが故に。

「坊主、いきなりしゃしゃり出るもんじゃなかろうよ。驚くんじゃぜ」

「驚いたのは、俺が話に割って入ったから？　それとも……」

「図星突《つ》かれて驚いたかって？　かかかっか！　もしそうなら、ワシ超やべえ奴《やつ》じゃぜ」

口を開けて、スバルの言葉を豪快に笑い飛ばそうとするオルバルト。しかし、その内心が見た目ほど穏やかでないことをスバルは確信している。

他ならぬ、彼自身が秘めた長年の野心を指摘してやったのだ。

それも、実行に移す寸前まで、アベルの眼力すら欺き続けていた『闇』を。

「皇帝狙いって、まさか皇帝殺しか？　そりゃ飛躍しすぎだろ、兄弟。んな真似《まね》しても」

「メリットがない。悪名が知れ渡るだけってんだろ。俺も同感だ」

「ま、無名より悪名って考えもわからねえこたねえがよ。片腕のの言う通り、そりゃちょいと飛び道具すぎる考えってもんじゃぜ」

信じ難《がた》いと声を硬くするアル、その疑心にオルバルトは当然の如《ごと》く乗ろうとする。

その、オルバルトの軽い調子の逃げ道を――、

「でも、はっきりとは否定しないよな、オルバルトさん」

そう言って、スバルは危険な駆け引きとわかっていながら塞ぎにかかった。

「――――」

色が、匂いが、肌触りが変わった空気が、元に戻らない。

オルバルトの心象、揺れ動く緊迫感、それがスバルの背をじっとり汗で濡《ぬ》らしていく。

正直、これは危険な賭けだ。しかし、限られた時間で見出《みいだ》した唯一の方策だ。

オルバルトの野心の行き着く先、それは皇帝の弑逆《しいぎゃく》だ。それがある以上、アベルの正体も、偽皇帝の正体も明かせない。必然、交渉のための手札は失われてしまった。

それでも、アベルが稼いだ時間を無駄にしないため、オルバルトへの対抗策としてスバルが思いついた手段が、オルバルトの手札を開示するという逆転の発想。

――こちらの思惑は伏せたまま、オルバルトの腹の内を暴露するという手段だった。

「俺たちの目的は、昨日の天守閣で話した通りだ。今現在、皇帝の座についてるヴィンセント・ヴォラキア皇帝を引きずり下ろす。あんたの狙いとも噛《か》み合うはずだ」

「待て待て、勝手にワシを天下の謀反人に仕立て上げるんじゃねえっての。油断も隙もあったもんじゃねえ坊主じゃぜ。ビビッて小便が近くなんじゃろ」

「だけど、本気で否定もしなけりゃ止めもしない。皇帝直属の、『九神将』の一人なのに」

指先に引っかかる可能性、それを手繰り寄せるべくスバルは怖《お》じず前進する。

無論、オルバルトの脅威が薄れたなどとは微塵《みじん》も勘違いしていない。一手間違えれば、ここが再び血の惨劇と化すことは百も承知だ。

だが、最悪の選択を引かない限り、先の全滅する展開は起こらないはずだった。あれはオルバルトの、人生最後の花道を飾るための一種の自爆テロなのだから。

確信が持てない限り、オルバルトは交渉の最中に短気を起こす真似《まね》はしない。

責任感も忠誠心も踏《ふ》み躙《にじ》る野心の獣であろうと、偽皇帝の下した『手出し無用』の命令を忠実に守る『九神将』、その役割を演じ切ろうとするからだ。

そして――、

「――貴様の心中、測りかねた思惑がそれか」

オルバルト自身が認めずとも、食い下がるスバルの態度に各々も理解し始める。

『九神将』の一人、シノビの頭領、『悪辣翁《あくらつおう》』の秘めたる色濃い闇の深さを。

「やれやれ、話の通じねえ奴《やつ》らで困っちまうわな」

アベルを筆頭に、向けられるそれぞれの視線にオルバルトが煩わしげに頭を掻《か》く。

困ったというより、面倒事を抱え込んだ顔つきで怪老はため息をついて、

「それならそれで、ワシも方針変えるだけじゃわ。そういう流れじゃろ？」

「――っ、爺《じい》さん、妙な真似は」

「しねえっての。居座っても時間の無駄っぽいから引き上げようってだけじゃぜ」

「……本気デ、この状況から逃れられるとでモ?」

形勢悪しと見たか、引き上げる雰囲気を見せるオルバルトをタリッタが睨《にら》む。

最初の姿勢から変わらず、オルバルトを牽制《けんせい》し続けるタリッタ、彼女の言葉に片目をつむり、それからオルバルトはスバルやミディアムを見ると、

「ああ、縮んだ仲間を元に戻してえから、ワシに帰られちゃ困ると。じゃが、そりゃちょっと欲張りすぎじゃろ。ワシ、なんもしねえで帰ってやるんじゃぜ?」

「でも、お爺《じい》ちゃんじゃなきゃ、あたしたちのこと元に戻せないんじゃないの?」

「かかか! そんなことねえじゃろ。娘っ子、お前さん本当は歳《とし》いくつよ」

「あたし? あたしは二十歳だったかな?」

「なら、十年待ったら元に戻るんじゃね? 知らんけども」

身も蓋もない発言で煙に巻かれ、真剣に尋ねたミディアムが頬《ほお》を膨らませる。だが、遺憾の意ではオルバルトの意見を変えられない。力ずくで、という手段も無理だ。

オルバルトの脅威が退いても、ここで彼に帰られては『幼児化』はそのままで――、

「――ならば、貴様に皇帝を殺す機をくれてやろう」

直後、再びの空気の変化に息を呑《の》み、スバルは唖然《あぜん》とアベルを見た。

堂々と、自らの命を載せた天秤《てんびん》を差し出すアベル、その発言にオルバルトは眉を上げ、

「そもそも、前提が違《ちげ》えって何べんも言ってんじゃろ。閣下殺しなんざ……」

「貴様の狙いが皇帝の命にあるなら、これまでにも機会は幾度もあろう。だが、貴様は実

行に移さなかった。――皇帝を守る、『陽剣』の焔《ほのお》があるからだ
「お……」

「その、焔の越え方を明かしてもいい」

オルバルトの表情が、それまでの欺瞞《ぎまん》と一線を画した変化を迎えた。

「陽剣の、焔……」

アベルの口にした単語、それの意味するところがスバルにはわからない。

ただ、オルバルトにとって、ここまで徹底して被《かぶ》り続けた欺瞞を剥《は》がれ、その向こうの真意が透けて見えるほどの衝撃があったのは事実だ。

話の流れからして、ヴォラキア皇帝を守護する何らかの秘密があり、それがオルバルトの野心を邪魔し続けていた。――その枷《かせ》を外す術《すべ》を明かすと、そういう話だろう。

当然、それはヴォラキア皇族にとって秘中の秘、オルバルトが訝《いぶか》しむには十分だ。

「――。お前さん、顔も見せねえし年寄りもいたわらねえ奴《やつ》じゃと思っとったが、いってえ何者よ。そんな話、冗談でも触れ回るもんじゃねえんじゃぜ」

「ここで詭弁《きべん》や冗談を並べるものが、この強大な帝国に反旗を翻せると？　だとしたら、それは誇大妄想を掲げる禍人《まがびと》か、よほど肝の据わった大人物であろうよ」

「お前さんは、そのどっちでもねえと？」

「無論」

オルバルトの問い、それを端的に肯定するアベル。

それが本気なのか、それとも詭弁《きべん》であるのか。あるいはアベルという男は、本物の禍人《まがびと》と大人物と、その両方であるのかもしれないとさえ思わされた。

「――――」

毛量の多い眉を寄せて、オルバルトが無言でアベルの言葉を吟味する。

そしてしばしの黙考ののち、オルバルトは不意に視線を窓の外へ向けると、

「確か、火の刻の鐘って話じゃったっけか」

「え？」

「そうだよ。ヨルナちゃんに呼ばれてるから、ちっちゃいままだと困っちゃう！」

「ヨルナちゃん！　かかかっか！　大したタマじゃぜ、娘っ子」

意表を突《つ》かれ、間抜けな反応をしたスバルに代わって答えたミディアム。ヨルナさえもちゃん付けする彼女の胆力を、オルバルトが大笑して称賛する。

そうしてひとしきり笑ったあと、オルバルトは「そうじゃなぁ」と顎に手をやり、

「閣下の命を狙うなんて不敬すぎて笑えんけど、ヴォラキア皇帝を守護する『陽剣』の越え方ってもんには、ぶっちゃけ興味あるんじゃぜ」

「――！　だったら……」

「おうおう、気が早《はえ》ぇのよ。期待させたのはワシじゃけど、ワシにも立場とか将来設計とか色々あんじゃぜ。――じゃから、勝負せんか？」

前のめりになりかけたスバルの鼻先に、オルバルトが指を突き付けてそう言った。

その動作がまるで目で追えず、スバルは凝然《ぎょうぜん》と硬直させられる。勝負、と銘打たれて提示される条件、オルバルトに決定権を持たせるのがあまりにも恐ろしすぎた。

「か、仮に断るって言ったら？」

「そんときゃ、お前さんが欲しいもんはなんも手に入らんじゃろ」

「うぐ……っ」

「ちなみに、ワシが欲しいと思ったもんをお前さんらが持っとるわけじゃから、今後はシノビの術技が寝る間も惜しんでお前さんらを襲うんじゃぜ」

この先は手段を選ばないと、笑みの裏側に冷酷を隠したオルバルトが告げる。

仮にこのまま帰せば、彼は偽皇帝に命令の撤回を求め、晴れて堂々とスバルたちを襲いにくる。――そんな悪辣《あくらつ》な発想さえするだろうと、そう信じさせる凄《すご》みだ。

「勝負の内容は何とする」

もはや、条件を提示した時点でオルバルトとの勝負は避けられない。

同じことを察したアベルが、口の開かないスバルに代わってそう問いかけた。

「そうじゃな、狐《きつね》娘の呼び出しまで時間もねえじゃろ？　で、ワシもお前さんらにゃ手出しできねえんで案外困るんじゃが……ああ、ちょうどええわい」

「……それって、俺たちにとって？　オルバルトさんにとって？」

「かかかっか！　ビビりすぎじゃって。もちろん、ワシとお前さんら両方にとってよ」

頬《ほお》の引きつったスバルの質問に笑い、オルバルトが両手を見せる。

そして、身構えるスバルたちに向けて、彼は言った。

「——追いかけっこ」

「……え？」

「よく、里の若ぇ奴《わけ》《やつ》らと勝負するんじゃぜ。わかりやすくてよくね？」

3

——しわがれた声が紡いだ提案、それはスバルたちを大いに困惑させた。

「おい、かけっこ……？」

いったい、どんな無理難題を吹っ掛けられるのかと戦々恐々していたスバルは、聞かされた言葉の牧歌的な響きに思考を痺《しび》れさせられる。

そのスバルの疑心暗鬼を煮詰めた声に、オルバルトは「なんじゃ」と首を傾《かし》げ、

「わけわからんみてえな顔じゃな。まさか、追いかけっこ知らんわけじゃねえじゃろ？」

「そりゃ……もちろん、言葉は知ってる。ただ、この状況で出てくる単語じゃないだろ」

オルバルトの反応からも、それが子どもの遊びの『追いかけっこ』だとわかる。

他の意味を含んでいるとも考えにくい。もっとも、シノビの里で繰り広げられる追いかけっことなると、独自のルールが盛り込まれている可能性も十分ある。

「例えば、追いかけっこの最中は命の取り合い解禁じゃぜ、とか……」

「かかかっか！　んなわけねえじゃろ。そんなおっかねえ遊びが流行《はや》ってたら、あっちう間にシノビなんざ滅んじまわぁ。それも頭《かしら》のワシの手で。ヤバくね？」

スバルの懸念を否定するオルバルトだが、ここまでの言動を振り返ると説得力はない。必要なら身内の血で手を汚し、里を滅ぼすことだって厭《いと》わなそうだ。

「──その追いかけっことやら、どのような仕組みだ？」

じりじりと疑心に身を焼くスバルに代わり、アベルがそう先を促した。そのアベルの言葉に、オルバルトは「お」と頬《ほお》を歪《ゆが》めて笑い、

「案外、乗り気みてえじゃな、仮面の若僧《わかぞう》」

「たわけ。すでに勝負に乗る乗らないの次元は通り過ぎている。俺たちが貴様の欲する情報を持っていると、そう明かした時点でだ」

「かかかっか！　ま、そりゃそうじゃな」

顎が外れそうなくらい大きく口を開け、オルバルトが悪びれずに大笑する。

実際、この追いかけっこの勝敗に拘《かかわ》らず、オルバルトは欲しい情報を手に入れる。それが交渉の末なのか、それとも拷問の果てになるのか、情報の吐かせ方を選ばせてやるというのが、この『追いかけっこ』の主題であるのだから。

「っても、別に特別なことなんてねえんじゃぜ。片方が逃げて片方がとっ捕まえる……あ、ワシが逃げる側な。大人数を追っかけ回すの、ジジイの体力じゃしんでえのよ」

「じゃあ、逃げるお爺《じい》ちゃんをあたしたちが捕まえたら勝ち？　わかりやすいね」

「わかりやすくハ、ありますガ……」

オルバルトのルール説明に、ミディアムが楽観的、タリッタが悲観的に反応する。

スバルの考えも、どちらかと言えばタリッタ寄りだ。ルールはシンプルで、不確定要素の介在する余地がない。――つまり、実力差が如実に出るだろう。

そしてその実力において、スバルたちを合計してもオルバルトには遠く及ぶまい。

そのルール整備の時点の不安を感じ取ったのか、オルバルトが片目をつむり、

「ま、ちびっ子ばっかでしんどいなら、ちょっち条件緩めてやってもええんじゃぜ」

「……もしも、条件を緩めるってんなら、どんな風に？」

「追いかけっこのやり方の話じゃな。ワシを捕まえるまでせんでも、隠れたワシを見つけりゃ勝ちって条件でどうよ。ただし、そっちなら三回勝負じゃぜ」

「三回勝負……」

「ワシが三回隠れる。お前さんらは三回見つける。それができなきゃ負けって話よ。その場合、追いかけっこってより見つけっこ……なんか変な響きじゃな」

しっくりこない、と首をひねるオルバルト。

そんな老人の提案を受け、スバルの頭の中を過《よぎ》った単語があった。

「――かくれんぼ？」

「お、ええ名前じゃな。それ採用」

指をパチンと鳴らして、オルバルトが『かくれんぼ』の響きに食いついた。

そのままオルバルトは両手を広げ、左右の手の指を一本ずつ立ててみせながら、

「追いかけっこなら、ワシを一回捕まえられりゃええ。かくれんぼなら、ワシを三回見つけてもらう。——どっちが勝ち目あるか、言うまでもねえじゃろ？」

片目をつむり、そう問いかけてくるオルバルトにスバルは息を呑《の》む。

言われた通り、これは考えるまでもない選択だ。超越者たるオルバルト相手に追いかけっこなんて、そんな無謀に挑む理由は微塵《みじん》もない。ないのだが——、

「ずいぶんとお優しいじゃねぇか。わざわざオレたちの勝ち目が高い方法まで提案してくれるなんて、裏があるんじゃねぇかって勘繰っちまう」

自分から勝ち目を譲ろうとするオルバルトに、アルがそう食って掛かる。

脱いだ兜《かぶと》の代替に、顔に布を巻いているアル。その布の隙間から見える黒瞳に睨《にら》まれ、オルバルトは「おいおい」と心外そうに肩をすくめた。

「勘違いしとりゃせんか？　ワシとしちゃ、お前さんらが勝ってくれた方がありがたいんじゃぜ？　これは、お前さんらの話に聞く価値があるか試しとるんじゃからよ」

「オレたちを試してる、ってのは……」

「ワシとしちゃ、お前さんらの話にゃ興味津々よ。じゃが、適当な嘘掴《うそつか》まされた挙句、閣下への忠誠心だけ疑われちゃ老後の蓄えが不安じゃろ？　だからじゃぜ」

「ぬぐ……っ」

立てた左右の指を振って、オルバルトがアルの疑心に飄々《ひょうひょう》と答える。

その答えを聞いても、アルの持つ疑いが晴れたわけではあるまい。だが、筋の通った答えであることは事実で、それ以上の追及は躊躇《ためら》われたようだ。

もちろん、今のがオルバルトの本心だと、そう信じるほどスバルもお気楽ではない。

だが、オルバルトの提示した不自由な二択――どちらを選んでも最善とは言い難《がた》い状況下、どうするのが最善か吟味するには時間も、情報も足りなすぎる。

もっと言えば、万全を尽くした結果、辿《たど》り着《つ》いたのがこの状況とすら言えて。

「――貴様の提案、受けるなら決め事を明確化しておく必要があろう」

「ほう、どういうことなんじゃぜ？」

「貴様自身が口にしたことだ。こちらが勝つ方が利が大きいというなら、悪足掻《わるあが》きの余地を多く残しておくべきではない。――互いの求むるところは明確に、だ」

「――。かかかかっか」

同じ結論に先に達したらしきアベルが、オルバルトを見据えて話を進める。

勝負のルールの明確化――それを求める姿勢の裏にあるものはそれこそ明快。勝負を受けることも、受ける勝負の内容もすでに決めてあるという証《あかし》。

低く笑ったオルバルト、その爛々《らんらん》と輝く瞳を見つめ返し、アベルは頷《うなず》いた。

そして――、

「――かくれんぼだ」

4

——その後、両者の間で交わされた決め事は大きく三つだ。

互いに危害を加えないこと、隠れるのは都市内に限定すること、そして具体的な勝利条件の設定。いずれも『かくれんぼ』する上で欠かせないルールだ。

特に、勝利条件の具体化には慎重になる必要があり——、

「追いかけっことかくれんぼでこっちの勝算が変わるのはわかる。けど、なんで三回なんだ？　ケチケチしないでどっちも一回でもよくないか？」

「かかかっか！　そりゃ欲張りすぎじゃぜ、若《わけ》ぇの。こう言っちゃなんだがよぅ。一回ならまぐれがありそうじゃろ。けど、三回あればそりゃ実力じゃぜ」

「運も実力のうちって考え方もあるぞ」

「生憎《あいにく》と、運否天賦《うんぷてんぷ》は信じねぇのよ。つか、帝国民は大抵そうじゃろ。お前さん、珍しいこと言うもんじゃぜ」

実力至上主義の帝国らしい、実に逃げ場のない考え方だ。

幸運も不運もなく、結果は全て自分の実力が招くこと。——その姿勢、逃げ場がなくては生きられないものにとっては息苦しくて仕方なさそうだ。

不登校時代のスバルなど、この帝国では行き場がない。その証拠に——、

「オルバルトさん、細かいことだけど確認させてくれ。隠れる場所だけど、俺たちが物理

的にいけない場所はなしだ。僻地《へきち》とか、壁の中に隠れられたらどうにもならないし」

「かかか、本当に細けぇ奴《やつ》じゃぜ。――ま、言われなきゃやっとったけども」

「――――」

「言っとくが、何が何でもワシが勝ちてえわけじゃねえって話は本気じゃぜ？　けど、忘れてくれんなよぅ。これは、お前さんらの試金石じゃってこと」

つまり、如才や抜け目のなさ、頭の回転も含めて見られているということだ。

ルールの穴を突《つ》き、裏を掻《か》くのは至極当然と、オルバルトはそう考えている。

好々爺《こうこうや》めいた雰囲気は全てまやかしで、見るべき価値なしと判断すれば、オルバルトは容赦なくこちらを切り捨てる。今のだって、脅しでも何でもない。

もっとも――、

「――ま、そのあたり、そこの仮面の若僧《わかぞう》が見落とすとも思えんかったがよ」

顎をしゃくってアベルを示し、オルバルトが老獪《ろうかい》さを隠さぬ笑みを見せる。

そこに厄介さを覚えながらも、スバルはアベルやアルに目配せし、二人が顎を引くのを見届けて、勝負へ挑む覚悟を決めた。

そして――、

「俺たちが勝ったら、元に戻してもらうぜ」

「ワシが勝ったら、元に戻るのは十年待つこった。ま、閣下とあの狐娘《きつね》が考え直したら、ワシはワシのやり方でお前さんらの秘密を聞くんじゃぜ」

それが、シノビの里に伝わる尋問術――拷問に通ずる方法だと匂わせる怪老に、スバルは湧き上がる怖気《おぞけ》を覚え、その黒瞳にオルバルトを映した。

そして、怪老が最初の隠れ場に向かう前に問《と》い質《ただ》す。

「――で、最初のヒントは？」

それは、本気の真剣勝負では馬鹿馬鹿しいと切り捨てられるだろう問いかけだ。

しかし、オルバルトはこれを嗤《わら》わない。何故《なぜ》ならこれこそが、スバルがオルバルトとの『かくれんぼ』において、彼に呑《の》ませた勝利のための条件だったからだ。

スバルたちが『幼児化』した以上、オルバルトが見極めたいのはこちらの頭の回転や発想力、端的に言えば「馬鹿と取引する気はない」という当然の考えだ。

だから、隠れる場所のヒントを求めるスバルに、オルバルトも条件を呑んだ。

知恵と団結力を駆使し、同じ皇帝の首を狙う同志に相応《ふさわ》しいのかを試すため――、

「まずは小手調べ……ワシは宿の近くの、『瞼《まぶた》の裏』に隠れるとするんじゃぜ」

「――瞼の、裏？」

「さ、せいぜい若ぇ奴《わけ》らで頭ひねって頑張るこった。老い先短《みじけ》ぇジジイに、せめてもの楽しみってやつを味わわせてほしいんじゃぜ」

ひらひらと手を振り、オルバルトがスバルたちに背を向ける。――瞬間、その悠々と歩き去る背中に、室内の緊張が張り詰めるのをスバルは感じた。

今この瞬間、オルバルトに飛びかかり、かくれんぼも『幼児化』も、全ての問題を一緒

くたに解決してしまえたらと、そう思わなかったものは一人もいまい。

だが、誰もその無謀を実行しなかった。それで、正解なのだ。

「かかかっか」

扉が閉まる直前、オルバルトが嗤《わら》ったのはスバルたちの逡巡《しゅんじゅん》の正体を察したからか。

そのしわがれた笑声も含め、最後まで『悪辣翁《あくらつおう》』の名に違《たが》わぬ振る舞いだったと言える。

そうしてオルバルトが退室し、改めて室内が味方だけになると――、

「タリッタ、弓を下ろせ。もはや向ける相手もおらぬ」

「……はイ」

敵の去った室内、アベルがタリッタに構えた弓を下ろさせる。

指示に従うタリッタの顔には、忸怩《じくじ》たる思いが滲《にじ》んでいる。当然だろう。彼女に弓を向けられながら、オルバルトは最後まで涼しい顔を貫き通した。

シュドラクの一人――違う、すでに次代の族長の役目を任されたタリッタからすれば、怪老のあの姿勢はシュドラクの力を愚弄したに等しい。

オルバルトに『シュドラクの民』を侮らせた。それも、自分の力不足が原因で。

元々、タリッタが魔都に同行したのは、族長を継ぐ決意の後押しを求めてのこと。

これでは自信を得るどころか、逆効果でしかない。

「本気であの爺《じい》さんのお遊びに付き合う気かよ、兄弟」

と、タリッタにかける言葉が見つからないスバルに、そうアルが話しかけてくる。

なかなか馴染《なじ》まない覆面姿のアル、その語調には苛立《いらだ》ちと不服が滲んでいた。わりと何事も飄々《ひょうひょう》と対処する印象が彼にはあり、だからこそ意外なものをスバルは感じる。

とはいえ、オルバルトにやられっ放しな以上、彼がイラつく気持ちはわかる。

「俺だって万歳なんて喜んでないよ。けど、ギリギリで可能性は残せた、だろ？」

「可能性ったって……」

「あたしたちが元通りになれる可能性でしょ？　スバルちん」

床に胡坐《あぐら》を掻《か》いて、もがくルイを押さえ込んでいるミディアム。サイズ比がほとんど同じになったルイをいなす技は、彼女が育った施設で培ったものなのだろう。

そのミディアムの青い瞳に、スバルは「ああ」と頷《うなず》いた。

「あそこで相手の機嫌を損ねてたら、俺たちの体は縮こまったまま……将来設計的にも、今後の方針的にも受け入れられない。戻るのはマストだ」

「……それこそ、爺さんを囲んで叩《たた》くって手もあったぜ」

「馬鹿言えよ。俺たちが死ななかったのは、オルバルトさんが皇帝の出した命令に従うつもりでいたからだ。その気になられたら手も足も出ないよ」

「――。まるで、見てきたみてぇに言うじゃねぇか」

視線を逸《そ》らし、アルが「ありえない」とでも言いたげなニュアンスで言う。

その洞察力と表現は適切だ。実際、スバルはこの目で見てきているのだから。

彼がありえないと考えた事象も、認めたくなくとも起こるものなのだ。

認めたくないことと言えば——、

「だんまりだな。まさか、オルバルトさんに命を狙われててショック、とか？」

「たわけ。奴《やつ》が身の丈に合わぬ野心を抱いていたことは承知している。もっとも、それが皇帝の首とまでは思わなんだ。そのような真似《まね》をしても得るものがないと考えていたが、求めるのが最後の達成感と死後の悪名とはな」

つくづく理解できないと、そうアベルが細い肩をすくめる。

皇帝の座を追われ、究極的に劣勢に追いやられようと諦めることを知らないアベル。

生きて玉座に戻り、帝位を取り戻すことを最善とする彼からすれば、自らの命を投げ出し、死後の名声を求める姿勢は理解できないのだろう。

その点、スバルも複雑だが同意見だ。死後、褒められたいなんて思わない。

ともあれ——、

「……しかし、オルバルトさんも案外抜けてるよな。あんな野心を持ってるくせに、目の前のお前の正体にはちっとも気付かないんだから」

せめて嫌味《いやみ》の一つでもと、スバルは先のアベルとオルバルトのやり取りを回想する。

隠すつもりが全くないアベルの受け答えに、見抜く気配が全くなかったオルバルト。傍《はた》目《め》にはハラハラさせられたが、シノビの観察力も底が知れたと——、

「——貴様、何を言っている？」

「あ？」

「俺の顔はこの面に覆われている。ならば、オルバルトの反応は当然のものであろうが」

鬼面の頬《ほお》に指で触れて、アベルが声に怪訝《けげん》を宿しながらスバルを見る。

その言葉にスバルは眉を寄せ、意味がわからないと眉間の皺《しわ》で示した。途端、アベルの鬼面越しの怪訝が露骨な失望に変化する。

「この面には、他者の認識を歪《ゆが》める効果がある。被《かぶ》ったものの正体を隠す効果だ」

「な……っ！　それって、まさか『認識阻害』か!?　でも、その仮面って元々シュドラクの集落にあったはずのもんじゃ……」

「ハ、はイ、そうでス。昔、皇帝とシュドラクが友誼《ゆうぎ》を結んだときニ、皇帝がそれと知られず森を訪れるために使っていたト、そう言い伝えられていテ……」

「そんな曰《いわ》く付きの面だったの……？」

驚きの事実が明かされ、スバルは開いた口が塞がらない。

そんな衝撃を受けるスバルに、アベルは落胆を継続したまま、

「貴様、今まで伊達《だ て》や酔狂で俺がこの面を被っていると本気で思っていたのか？」

「――――」

その問いかけに何も言えず、スバルは甘んじて蔑みの視線を浴びるしかなかった。

確かに、アベルの奇行の一部だと思って何も聞かなかったスバルも悪いが、説明なしでもわかると考えていたアベルにも落ち度があるだろう。

おかげで、掻《か》かなくていい恥と、しなくていい憂慮を味わう羽目になった。

とにかく、オルバルトがアベルの正体に気付かなかったカラクリも合点がいった。

顔を隠しただけで、尊大な喋《しゃべ》り方も横柄な態度もまるで誤魔化《ごまか》す気がなかったアベルだが、その正体がバレないかハラハラしたのは杞憂《きゆう》だったわけだ。

「ねえねえ、アルちんアルちん。アベルちんがあんなこと言ってるけど、アルちんが顔隠してるのもなんか理由があるの？」

「オレの場合は顔の傷のコンプレックス……って、オレの話はいいだろ。もうかくれんぼは始まってんだ。さっさと動かねぇとだ」

そう言って、アルが手で示すのは窓の外――魔都の街並みだ。

帝国でも大都市の一つに数えられるカオスフレームは、城郭都市《じょうかくとし》グァラルと比べても何倍も大きく、シノビと『かくれんぼ』するには絶望的な広さと言える。

それもたったの二時間と、六人ぽっちの人員で、三回も。

「小手調べとは言ってたが、宿周りだけでも候補は多いぜ。なんか策とかあるか？」

「策、ってほどのもんじゃないけど……俺も試したいことはある」

「無論、打てる手立てはいくつかある。そこな道化とは異なる考えだろうがな」

「……軍師から道化に降格人事って、さっきのお面のこと根に持ちすぎだろ」

鬼面の変装を奇行扱いしていたのがよほど腹に据えかねたのか、アベルの冷たい声音にスバルは唇を曲げて唸《うな》るしかできない。

ともあれ、話し合いに浪費できる時間も限られている。――動かなくては。

「あー、うー！」

「おお、ルイちゃん、やる気満々だ！　よーし、頑張って、あのお爺《じい》ちゃんを探そうね！」

「うー！」

置いていくわけにもいかないルイの声に、双剣を一本だけ持ち歩くミディアムが破顔。アルは青龍刀《せいりゅうとう》を鞘《さや》ごと背負い、スバルも扱える自信はないが、鞭《むち》は持ち歩く構え。

そうして最低限の装備を揃《そろ》えて、一行は魔都へ繰り出さなくてはならない。

「あの爺さん、まともに勝負する気はあんのかね。平気で裏切ってきそうじゃね？」

「あれも訂正したが、オルバルトめの狙いは己の勝利にない。奴《やつ》が回りくどい手を打つのは、遊戯を通して測るためだ。――こちらの大言が、信じるに能《あた》うかどうか」

オルバルトの真意を疑《うたぐ》るアルに、アベルがはっきりとそう言い切る。

そこに嘘《うそ》はないと、スバルもそう考えている。オルバルトの言い分を素直に信じるのは抵抗感があるが、その目的が皇帝の命にある以上、オルバルトにとってもスバルたちの狙いと、抱えている情報が信じられる本物である方が都合がいい。

オルバルトは、スバルたちが能力を示すことで納得を得たいのだ。

そのためにも――、

「詳しく聞かなかったけど、『陽剣』の焔《ほのお》がどうとかって話は……」

「生憎《あいにく》と、ヴォラキア帝国の歴史について長々と講釈してやる時間はない。貴様の浅知恵はともかく、俺の策は宿の一室で動かせるものでもないからな」

「ちっ……わかったよ」

明かすつもりはないと、そう明言するはぐらかし方にスバルは舌打ちする。

ただ、オルバルトとの話から推測すると、アベル＝ヴォラキア皇帝には何らかの守護があり、それがある限り命は守られると、そういう話には思えた。

もしそれが事実なのだとしたら、一個だけ確かめておきたい。

「その、『陽剣』の焰《ほのお》ってやつは、今もお前を守ってるのか？」

「くどいぞ。それとも、貴様もそれが聞けねば俺の敵に回るか？」

「……それするメリットがないだろ」

揶揄《やゆ》する物言いに頬《ほお》を歪《ゆが》め、スバルは今度こそ追及を諦めた。

そうして、スバルは宿を発《た》つ準備を終えた仲間たちの顔を見渡して、

「敵はシノビの頭領で、こっちは子どもが四人もいる。でも、かくれんぼ勝負なら、身も心も童心に返れる俺たちの方が有利だ！　きっと勝てる！」

「ド、どういう理屈なんですカ……？」

「捨て置け。聞くだけ意味のない戯言《たわごと》だ」

実際、軽口以上ではないので正解だが、眉間の皺《しわ》で遺憾の意だけ表明しておく。

それをしてから、スバルは「とにかく！」と必要以上に大きな声を上げ、

「全員、周囲に最大限の注意を払ってくれ。──じゃあ、いこう！」

「おーっ！」「あうー！」

「……気合い入ってんなぁ、兄弟たち」

ありあわせの服で体裁を整え、かなり不格好なスタイルで意気込むスバル。追従するミディアムとルイが拳を突《つ》き上げ、その様子にアルが嘆息する。

一方、最大戦力となったタリッタは緊張と不安を瞳に宿し、アベルは鬼面の向こうの表情を窺《うかが》わせず、その手に何も持たない相変わらずの不遜ぶりだった。

そんなメンバーで、スバルたちは一斉に宿の部屋を飛び出し――、

「――で、すぐ戻る」

「へ？」

強く踏み出した足でそのまま床を蹴り、スバルの体が半回転。出てきたばかりの扉に向き直る転身を見て、アルが間抜けな声を漏らした。

それを尻目に、スバルは部屋の扉を力強く押し開けた。

そして、スバルたちが出発したばかりの部屋の中を指差し――、

「――オルバルトさん、みーつけた」

「かかかっか！　おいおい、これすぐ気付くとか性格悪くね？　こんなもん、いきなり見抜かれたワシ赤面もんじゃぜ、超恥ずいじゃろ！」

と、スバルたちと入れ替わりに部屋に忍び込んだオルバルトが、自分を指差すスバルの一回目の宣誓を心底愉快そうに笑い飛ばしたのだった。

5

「マジか、兄弟……！」

部屋の中、冷めたお茶を淹《い》れ直そうとしていたオルバルトの姿にアルが驚く。

彼の驚きに、「あ、お爺《じい》ちゃんだ！」「あー！」とミディアムとルイが追随し、同じように部屋を覗《のぞ》き込んだタリッタも目を丸くしている。

それらの反応に遅れ、最後に部屋を一瞥《いちべつ》したアベルは一言――、

「なるほど、『瞼《まぶた》の裏』か」

「この手の勝負を持ちかけてくるタイプは、絶対一回はこれやろうとするからな」

胸を張って答えるスバルの脳裏、思い出されるのは懐かしい記憶――ベアトリスと、初めて旧ロズワール邸で出会ったときの思い出だ。

魔法の力でループする廊下を作ったベアトリス、その目論見《もくろみ》をスバルは一目で看破してしまい、可愛《かわい》いベアトリスの悪戯《いたずら》に付き合ってやれなかった。

だが、今日の相手は底意地の悪いオルバルト、手加減無用で舌を出してやる。

「正直、お見通しだったぜ、『悪辣翁《あくらつおう》』」

「かーっ、ワシも大恥掻《か》かされたわ。大したもんじゃぜ、『悪辣坊《あくらつぼう》』――でも、これもちゃんと一回だ！」

「勝手に変な屋号の襲名させないでくれ！」

まさか十秒で見つかって拍子抜けだと、そんな言い逃れをされても困る。

そう懸念するスバルの確認に、オルバルトは「当然じゃろ」と湯呑《ゆの》みを置いて、

「決め事の中で悪巧みすんのと、何でもありにすんのは違《ちげ》ぇ話じゃぜ。こう見えて、ワシは筋は通してえ性質《たち》でよ。だもんで、初戦はそっちの勝ち。あと二回じゃ」

「おお〜！　やったね、スバルちん！　十秒くらいで一回目だよ！」

「ああ、やったぜ！」

大喜びするミディアムの傍《かたわ》ら、スバルは安堵《あんど》に胸を撫《な》で下ろした。

「それもこれも、全部、ベア子の……」

おかげ、と言おうとして、スバルは心中に愛らしい少女を思い描こうとした。

しかし、その思考が一瞬、白んで停止する。

「────」

微《かす》かな違和と、些細《ささい》な引っかかりが心にささくれを生む感覚。

それが何なのか、はっきりとした答えを追い求める前に──、

「初回は期待以上、じゃが、勝負の本番はこっからじゃぜ」

白い歯を見せて笑い、オルバルトが身軽に部屋の窓に飛んだ。その窓枠に足をかけ、飛び出していこうとする背中にスバルは「あ」と手を伸ばし、

「オルバルトさん！　次のヒント！」

「そうじゃな、さながら……『見晴らしのいい奈落』ってとこじゃぜ」

それだけ言い残して、オルバルトの体がするりと窓を潜《くぐ》り、魔都に呑まれる。

「待て、爺《じい》さん！　……クソ、もういねぇ！」

慌てて窓に駆け寄り、外を見回したアルが覆面を被《かぶ》った頭を抱えてそう叫ぶ。

実際、逃げに徹したオルバルトを捕まえるのは至難の業だ。勝負内容にかくれんぼがなく、追いかけっこだけなら絶望的だったと確信できるぐらい。

ともあれ――、

「スバル、あの男の次の隠れ場所ハ……」

「うんうん、スバルちんならわかる？　わかるやつ？」

「う……それは、その」

振り向いたタリッタとミディアムに期待を向けられ、スバルは言葉に詰まった。

期待されるのは光栄だが、さすがに二問連続で即答は難しい。

「悪い。パッとは出てこない。さっきのも、展開を読んだって感じだから……」

「そっか～、ごめん！　頼りっ放しじゃダメだよね！　一緒に考えよう！」

「そウ、ですネ。私モ、頭を使うのは得意ではありませんガ、考えまス」

不甲斐《ふがい》ないと頭を下げるスバルに、ミディアムとタリッタがそう答える。

最初の隠れ場がスタート地点というのは、ある種のお約束が果たされた形だ。

仮に外れていても、時間的なロスがほとんど発生しない場所だったため、気軽に試せた部分もある。ただし、ここからは――、

「シンプルに、時間との勝負になってくる」

「──。兄弟にも、次の隠れ場は見当がつかねぇと。いや、そりゃそうだよな」

「そりゃそうって……期待薄なのかもだけど、はっきり言われると凹《へこ》むぜ」

本格的な『かくれんぼ』勝負の始まり、その出鼻に味方から背中を斬られる。

もちろん、その評価も妥当とスバルは受け取ったが、歯に衣くらいは着せてほしいのが本音だ。親しき仲にもドレスコードあり、である。

しかし、そんなスバルの言葉に、アルは「あー、そうじゃねぇよ」と手を振り、

「兄弟にわからねぇのも無理ねぇ話だ。なんせ、オレが一緒にいるからよ」

「うん？　ちょっと何言ってるのかわかんない。アルがいると、俺の知能指数が下がる的な話？　どういうシステム？」

「そういう話でもねぇんだが、説明が難しい……よな？」

「同意求められてもわからないけど……」

言いながら、アル自身も確信の持てない言い方なのが不思議だった。

首を傾《かし》げているアルはさておき、これ以上、この話題が建設的な方向へ進むことはないだろう。オルバルトの残した次なるヒント、その解明が最優先だ。

「『瞼《まぶた》の裏』で最初の部屋だったんだ。『見晴らしのいい奈落』ってのも、それっぽい言い換えだと思うが……」

「見晴らしがいいということハ、高所と考えられるのでハ？」

「でも、奈落って穴のことでしょ？　穴なら、地面にあるんじゃない？」

あるいは、そう表現されるスポットがカオスフレームにある可能性もある。

いずれにせよ、宿の一室で得られる情報量では答えに辿《たど》り着《つ》けそうもない。いよいよもって、都市へと繰り出す必要があるだろう。

「……うまく頭が回らねぇな。そういや、アベルちゃんの策は？」

「ここで動かせるものではない、と話したはずだ。できるだけ人の多い……それも、外部の人間が出入りする場所が都合がいい」

「余所者御用達《よそものごようたし》ってこと？　この街のどこなんだろうな……」

アベルの策について尋ねたアルが、そう疑問して首をひねる。それに合わせ、スバルは「だったら」と手を上げた。

「あれは？　人の出入りの多いところの定番……ほら、あの、お酒飲むところ」

「酒場、ですカ？」

「そう、そこ。そことか目指してみるのがいいと思う」

寄り道なしにオルバルトを探すのと、アベルの策が成るのを手伝うのと、どちらが有益なのかは議論の余地があるが、現状はアベルを優先するのが吉だ。

「子連れでぞろぞろと酒場か。人目を引くことこの上ないな」

「六分の四が子どもの時点で文句言うなよ。そもそも、人目のこと言い出したら、鬼のお面の時点で無理だろ。それとも、認識……ええと、面の効果で別の顔に見えるとか？」

「正体を隠匿するだけで、見た目は鬼の面と変わるまいよ」

「なら、絶対目立つじゃん……」

アベルの筋違いな不満を受け流し、スバルは小さな肩を落として嘆息する。

そうして今度こそ、部屋を離れて宿を発《た》つ。入口で酒場の場所を聞こうとしたが、タイミング悪く、宿の主人が見当たらなかった。

とはいえ、広い街で酒場が見つからないはずもないと、全員が往来へ踏み出し——、

「全員で店にいくより、役割分担した方がいいかな？　オルバルトさんを探す班と、アベルと一緒に酒場にいく班に——」

分かれて行動を、と提案しようとしたところだった。

「——あ？」

不意に視界の端をちらつく赤い火、それがスバルの目を眩《くら》ませたのは。

そして——、

6

「お、ええ名前じゃな。それ採用」

「うえ？」

一瞬、揺らめく赤に目を奪われ、瞬《まばた》きしたスバルの鼓膜を不意の声が打った。

その響きと突然さに間抜けな声が漏れると、スバルのすぐ前で失笑が起きる。それは低

くしゃがれた笑いで、その声音にスバルは目を見開いた。

「かかかっか！　なんじゃ、間抜けな声出しよって。いい名前じゃって褒めたんじゃぜ」

「……オルバルト、さん？」

喉を鳴らし、細い肩を揺すって笑う怪老が目の前に立っている。

それがあまりにも突然のことで、スバルは理解できずに何度か目を瞬かせた。

それから唾を呑《の》み込《こ》み、宣言すべきことを告げる。

「お、オルバルトさん、みーつけた」

「――？　なんじゃそれ。もう、勝負始めた気になっとんのかよぅ」

「え……？」

思いがけない二度目の発見と、そのチャンスを逃すまいとして違和感に気付く。

首を傾《かし》げたオルバルトの態度と発言、そして最も大きな違和は周囲の光景――魔都の往来に出たはずが、スバルがいるのはどこかの部屋の中だ。

――違う、どこかの部屋ではない。

「……嘘《うそ》だろ」

スバルがいたのは、宿の一室。――出てきたばかりの、宿泊室だ。

そして、そこでオルバルトと向かい合い、話しているということは。

――死なないはずのルール下で、『死に戻り』したのだと認めるしかなかった。

第三章　『コンコン』

1

——理解できない状況が、ナツキ・スバルの小さくなった脳を蹂躙《じゅうりん》する。

そう言っておかしくないぐらい、衝撃がスバルを打ちのめしていた。

『死』の自覚がないまま、スバルはオルバルトとのルール決めの最中に舞い戻った。認めたくなくても認めるしかない。死んだのだと。それも——、

「……死なないはずの、かくれんぼの最中に」

小さな掌《てのひら》で口元を覆い、スバルは何が起きたのか思い出そうとする。

でも、特別はことは何もなかった。一回目のかくれんぼに勝利し、二回目の勝負のために全員で宿の外に出て、それだけだ。それで、世界は暗転した。

そして気付いたときには、この場所に戻ってきていたのだ。

「——貴様の提案、受けるなら決め事を明確化しておく必要があろう」

「ほう、どういうことなんじゃぜ？」

スバルがそうして考え込む傍《かたわ》ら、オルバルトとの交渉は先の段階へ進んでいる。

アベルとオルバルトとの会話の進展、その先に待っているのはルール決めの前提となる勝負方法選び。すなわち――、

「――かくれんぼだ」

と、そうアベルが断言する場面だった。

2

――その後、オルバルトとの間に交わされた『かくれんぼ』についての話し合い。

それも、スバルが知っている通りの内容に終始した。新しい条件が追加されることも、必要な条件が削られることもない。必然、勝負の内容は同じものにとどまる。

もっとも――、

「どうしたよ、兄弟。だいぶ顔色悪いぜ」

オルバルトの立ち去った室内、俯《うつむ》くスバルにアルがそう声をかけてくる。

すでに勝負の始まりは宣言され、オルバルトは一つ目のヒントを言い残したあとだ。そこへ至る流れはアベルやアルのおかげで、前回とほとんど変わっていない。

違うところがあるとすれば――他ならぬスバルが、ほとんど話し合いに参加していなかったぐらいだろう。

心配されて当然だ。だが、スバルの混乱はいまだに収まる様子がない。そのぐらい、突然『死に戻り』したことのショックが大きすぎたのだ。

「わ、るい。……その、聞いてる間に、急にドッと疲れがきたみたいで」

「おいおい、しっかりしてくれ、頼むぜ。縮んだせいで能力半減したオレやミディアムちゃんと違って、兄弟の強みは縮んでも健在のはずだろ？」

「俺の強みって……」

「もちろん！　スバルちんのすごいところは頭のいいとこだよ！　あんちゃんもすごいけど、スバルちんもすごいでしょ？　おっぱいちっちゃくなってもへっちゃらじゃん！」

アルの励ましに続いて、ミディアムもそこに元気よく乗ってくる。

ルイを抱えたまま、彼女は自分の膨らみの消えた胸をペタペタと叩《たた》いている。その二人の様子に目を見張り、それからスバルは長く息を吐いた。

励ましてくれる二人の言う通りだ。究極、体の大小はスバルの働きに大きく影響を与えない。縮んでも同じ働きはできると、いっそ開き直るべきなのだ。

立て直せと、自分を鼓舞する。あの突然の『死』に向き合い、踏み越えるために。

「……だからそんなに睨《にら》むなよ。鬼の面の効果なら、『認識阻害』だけで十分だろ」

「多少は周りを見る目が戻ったか。だが、存外驚かされたぞ。てっきり、貴様はこの面の持つ効果に気付かないうつけ者だと思っていたからな」

「……お前が、ただ趣味が悪くてお面を被《かぶ》ってる奴《やつ》でも驚かないけどさ」

『認識阻害』の鬼面にしれっと触れ、スバルは皮肉で感情を持ち直した。アベルも、役立たずを見る目は収め、それ以上の嫌味《いやみ》は呑《の》み込《こ》んでくれた様子だ。

その反応と、話が一段落しているのを幸いに、ちょうど検討したい話題があった。

それは――、

「あのさ……オルバルトさんが、約束破って襲ってくる可能性ってないか？」

「あ？　それって、ルール無視して攻撃してくるって話か？」

「うん、そうだ。それがあったら怖いなって思うんだが……」

「――ありえんな」

宿を出た途端に『死に戻り』したことから、スバルはそれとなく仲間の注意をオルバルトに向けようとした。が、それはアベルにはっきり否定されてしまう。

即答に目を見張るスバルに、アベルは重ねて「ありえん」と続けて、

「そのような行い、オルバルトに得るものがない。故にありえぬ」

「で、でも！　オルバルトさんは皇帝殺しまで考えてたんだぞ！　お前も、そんなの全然想像してなかったって……だったら！」

「死後の名声は、俺にはない発想という話だ。だが、そうした執着が存在することは理解できる。それを欲するものがいることも。しかし、先の条件はそれとそぐわぬ」

「――」

「貴様の憂いを動機とするものはもはや人ではない。――『破滅願望』というのだ」

鬼面越しの鋭い視線に射抜かれ、スバルは心臓が竦《すく》む思いを味わう。中でも、アベルがあえて最後に付け加えた見解には、それまでと異なる重みが込められていた。

ただ、そうして冷静に言われれば、おかしなことだらけだとスバルも思う。

――確かに一度、オルバルトはスバルたち全員をその手にかけた。

でも、あれはオルバルトの中で筋が通った行動だし、その理由には共感できなくても、納得はできた。あのときは、全部最悪のタイミングだったのだ。

そう考えると、今回の『死に戻り』はオルバルトの筋が通っていない。

あそこでオルバルトがスバルたちを殺すのはおかしいことなのだ。

つまり――、

「どういうことになるんだ……？」

「ねえねえ、スバルちん、何が心配なの？　お外が心配？」

頭の中がこんがらがり、目を回すスバルの顔をミディアムが覗《のぞ》き込んでくる。

すぐ目の前に青い真ん丸の目があって、スバルは思わず「ほわっ」とのけ反った。そのスバルの反応に、「わお」とミディアムはスバルの手を掴《つか》んで引き寄せる。

そして――、

「よしよし、スバルちん。落ち着いて落ち着いて」

「――ぁ」

引き寄せたスバルの頭を胸に抱いて、ミディアムが背中を撫《な》でてくる。

その優しい手つきと彼女の心音を感じて、スバルの焦りと混乱が柔らかく溶かされる。吐息をこぼしたスバルに、ミディアムは「落ち着いた？」と尋ね、

「あたしも、頭がわやくちゃになったときとか、あんちゃんにやってもらうんだ～。あんちゃんも、昔、人にやってもらったんだって」

「……落ち着く、感じがする」

「うんうん、よかった！　それじゃ教えて？　スバルちんは、お外の何が心配なの？」

頭のすぐ上から降ってくるミディアムの声は、スバルに答えを急《せ》かしていない。幼くなっても大らかさの変わらないミディアム、その優しさに甘えてしまいたい思いがあるが、それは時間が許してくれないと、スバルはたどたどしく思考を再開し、

「それが、その……宿の外が、すごい危ない、気が、して……」

「お外がすごい危ない感じ？」

「そ、そうなんだ。誰かが、俺たちを狙ってる、と、思う……」

ふんふんと頷《うなず》いて、ミディアムがスバルの曖昧すぎる話に耳を傾ける。

正直、自分が嫌になるぐらいあやふやな話だ。もっとちゃんとした話をしないと、ミディアムはともかく、アベルやアルは真剣に取り合ってくれない。

例えば――、

「さっき、俺たちが宿の外に出たら、そこで死ん――」

――瞬間、世界が静止した。

「――――」

はっきりと、聞こえていたミディアムの鼓動が永遠の向こう側に消えて、すぐ目の前にあった彼女の顔も、息遣いも、手の届かないところにゆく。

何もかもが、遠い。

色が失われ、音が失われ、時間の流れが失われ、自分の体の自由が失われる。

そうして、声も、呼吸も、眼球さえ自由にならないスバルの意識の端を、おぞましく、恐ろしく、おどろおどろしいものがゆっくりと近付いてくる。

何故《なぜ》、禁忌に触れてしまったのかと、黒い影が嘆くようににじり寄ってくる。

何故、これを忘れてしまったのかと、闇色の細い指がするりと胸に滑り込む。

何故、幾度も繰り返そうとするのかと、全てを塗り潰《つぶ》す『魔女』の声がやってくる。

『――愛してる』

ずいぶんと、ずいぶんと久しぶりに聞こえた声が、スバルを地獄に引きずり込む。

心の臓を握られ、凄《すさ》まじい激痛が動かないスバルの肉体をズタズタに引き裂く。痛めつける。蹂躙《じゅうりん》する。凌辱《りょうじょく》する。――もう二度と、忘れるなと刻印する。

そして――、

「スバルちん？」

不意に、音と色と、時間の流れと体の自由が、戻った。

戻ってすぐ、全身の血の流れが再開し、柔らかく響いていたミディアムの胸の鼓動が自分のうるさい拍動に塗り潰《つぶ》される。恐怖が、スバルの魂《たましい》を支配していた。

禁忌に触れ、『魔女』の怒りを買った迂闊《うかつ》さに、スバルは自分を呪うしかない。

どうして、あれほどの痛みと苦しみに自分から飛び込むような真似《まね》をしたのか。

決して、他者に『死に戻り』は打ち明けられないと、絶対の掟《おきて》を何故《なぜ》忘れた。それをすれば、『魔女』はスバルに罰を与える。——違う、スバルだけならまだいい。

「あぶな、かった……」

そう呟《つぶや》いて、スバルは自分を抱きしめてくれているミディアムと、周りにいるアベルやアル、タリッタとルイが無事でいることを確かめる。

——『死に戻り』の告白、それがスバルに与える一番のペナルティは、スバルの身近な誰かが代わりに罰を、それも命を奪われるほどの罰を受ける可能性だ。

一度、エミリアがその罰を受け、命を落とした。以来、スバルは二度と同じ過ちを犯すまいと、そう強く自分に言い聞かせてきたはずだったのに。

運が、よかった。そしてそのギャンブルに、もう誰かを巻き込むべきじゃない。

「ミディアム、さん……ありがとう。もう、大丈夫だよ」

「ホントに？　なんか、さっきよりもっと辛《つら》そうに見えるけど……」

「俺が辛いだけなら、一番マシな状況ってことだから」

強がって答え、スバルはミディアムの抱擁から解放される。優しい彼女を危険な目に遭わせないためにも、これ以上、いつまでも狼狽《うろた》えてなんていられない。

たとえ拙い言葉だろうと、仲間の命を救うために全力を尽くさなくては。

「変な言い方してごめん。でも、外が危ないって、そう感じるのは本当で……」

「ならば、何とする。宿にこもっていてはオルバルトとの勝負になるまい。奴《やつ》との勝負に乗らなければ、貴様らの手足は縮んだままだ。それが望みか？」

「——っ、それは」

「まあまあ、待て待て。アベルちゃん、そんなおっかなく詰め寄んなって」

『魔女』の妨害に怯《おび》えつつ、言葉を選んだスバルにアベルの追及は鋭い。思わず割って入ったアルは、そんな二人を取り成そうと「落ち着け」と言い、

「寝て起きたら縮んでた上に、意地悪爺《じい》さんにイジメられて兄弟も混乱してんだ。けど、兄弟が突飛なこと言い出すなんて、今に始まったことじゃねぇはずだぜ」

「たわけ。突飛な発言について否定はせぬが、状況が違おう」

覆面と仮面、顔を隠した同士の睨《にら》み合いは顔色が読めない分、緊張感がすごい。

ただ、アルのフォローを聞いて、スバルはアベルとのこれまでのことを思い出した。

そう長い付き合いではないが、ヴァラルの『無血開城』の作戦といい、アベルはちゃんと意見に耳を傾ける度量があると思う。ただし、それは今までのスバルが、アベルの役に立つ意見や考えを言ってこられたからだ。

だから、今回も同じように話を進めたいなら——、

「お、俺！　『瞼《まぶた》の裏』がどこなのかわかった！」

「なに？」

手を上げて、勢いよくそう言ったスバルにアベルの訝《いぶか》しむ目が向けられる。

おっかない鬼面越しのおっかない目、それにスバルはぐっと奥歯を噛《か》んだ。言い合うどころか、睨《にら》まれただけで押し負けるわけにはいかないと。

そこへ——、

「言っとくがよ、アベルちゃん。ここで兄弟の意見を聞かねぇなら、兄弟を連れ回す意味がねぇ。で、兄弟を蔑《ないがし》ろにしようってんなら、オレも気分はよかねぇよ」

声の調子を低くしたアルが、そう言いながらスバルの隣に並んで立った。

少年声レベルの声の低さだが、それでも彼の本気を示すには十分だ。そんなアルのやや物騒な意思表明に、アベルの視線の熱も一段と冷えていく。

——あまり意識してこなかったが、アベルとアルの関係はとても希薄なものだ。

元々、アルが魔都に同行しているのはスバルの力になる約束のため。そして、スバルと同じルグニカ王国の人間である彼は、アベルの帝位復帰に拘《こだわ》っていない。

強いて言えば、アルの主人であるプリシラが望んでいるぐらいだが——、

「オレ個人はどっちでもいいんだ。嫌な思い出しかねぇ国のてっぺんが誰かなんて、な」

「ほう」

「ま、待った！　待った、やめよう！　ケンカはダメだ！　俺が悪かった！」

睨み合う二人の視線が険しくなって、先にスバルの方が耐えられなくなった。

スバルは両手を振りながら二人の間に割り込み、仲間割れを何とか止めようとする。すると、そのスバルの訴えに「そうですネ」とタリッタが頷《うなず》いた。

「スバルの言う通りでス。私たちは敵の罠《わな》にかかリ、ここは敵地の真《ま》っ只中《ただなか》でしょウ。これまで以上ニ、警戒心を強く持ツ……それは大事なことでハ？」

「そうそう！　あたしもスバルちんとタリッタちゃんに賛成！　これ以上、ちっちゃくなったら大変でしょ？　だから、みんなで気を付ける！　でしょ？」

「うー！」

タリッタの賛同にミディアムも乗っかり、ルイも勢い任せに両手を上げる。

その女性陣の反応で、スバルは「みんな……」と感動してしまった。ルイはともかく、ミディアムとタリッタ、それにアルにも注意喚起はできたのだ。

問題は、『死』がそんな注意では足りない形で迫ってきた場合だが、そのときはもう、スバルが体を張って、みんなを助けるしかない。

「それで？」

「え？」

「それで、貴様の考える『瞼の裏』とはどこだ？」

スバルの安堵《あんど》を知ってか知らずか、アベルは淡々と、一度止めた話題を再開する。

それにアルが不満げに舌打ちするのを横目に、スバルはアベルに向き直った。

この皇帝閣下の対人能力の低さは今に始まったことではないが――、

「体が元通りになったら、お前はアルに殴られる覚悟しておいた方がいいと思う」

と、宿を出るよりもっともっと先の、注意喚起を一応伝えておくのだった。

3

「そうじゃな、さながら……『見晴らしのいい奈落』ってとこじゃ、ぜ！」

「待て、爺《じい》さん！　……クソ、もういねぇ！」

窓枠を足場に身を乗り出し、オルバルトの姿が魔都の雑踏へ消えていく。

その身軽な怪老を慌てて追いかけるアルだが、彼が窓に辿《たど》り着《つ》いたときには、熟練のシノビの姿は影も形もなくなったあとだった。

「スバル、あの男の次の隠れ場所ハ……」

「うんうん、スバルちんならわかる？　わかるやつ？」

展開は同じ流れを辿り、オルバルトの最初の隠れ場をあっさり見抜いたスバルに、タリッタとミディアムの二人が期待の眼差《まなざ》しを向けてくる。

しかし、残念ながら次の隠れ場、『見晴らしのいい奈落』の答えは不明だ。

その答えはこれから、全員で一丸となって解き明かす必要があるのだが――、

「で、どうよ、アベルちゃん。ちゃんと兄弟は成果を出したぜ？」

「成果を出したことは評価に値する」

「……そんだけ？」

「時間の猶予はない。他に何がある」

「……さいですか」

先の睨《にら》み合いのギスギス感は、二人の間で微妙に尾を引いている。

とはいえ、アベルの態度は変わらず、突《つ》っかかっているのはもっぱらアルの方だ。一方のアベルはアルの怒りに取り合うつもりがないらしく、独り相撲みたいだった。

ともあれ――、

「見晴らしがいいということハ、高所と考えられるのでハ？」

「でも、奈落って穴のことでしょ？　穴なら、地面にあるんじゃない？」

「二人とも、いい線いってると思う。あとは……そうだ、アベルは人の多いところにいきたいんじゃなかったっけ？」

アイディアを出し合い、次なるオルバルトの隠れ場を推理する中、スバルは前回うまくいかなかったアベルの策、それに頼りたいと彼に水を向けた。

しかし、そのスバルの質問に、アベルは不自然に沈黙する。

「おい、アベル？　どうした？」

「――。貴様の考えで間違いない。人の、それも余所者《よそもの》の多く出入りする場所であれば望ましい。そこで、人手を集める」

「人手？　って、おいおい、まさか……」

一瞬の沈黙を挟んで、そう続けたアベルにアルが呆《あき》れたような声をこぼした。

スバルも、先ほどの周回では聞けなかった酒場に向かう目的――それが人手集めのためだったと知り、アベルの大人げない『かくれんぼ』対策を理解する。

「捜索の基本は数だ。オルバルトと決め事を確認した際、人を雇うことを禁じる文言はなかった。ならば、非難される謂《いわ》れはない」

「ははぁ、屁理屈《へりくつ》……けど、先立つもんは？　人手を雇うのも金がかかるぜ？」

「備えはある。タリッタ」

「はイ、こちらニ」

アルの指摘に頷《うなず》いて、アベルがタリッタに何かを持ってこさせる。

それは疾風馬《はやうま》から下ろし、宿にも持ってきていた手荷物の一つだ。鍵付きの鞄《かばん》で、他の荷物より厳重そうに見えるとは思っていたが。

「ヴァラルを発《た》つ際、ズィクルに都市庁舎の蔵を開けさせた。協力者を得るのに最も効率的な手法だ。使わぬ手はない」

「……抜け目のねぇこった」

どこか悔しげなアルの言葉にアベルは肩をすくめ、鞄をタリッタに持たせた。

人を雇うというアベルの方針、そのために必要な軍資金もあるとなれば、わざわざ反対する必要もないだろう。――目的地は、余所者《よそもの》の集まる酒場だ。

そうして全員が外出のための装備を固め、問題の、宿の外へ出る流れに――、

「正面は避け、宿の裏口から出るぞ」

と、アベルがそう言い出したものだから、スバルは目が点になってしまった。

その掌返《てのひらがえ》しのような意見に、当然ながら他のみんなも目を丸くする。

「あれ？　アベルちん、それってスバルちんの言ったこと信じるってこと？」

「警戒するに越したことはない。オルバルトの居場所も特定した以上、奴《やつ》の具申に一考の余地もあろう。ただそれだけの話だが？」

「……お前、アルだけじゃなく、俺の拳にも気を付けろよ」

恨み節のようにスバルが告げるも、アベルは「ふん」と鼻を鳴らすばかりだ。

その高慢な姿勢に目をつぶれば、アベルの判断はスバル的には助かる。実はアベルが言い出さなければ、スバルの方から裏口に向かうよう説得するつもりだった。

「ちゃんと、兄弟の功績は認めるつもりがあるってことかね」

「……みたいだ。いや、これまでもそうではあったんだけど」

どういうわけか、アベルの語る『信賞必罰』の姿勢も疑ってしまった。

その信条がわかれば、アベルとの付き合い方もわかってくる。そう、スバル自身も思っていたはずなのに、まるでアベルとの接し方を丸っと学び直しているみたいだ。

「にしても、よく爺《じい》さんの居場所がわかったな。――攻略本でも読んだみてぇだぜ」

「攻略本とか、めちゃめちゃ懐かしい響きだな……。そんなのあったら便利だけど、全然そんなじゃないよ。あれはただ、経験が活《い》きたんだ」

「経験？　かくれんぼの？」

「似たようなもんだよ。前にも……前にも？」

オルバルト発見の手柄を掘り返され、苦笑したスバルの思考が止まった。

最初の部屋にオルバルトがいると思ったのは、ああしたお約束に馴染《なじ》みがあったから。

そのお約束を、オルバルトの前にスバルに披露したものがいたはずだ。

だから、スバルはオルバルトとのかくれんぼでも最初にそれが思いついて。

それがいつのことだったか、スバルは「あー、うー」と唸《うな》りながら思い出そうとする。

「おいおい、ど忘れか？　若返ってんのに年寄りみてぇだぜ、兄弟」

「ど忘れ……」

「あれじゃね？　誰かがやったってんなら、兄弟の身内の誰かとか。銀髪の嬢ちゃんじゃねぇだろうし、いつも連れてるロリっ子……」

「――ベアトリス！」

「うおっ」

バッと顔を上げ、強くそう叫んだスバルにアルがビクッと肩を震わせる。

しかし、そのアルの驚きに付き合う余裕がスバルにない。当然だろう。

「冗談はやめろよ……」

唖然《あぜん》と呟《つぶや》いたスバルだが、どう考えたっておかしな話だった。

ベアトリス、ベアトリスだ。スバルの相棒であり、愛《いと》しい愛しい大精霊。彼女がスバルに仕掛けた最初の悪戯《いたずら》、それがオルバルトを見つける手掛かりになった。

今回の発見が手柄になるなら、あれはスバルとベアトリスが勝ち取った手柄だ。

それなのに、それがすっぽ抜けるなんて、あってはならないことだった。

「――スバル！　アル！　きてくださイ！」

そうして愕然《がくぜん》となるスバルを、突然、タリッタの鋭い声が呼びつけた。

思わず顔を上げた先、宿の裏口から外の様子を窺《うかが》うタリッタが、その美しい横顔に強い警戒心を宿していた。

その警戒の原因こそ、前回、スバルたちを襲った『死』に他ならず――、

「――すでに囲まれていまス。おそらク、百人近い相手ニ」

「――っ!?」

――前門の虎、後門の狼《おおかみ》。

宿の裏口から外を覗《のぞ》いたタリッタ、彼女の報告を聞いたスバルの脳裏にそんな言葉が浮かんだ。ただ、その諺《ことわざ》も、ここまで数的不利な状況は想定していないだろう。

脅威がくるとは思っていた。でも、それが百人もの敵だなんて――、

「百人近い敵だぁ!?」

「はイ、最低でモ。まだ増えるかもしれませン」

声を裏返らせ、驚きふためくアルにタリッタが冷静な声で応じる。

突発的状況に弱い印象のあったタリッタだけに、彼女の様子は意外ではあった。が、この状況なら、冷静な人は多い方が助かる。

敵の存在と自分の頭、混乱する余地が多いスバルにとっては、特に。

「包囲するのみか。仕掛けてくる気配は」

「今のところハ、まダ。味方が揃《そろ》うのを待っているのかもしれませんガ……」

「――仕掛けてこぬのは、こちらが奴《やつ》らの要件を満たしていないということだ」

タリッタの意見に首を横に振り、アベルが黒瞳に思案の色を交える。

だが、それに要した時間も多くはない。ほんの数秒ののち、アベルは鬼面の額を押さえたまま振り返り、スバルの方を見た。

その眼差《まなざ》しに、鬼の面と無関係の圧迫感を覚え、スバルは息を呑《の》み、

「――外のものは、どうすれば襲ってくる」

「え……」

投げかけられた問いかけに、呑み込んだ息のやり場を失った。

「答えよ。外のものが、こちらに仕掛けてくる条件は」

目を白黒させ、何も答えられないスバルにアベルの問いが重ねられる。

ようやく、その問いの内容を頭が理解したが、理解しても答えは出てこない。

だって、知らないことは答えられない。外の人たちなんて、知らない。

「答えよ」

そんなスバルの焦りと混乱を踏みつけ、アベルは問いを重ね続ける。それにスバルが答えられずにいると、鬼面はその怒りの形相のままに幼い肩を掴《つか》んで、

「答えよ！　ナツキ・スバル！」

「わ、わからないって！　外に出たら、急に襲ってきて……それだけだ！」

脅されるままに答えてしまって、スバルは慌てて自分の胸を押さえる。

またしても、衝動的に『死に戻り』で得た情報を明かしてしまった。再び、禁忌を犯したペナルティがやってくる可能性に怯《おび》える。が、何も起こらない。

周囲の時間が止まったり、スバルに痛みという罰を与える魔手も、現れない。

ただ、その代わりに――、

「うーっ！」

と、スバルを背中に庇《かば》うみたいに、唸《うな》りながらルイが二人の間に割って入った。

肩を掴んだ腕を叩《たた》かれ、自分を睨《にら》むルイをアベルが不愉快そうに見る。しかし、そのルイにはすぐに心強い味方、ミディアムが並んだ。

「アベルちん！　スバルちんをイジメないの！　あんちゃんに言いつけるよ！」

「……あれに言いつけられ、俺が何とする。そも、必要な情報を喋《しゃべ》らせただけだ」

悪びれもせず、アベルがミディアムの責める眼差しにそう応じる。その態度にミディアムは「もう！」と頬《ほお》を膨らませるが、スバルはそれどころではない。

アベル相手に言われっ放し、やられっ放しな自分が信じられない。ましてや、あの剣幕《けんまく》で迫られ、スバルが感じたのは言葉にできない抵抗感と、確かな恐れ。

あれでは、まるで――、

「まるで、大人と子どもだぜ。それも、見た目だけの話じゃねぇ」

胸を押さえて俯《うつむ》くスバルの横顔に、吐き捨てるようなアルの声がかかった。

先の、スバルとアベルのやり取りに対する素直な感想だったのだろう。しかし、その大人と子どもという表現で、スバルの中の大きな疑問が氷解する。

スバルがアベルに感じてしまった恐怖、その正体は大人と子どもの力関係だ。

外見だけの話ではなく、その中身まで『幼児化』に引きずられつつあるように――。

「――聞け。布陣した相手に目星がついた」

「――っ、マジかよ」

スバルの疑問の氷解、それと同タイミングでアベルも自らの思惟《しい》に結論を出した。

その驚くべき発言にアルが反応すると、アベルは皆に見えるように指を二本立てた。

「まず、魔都で百人規模の手勢を用意できる手合いというだけで候補は限られる。その時点ですでに二択……皇帝一行と、本命だ」

「その言い方だと、アベルちゃんの偽物御一行は本命から外してんのか。理由は？」

「チシャめの化けた皇帝が命じたとすれば、オルバルトの行動と矛盾する」

アベルの断定的な物言い、その根拠がオルバルトの言動にあるというのは頷《うなず》ける。

もし、外の百人が偽皇帝の部下なら、手出し無用の命令は撤回されたことになる。その場合、オルバルトは嬉々《きき》としてスバルたちを捕らえ、拷問にかけるはずだ。

「わかるけど、嫌な信頼……けど、あれこれ屁理屈《へりくつ》並べてって線はあるかもじゃね？」

「ならば聞くが、俺がその可能性を採択すると思うか？」

「思いませン」

答えたタリッタの傍《かたわ》ら、アルも同じように不承不承と首を縦に振った。

それは偽皇帝に生じるジレンマ――偽物がアベルに化けている以上、その判断基準は皇帝であるアベルと同じのはずだ。つまり、本物のしないことは偽物にもできない。

つまり偽皇帝は、心の狭い皇帝を演じ続ける必要があるのだ。

「でも、アベルちんの偽物が敵じゃないってことは……」

「ああ、もう片方ってこったろ。アベルちゃん的にも、そっちが本命って話だし」

ミディアムとアルの視線が、答えを求めてアベルを見る。自然、状況の読めていないルイ以外の視線がアベルに集中した。

その注目を集めながら、アベルは立てた二本の指、その一本を折ると、

「オルバルトめが提示した条件、百に迫る外の刺客……盤面に駒を並べる資格を問うてゆけば、自《おの》ずと可能性は絞られる」

「それで、賢いアベルちゃんの見立ては？　誰がオレたちを狙って――」

「――カオスフレームだ」

立てた指に視線を集め、アベルが相対する敵の名前を明言する。

だが、聞かされた名前を検索しても、頭の中で相手の顔は浮かんでこない。

当然だろう。だって、カオスフレームというのは人名じゃない。街の名前だ。

「カオスフレーム……すなわち、魔都の住人だ。皇帝の謀略が否定される以上、他にこの都市で百もの戦力を動員できる候補が見当たらぬ」

呆気《あっけ》に取られるスバルたちと違い、すでに可能性の検討はし尽くしたのだろう。

敵の正体を当然のように受け入れるアベルに、スバルはついていくのがやっとだ。そもそも、もしそれが事実なら大変なことになる。

だって、外で街の住人が待ち受けているなら、彼らを動かした黒幕は――、

「ヨルナちゃんが、あたしたちを襲わせようとしてるってこと？」

「……他は考えにくいんじゃねぇか？　そもそも、オレらのこと知ってて、狙わせるだけの理由がある奴《やつ》って他にいねぇんだし」

「……アベルは？　アベルはどう考えてるんだ？」

魔都カオスフレーム、その住人を手駒として動かせる人物。当然、その条件で最初に思い浮かぶのは、この魔都の支配者たるヨルナ・ミシグレだ。

しかし、オルバルト同様――違う、それ以上に心中の読み切れない相手とはいえ、一度はスバルたちを使者と認めた彼女が、そんな悪巧みをするのだろうか。

そんな疑念を込めたスバルの問いに、アベルは鬼面の額を指で叩《たた》いて、

「腑《ふ》に落ちん」

と、短く応じた。

その短すぎる答えに、残念ながらスバルたちの方は納得がいかない。その雰囲気を感じ取ったのか、アベルは「親書だ」と嘆息と共に続けて、

「昨日届けさせた親書には、あれの欲するものを褒美とする旨を書いた」

「あのお姉ちゃんの欲しいもん……つまり、皇妃の座？」

「アベルちんのお嫁さん？」

親書の内容にアベルが触れると、アルとミディアムが立て続けにそう口にする。

昨日の話では、ヨルナが欲しがっているのは『皇帝』であり、それはアベルに限らず、『皇帝の地位』だという話になっていたはずだ。

だから、ヨルナの欲しいものをあげると書いたなら、そういうことのはず。

「そういうの、手紙で伝えるのってどうなんだ？」

「貴様の尺度で問題を矮小化《わいしょうか》するな。──あれには欲するものを与える。だからこそ、城にこちらを呼びつけた。にも拘《かかわ》らず、手勢を差し向けるなど筋が通らん」

「あー、殺したくなるぐらい、アベルちゃんの嫁になるのが嫌って可能性は……」

もしくは殺したくなるぐらい、手紙に失礼なことが書いてあった場合だ。

直接話していてこの態度なのだから、結婚しようという相手にも偉そうに接している可能性はとても高いとスバルは考えた。

でも、アベルはそんなスバルたちの考えを鼻で笑い、

「必要があればそれをする。感情は二の次だ。プリシラではあるまいに」

「オレはあのお姉ちゃん、厄介さでは姫さんに通じるもんがあると思ったなぁ！」

それはスバルも同意見。プリシラもヨルナも、どっちも怖い。

ただ、確信を持った言い方をされたので、アベルの言い分にも一理あるように思えてしまう。――それに、昨日のヨルナのことを思い出しても思うのだ。

『わっちもこの魔都の主《あるじ》、侍従もいる前で嘘偽《うそいつわ》りは言わぬでありんす』

ああ言って、約束事を交わしたプライドの高そうなヨルナが、一方的に前言を翻すなんて考えにくいと。むしろ、正面から宣戦布告して襲ってきそうな気がする。

「チシャであろうと、ヨルナ・ミシグレであろうと、刺客を送る筋は通らぬ。だが、状況は敵が魔都の住人であることを示している。故に――」

「敵は、カオスフレームか……」

「そうだ」

アベルの首肯を以《もっ》て、ようやくスバルたちの思考も彼と同じところに追いつく。

追いついたところで、それ以上の答えは現状では出せないと、それもわかった。

そうしている合間に――、

「――そろそろ外も痺《しび》れを切らしまス。どうしますカ？」

外を警戒しながら、いよいよ限界だとタリッタが進退を問う。

アベルの言った襲撃の要件——相手が襲ってくる条件的な意味だが、今のところそれは外に出ることだと考えている。しかし、相手がこっちを襲ってくる準備をしている以上、いつ無理やりに押し入ってくるかはわからない。

故に、状況の打開のためにも、スバルたちは宿から脱出する必要がある。

ただし、何の策もなく外に出れば、前と同じように命を落とす羽目に——、

「——タリッタ、奴《やつ》らの目を引き付けよ」

「アベル!?」

瞬間、アベルが言い放ったのは、およそ一番残酷に思える指示だった。

言われたタリッタが頬《ほお》を硬くし、スバルは裏返った声でアベルを糾弾する。が、アベルはスバルの声を無視し、視線をタリッタに向けたまま、重ねる。

「大いに暴れ、外のもの共の注意を引け。その間に俺たちは外へ逃れる」

「アベルちゃん、言いてぇことはわかんだが、もっといい案は……」

「ない。現状、持てる手札で打てる最善の手筋だ。貴様たちが縮んでいなければ、他の手段を模索する術《すべ》もあったろうが」

「一言多い！」

「あうーっ！」

タリッタの身を案じるアルを、アベルがそう言って切って捨てる。

その冷酷さにスバルが噛《か》みつくと、同じようにルイが義憤の声を上げた。しかし、そう

したスバルたちの反応に――、

「――いエ、承知しましタ。私が外の相手の注意を引きまス」

「タリッタさん！　いくら何でも……」

首を横に振り、アベルの無茶《むちゃ》な指示を受け入れようとするタリッタ。

どうにか、もっとマシな策で彼女の安全を確保したい。だが、今のスバルの頭に思い浮かぶのは、とても危ない外の敵への警戒と不安の二種類だけだった。

「タリッタ、荷を渡せ。それはこの先で必要になる」

「どうゾ。私が十分注意を引いたラ、隙をついて抜け出してくださイ。合図を出せる余裕はないと思いますガ……」

「無用だ。そこはミディアムに判断させる」

「え、あたし？」

タリッタの担いだ荷をアベルが受け取り、細い肩に鞄《かばん》が担がれる。そのまま、アベルの続けた段取りに、名指しされたミディアムが目を丸くした。

そのミディアムを振り向いて、アベルは「そうだ」と頷《うなず》く。

「縮んでいようと、機を見る目は残ったままだ。この中では貴様が適任だろう」

「ん～、わかった。ちゃんと注意して見てる！　タリッタちゃんも気を付けてね！」

「はイ」

スバルを置き去りに、とんとん拍子に話が進んでしまっている。

アベルはともかく、タリッタとミディアムは肝が据わりすぎだ。特にタリッタは、一番危険な役目を託されているというのに。

「でハ、ゆきまス」

と、弓を握りしめたタリッタがじりっと、裏口の戸に手をかける。その背中へと、スバルは我慢し切れずに「タリッタさん！」と声を上げ、

「あの、し、死なないで……！」

「――」

なんて、ひねりのないことを口走るのかと、自分で自分が嫌になった。

役立つ意見や必勝の策が授けられないなら、せめてタリッタを勇気づけるべきだった。

それなのに、出せたのは震え声の懇願。――だが、タリッタはわずかに目元を緩め、

「えエ、またあとで会いましょウ」

薄く微笑《ほほえ》んで、タリッタの体が外へ弾《はじ》かれるように飛び出す。

その直前、敵地へ向かうタリッタの背に、アベルが最後の言葉を投げかけた。

それは――、

「タリッタ、手を抜く必要はない。本気でやれ。――『魂婚術《こんこんじゅつ》』の影響下にある限り、この都市の人間は誰であろうと容易《たやす》く殺せはせぬ」

と、励ましとも必勝の策とも言えない、不気味な忠告だった。

4

——外へ踏み出した瞬間、猛烈な勢いで敵意が膨れ上がる。

それを褐色の肌で味わいながら、タリッタは細めた目で左右全域を一気に見通した。

密林の中、狩猟者として生きる『シュドラクの民』にとって、一瞬の地形と状況の把握は最低限の必須技能であり、タリッタもその例外ではない。

——否《いな》、タリッタは、姉のミゼルダより族長の役目を託された身だ。

故に、タリッタは同族のシュドラクたちの中でも、ひと際それらの技能に秀でている必要がある。そして、実際そうだ。

「——ぁ」

喉の奥、微《かす》かに息を弾ませ、タリッタは自分に向けられる敵意の数を掌握する。

周囲、戦意のあるものはおよそ百人、しかし裏口から飛び出したタリッタを捕捉した敵はそのうちの二十に満たない。ひとまず、それらの足を射抜こうと——、

「——いエ」

本気でやれと、飛び出す直前にアベルに忠告されたことが脳裏を過《よぎ》った。

アベルは傲慢《ごうまん》で、顔のいい男だ。ミゼルダの好む男の条件を満たした人物で、タリッタはあまり得意な相手ではない。押しの弱い自分は流されやすく、姉やアベルのような性質《たち》の相手と対峙《たいじ》すると、自分の意見が何一つ言えなくなる。

だから、タリッタは話を聞いてくれる相手がいい。特に自分は意見をまとめるのに時間がかかるので、急《せ》かされると目が回ってしまうことも多々ある。

そうした観点で言えば、ヴァラルに残してきたフロップなどとても――、

「――ッ、何を考えているのですカ」

一瞬の羞恥に顔を赤くしながら、タリッタは腹いせのように弓の弦を引き絞った。

刹那、弓につがえられた矢が同時に三本、それが繊細な指の握りで角度を変え、それぞれ異なる獲物の首や急所を狙い、放たれ、穿《うが》つ。

――同胞でも並ぶもののいないタリッタの弓術、その本領発揮だ。

「狩りハ、いいでス」

誰とも話さなくていいから、タリッタには向いていた。

獲物は、タリッタが話すのを望んでいない。タリッタも、獲物と気持ちを通わせることなど望まない。対話らしい対話は、放たれた矢の会敵だけ。

それも、生と死という結果は、語らいの果てに出す必要のないものだ。

「――おおぉお！」

勇ましい咆哮《ほうこう》を上げ、倒れた男たちと入れ替わりに新手が小路に飛び込んでくる。

先頭を走るのは二メートル以上ある巨躯《きょく》の牛人《うしびと》だ。その頭頂部に短く太い角を生やした大男が、タリッタを押し潰《つぶ》さんと突進してくる。

道は狭く、左右に逃げ場はない。そう判断し、タリッタは即座に前に走り出した。

「がっ⁉」

まさか向かってくると思わなかったのか、牛人《うしびと》は驚愕《きようがく》に目を見開く。その顔面を靴裏で蹴り砕《くだ》いて、タリッタは鼻血をぶちまける男を足場に、高々と飛んだ。

くるくると宙を回るタリッタ、その体が左右の建物を越え、高所へと至る。

——回る視界、先ほどは見渡せなかった背後も含めた三百六十度の視野を確保、建物の陰や屋根の上、都市に張り巡らされた足場に立つ敵を一斉に捕捉する。

「矢が足りませんネ」

言いながら、背負った矢筒の矢をまとめて指に挟んで引き抜き、タリッタは目まぐるしい速度で怒涛《どとう》の三連射を繰り返し、敵を削る。矢玉と敵の数が合わない分、優先する相手は長年の勘を頼りに、力量の高いものから狙うこととした。

立ち姿、身構え、体の強張《こわば》りと表情から、それらを一瞬で選別し——、

「うわあああ——っ⁉」

結果、荒れ狂う矢玉が嵐のように暴れ、射抜かれたものたちが次々と倒れる。

アベルの忠告に従い、全ての矢を急所に叩《たた》き込んだ。全員、胸や首、狙えるものは目や口を狙って致命傷を負わせる算段、おおよそ三十の敵が倒れたはず。

ただし、矢玉は尽きてしまったので、あとは逃げながら使った矢の回収を——、

「……これは少シ、想定外なのですガ」

着地し、次の獲物に向かおうとしていたタリッタの足が止まる。

タリッタも狩猟者だ。これまでに、数え切れないほどの獣の命を奪ってきた。多少形が違えど、生き物の急所を射抜いた手応えは弦を弾《はじ》いたときにわかる。

その経験を踏まえて、タリッタには敵を射殺したという確信があった。

「ぐ、ぐ……」

それなのに、呻《うめ》きながら立ち上がるものたちは誰一人、命をなくしていない。

仮に死ななくても、戦えるはずがない。立ち上がるなんて以《もっ》ての外だ。だが、立ち上がった彼らは瀕死《ひんし》どころか、戦意すら失っていない目でタリッタを睨《にら》んでいた。

その、タリッタを見つめる目に、変化が生じる。

「それハ、いったいなんでス？」

眉を顰《ひそ》め、立ち上がった牛人の男にタリッタが問いかける。その問いに男は答えないが、彼の身に起こった変化はあまりにも異質で、目を引くものだった。

──その右目を、赤々とした炎が覆っていたのだ。

瞳が燃えているのは、その牛人の男だけではない。

タリッタに射抜かれ、倒れたものたちは全員、右目と左目の違いはあれど、それぞれの片目に赤い炎を宿し、タリッタを見据えている。

そうして瞳を燃やすのは、何もタリッタに射抜かれたものたちだけではなかった。

現れたタリッタを取り囲むため、遅れてこの場に参じたものたちも、その瞳に赤い炎を宿している。ゆらゆらと、火の粉を散らしながら燃えている炎。

そして驚くべきは、それと同じ炎が牛人《うしびと》たちの負った傷を焼いて、癒《いや》すこと。

牛人の蹴り砕《くだ》かれた鼻も、射抜かれたものたちの矢傷も、根こそぎに。

「……少々、言葉足らずではありませんカ、アベル」

その光景と、先のアベルの忠告が重なり、タリッタは吐息と共にそうこぼした。

あの言い方だと、アベルは少なからずこの事態を予想していたはずだ。ならば、もっとわかりやすい言葉で忠告してもらいたかった。しかし――、

「私の役目は囮《おとり》デ、敵を全滅させることではありませン」

故に、自分の役割に集中するという点では、これはうまくいっていると言っていい。

あとは――、

「……矢ハ、折りますよネ」

射抜かれたものたちが、自分の体から抜け落ちた矢を次々と折っていく。回収するはずの矢玉の当てが外れ、タリッタは得意の弓術を封じられた状態だ。

ただし、それで打つ手がなくなるかといえば、それも間違いである。

「狩りにハ、短剣も投石も使うのですかラ」

そう言いながら、タリッタは身を低くして、着せられた礼服の内に仕込んだ短剣と、放つ矢を失った弓を一緒に構える。

なおも、役割を果たすためのタリッタの応戦は、始まったばかりだった。

5

送り出したタリッタの奮戦、その隙に宿の裏口から逃亡し、路地を駆け抜けた。

百人もの追っ手がタリッタに注目している間に、見つからないように祈りながら、必死で必死で走って、走って、走り続けて――、

「――止まれ。ひとまず、宿の周囲にいたものたちは撒《ま》いたようだ」

「――っ」

先頭を走っていたアベルの声がかかり、スバルもつんのめりながら足を止めた。

ドクドクと心臓が脈打ち、酸素が足りないと肺が痛みを訴えている。途中、何度も転びそうになりながら、タリッタの頑張りを無駄にしないために懸命に走った。

おかげで全員、人気《ひとけ》のない路地まではぐれずに逃げ込むことができたのだ。

「タリッタちゃん、大丈夫かな。あたしが思ってたより、ずっとずっと動けてたけど」

「はぁ、はぁ……うん、すごかった。ぴょんぴょん飛び跳ねて、バシュバシュって……」

「兄弟、それわざとやってんのか？　それとも……」

「――？　わざとって、何を？」

乱れた息を整えながら、アルに聞かれたことに首を傾《かし》げる。

おかしなことを言ったつもりはなかった。ミディアムと同じように、タリッタの奮闘ぶりを振り返っただけだ。――実際、タリッタの暴れぶりはすごかった。

奥手で大人しい性格のタリッタの強さが、シュドラクの中で何番目くらいなのかわからず、スバルはかなり彼女を見くびっていたのだと思い知らされた。

でも、考えてみれば当たり前だ。

タリッタは、姉であり、前の族長でもあるミゼルダから直々に次の族長に指名された。

そしてそのことに、武闘派揃《ぞろ》いのシュドラクの誰も反対しなかったのだから。

ただ、そんなタリッタを以《もっ》てしても――、

「……あの人たち、なんで矢で撃たれてるのに平気だったんだよ」

宿を取り囲んだ百人もの敵、彼らとタリッタの戦いは一部しか見届けられなかったが、そのほんの一部でも、相手の異常性は十二分に伝わってきた。

タリッタの攻撃を受けても倒れないタフネスと、亜人族だからなんて理由では片付けられない強いフィジカル――なのにみんな、普通の街の住人の格好をしていて。

誰も、武器や防具で武装していなくて、それが一番不気味なことだった。

「あんな調子じゃ、タリッタちゃんもいつか捕まっちゃうよ。あたしたち、助けに戻んなくていいのかな」

「不要だ。タリッタの目を信用せよ。あれは根っからの狩猟者……引き際と逃げ方は心得ているはずだ。むしろ、足手まといが戻る方が死人が増える」

「……そういや、アベルちゃんはなんか心当たりがあるみてぇだったな」

タリッタを心配するミディアムを下がらせ、厳しい意見を述べたアベルに、アルが自分の覆面の目の部分を指差した。それは自分の目ではなく、通りでタリッタと戦った刺客の目――あの、それぞれの片目に宿した赤い炎を意味している。

「なんて言ってたっけか。確か、コンコン……」

「――『魂婚術《こんこんじゅつ》』、古い文献で目にしたことのある、すでに失伝したはずの秘術だ」

「しつでん……記録がないってことか？　でも」

「おそらく、秘術の使い手はヨルナ・ミシグレであろう。――もしそうだとしたら、とても正気の沙汰とは言えぬ所業だがな」

腕を組んで壁に背を預け、アベルが自分の推測を重たい声で結んだ。

正気の沙汰とは言えない。その、聞いたこともない『魂婚術』なんて秘術が、いったいどんな効果をもたらすものなのか知れないが――、

「アベル、もったいぶらないでくれ。なんなんだよ、『魂婚術』って……隠し事が多いんだよ！　お前の、お前だけの問題じゃないんだぞ！」

カーっと頭に血が上って、スバルは壁際のアベルにそう食ってかかる。

あの、住人たちの瞳の炎は見逃せない。あの赤い揺らめきこそ、前回の『死』の瞬間、スバルの意識にちらと焼き付いた刹那の記憶だ。

つまり、間違いなく、あの刺客たちこそがスバルたちの『死』の原因――、

「『魂婚術』とは、術者と対象の魂《たましい》を結び付ける秘術だ。結ばれた魂同士は繋《つな》がり、力の一部を共有する。そのもの本来の、器以上の力すら発揮させせよう」

スバルの気迫が通じたのか、アベルがようやく己の知識を披露する。ただし、その言い回しは難解で、スバルは目を白黒させてしまう。

「こう言えば意味がわかるか？　――術者であるヨルナ・ミシグレは、この魔都を構成する全てのものと魂で結ばれ、契約を交わしている」

「な……」

噛《か》み砕《くだ》いた説明を求めたスバルに、アベルが用いたのは『契約』という単語。

それはスバルにとって身近で、とても重要な意味を持つ大切な誓いだ。そして、それで説明される事象とは、想像するだに恐ろしいもので――、

「――ヨルナ・ミシグレは、自らの魂を都市の全てと繋げている。故に都市の住民はことごとく、あれの力の一部を振るう特権を有している」

「んな、馬鹿な話……」

「故に、俺は述べたのだ。正気の沙汰とは言えんと」

信じ難《がた》い話に動揺するアルへと、アベルは自分の推論をそう結んだ。スバルも、アルが受けたのと同じ衝撃を受け、そして同じ意見に辿《たど》り着《つ》く。

自分と相手の魂を結び付ける『魂婚術』、それはアベルの説明した通り、契約――精霊術師と精霊との間に交わされる、契約関係に近いものだ。

魂＝オドと言い換えていいなら、スバルはドレスの愛らしい少女――ベアトリスと、『魂婚術』で結ばれていると言えるのかもしれない。

エミリアが、灰色の小猫と、パックと結んでいるのだって、同じだと言えそうだ。

「でも、それは一対一だから……」

「それがヨルナ・ミシグレの異常な点だ」

スバルの心中、驚愕《きょうがく》にひび割れる思考に寄り添い、アベルが深く顎を引く。

彼の声には恐れも嫌悪もなく、事実を淡々と述べているだけだ。その、どう感じるかを相手に委ねる話術だから、こんなにもスバルは胸が重くなるのだろうか。

「魂《たましい》の一部とは言ったが、対象が増えれば増えるほど、大元となる術者の魂は千々に引き裂かれることになる。それを、あろうことか不特定多数と結び、自我を保つなどと尋常な精神性ではない。あるいは……いや、これは詮無い話か」

最後の部分だけ自分の内に秘めて、アベルが『魂婚術《こんこんじゅつ》』の推論を語り終える。

その説明に呑《の》まれ、スバルも昨日、直接顔を合わせたヨルナが怖い人に思えてくる。

——自分の魂を、大勢の人と共有する。

スバルで言えば、自分の魂をベアトリス以外のたくさんの人に分け与えるのと同じだ。

もちろん、魂を渡しても大丈夫と思える人ならスバルにもいる。

ここにいるミディアムやアルだって、悪さしたりなんてしないだろう。でも、アベルに渡せるかと言われたら、それは嫌だとごねてしまいたい。

他にも——、

「うー……」

「――ぁ」

きゅっとスバルの裾を摘《つ》まんで、小さく唸《うな》る声の主に意識を奪われる。

長い金色の髪を頭の後ろでまとめたルイは、ここまで大人しくスバルたちの逃走劇についてきている。――違う、ここまでだけじゃない。

ルイは意外なくらい聞き分けがよく、ごねたり暴れたりもほとんどしない。ちゃんと言いつけを守って、スバルたちの足を引っ張らないようにしている。

何より、今、スバルの裾を摘まんでいるのは、自分が不安で心細いからじゃなく、スバルの不安に寄り添う方法を探している風に見えるのだ。

「お前は……」

嫌な奴《やつ》で、怖い奴で、許せない奴だ。

そのことはもう十分、十分以上にずっと考え続けてきて、疑っていない。

一緒にヴォラキア帝国に飛ばされてきて、その場で彼女を捨てなかったのは、あの子が、レムがルイを大事にしようとしていたからだ。

今だって、レムに嫌われたくないから、それだけがルイと一緒にいる理由だ。

それなのに――。

「ああ、クソ！　何もかもわかんねぇよ！」

「――っ」

傍《かたわ》らのルイに対して、言葉にならない感情で思い悩むスバル。

その思考が、荒々しく苛立《いらだ》ったアルの言葉に遮《さえぎ》られる。アルは小さな足で路地の壁を乱暴に蹴り、自分の首筋をガリガリと掻《か》いた。

「実際のとこ！　本当に『魂婚術《こんこんじゅつ》』なのかも、敵がヨルナ姉ちゃんなのかそうでないのかも、オルバルトの爺《じい》さんが嘘《うそ》ついてねぇのかどうかもわからねぇ！」

「あ、アル……？」

吠《ほ》えるアルの剣幕《けんまく》に、スバルは彼らしさが抜け落ちているのを感じて唖然《あぜん》とした。

飄々《ひょうひょう》と、柳の木のようにどんな難題も受け流す男。そんな、いい意味でちゃらんぽらんな性格だったアル、それが今の彼には見る影もない。

そして、アルはその苛立ちを抱えたまま、ずいっとアベルに詰め寄り、

「どうすんだ、アベルちゃん。この調子じゃ付き合えねぇぜ。言っとくが、オレはアベルちゃんの復権より優先するもんがあるんだ。だから……」

「貴様の望みに興味はない。だが、確かめる方法はある」

「確かめるって、何をだよ」

「あのものらの強靭《きょうじん》さが、事実として『魂婚術』によるものかどうかをだ」

詰め寄るアルにそう言い放ち、アベルが路地の外の通りを指差した。

暗がりの路地に面した通りには、ほとんど人の気配が感じられない。ちらほらと見えるのは放置されたテントや、人の入っていない空っぽの空き家など。

何か、アベルが具体的に指差したようには思えないが――、

「何にもねぇが、何を……」

「――通りがかるものを無作為に選び、危害を加える。傷が癒《い》えれば、『魂婚術』の影響下だ。そうでないなら、『魂婚術』が使われているという推測は捨てられる」

淡々とした調子で、アベルがとても信じられない意見を提案する。

それはつまり、誰彼構わず傷付けて、自分の考えが合っているか確かめようと、そういう話だ。――あんまり馬鹿馬鹿しくて、カーっと頭に血が上った。

「そんなの――っ」

「――拒むならば、どうする？　代替案を出せるのか？」

反射的に噛《か》みつこうとしたスバルを、先んじてアベルの言葉が叩《たた》き潰《つぶ》す。

鬼面越しの黒瞳に心を見透かされ、その浅はかさを笑われたようでスバルの顔が熱くなる。だが、黙らされるわけにはいかない。黙って、引き下がりたくない。

「だ、誰かを傷付けるなんて、そんなことしなくても他の方法が……」

「あるなら言ってみるがいい。考慮に値する案なら耳を傾ける。――もっとも、今の貴様にそれを期待するのも酷というものであろうが」

「それは！」

「――貴様は、殊更に犠牲が出ることを恐れる」

冷酷な声が、熱くなるスバルを切り裂くように穿《うが》ってくる。

まるで本当に射抜かれたような痛みを覚え、スバルは奥歯を噛み、下を向いた。

犠牲は、嫌いだ。味方はもちろん、敵だって人死にゃ怪我人《けがにん》は少ない方がいい。そう考えるのは、スバルが甘く青く、弱いからだと詰《なじ》られる。

「でも、それがなんでダメなんだよ」

「否定ではない。ただの事実だ。自身の望みを最大限に通そうとすれば、それに見合った知略か実力が必要となる。不足するなら望みを削り、妥協するしかない。それが貴様の語った無血開城、その中で起こった過程と結果だ」

「――――」

「死者も負傷者も望まないなら、その結果を引き寄せる力がいる。――貴様が本心からそれを望むなら、出し惜しむのは矛盾であろう」

出し惜しみと言われ、スバルの心が激しく軋《きし》んだ。

アベルの真意がわからない。ただ、鬼面越しの黒瞳はスバルを見据え、比べるべくもなく弱々しいスバルの瞳に、その本心を探そうとしている。

わからない。本当に、わからなかった。スバルの出し惜しみとは、なんなのか。

一生懸命考えて、込み上げてくる涙を堪《こら》えても、答えは何にも出てきてくれない。

短い手足と小さな肺では、タリッタのように飛んだり跳ねたりもうまくできない。持ってきた鞭《むち》も、柄は太いし、重たくてとても扱えない。

それでも、誰も傷付けたくないなら、そのためには――、

「――だったら、俺が傷付いたらいいんだろ！」

頭の中がしっちゃかめっちゃかになり、スバルはアベルにそう怒鳴っていた。

力不足も、考え足らずも全部わかっている。それはスバルがこうして、体が小さくなってしまう前からずっとあった問題だからだ。

ぎゅっと、つぶった目の奥から熱いものが込み上げてくる。

それがはっきりと涙に変わってしまう前に、スバルは背を向け、走り出した。

「兄弟!?」「スバルちん！」

突然走り出したスバルに、アルとミディアムが悲鳴のような声を上げる。

その二人の声も無視して、スバルは路地の外の通りに飛び出した。そして、アベルに言われた足りないもの、欲しい結果に届かない分を埋めるために――、

「かかってこい！　俺はここだ！」

通りの真ん中に立って、スバルは両手を広げて声高に叫んだ。

甲高い子どもの声が静かな通りに響いて、反響する自分の声が鼓膜を震わせる。勢い任せで叫んだ肩を上下させ、荒い呼吸を繰り返したスバルは、気付く。

路地のすぐ外で、凝然《ぎょうぜん》とスバルを見ている白い髪の少年がいたことに。

「――ぁ」

早まったことをしたと、やってしまってから後悔する。

驚いている少年、同い年ぐらいの子の視線を浴びて、スバルは急激に湧き上がる羞恥心と恐怖に胸を突《つ》かれた。熱くなる顔を伏せ、スバルはぱっと振り返る。

そのまま、馬鹿な真似《まね》をしたと叱られに戻ろうとして――、

「待って」

「え」と、逃げようとした腕を掴《つか》まれて、スバルは驚いて顔を上げた。

その腕を取っていたのは、他でもない先ほどの白髪の少年だ。簡素な服装で、短い癖っ毛――違う、髪の毛の癖が強くて、毛先が丸まっているから短く見えるのだ。

大体、小さくなったスバルと同じぐらいの年齢感の少年だが、彼に引き止められ、スバルはパクパクと口を動かし、さっきの行動の言い訳をしようとした。

「ごめん」

「――え」

――次の瞬間、スバルの体は軽々と、右目に火を灯《とも》した少年に投げ飛ばされていた。

何が起こったのか、ぐるぐると回転する視界に呑《の》まれ、スバルはわからない。

突然のことだった。そして、その突然は今も、スバルを呑み込んだままでいて。

「わ、わあああああ――!?」

なんで、どうしてと、疑問が頭の中を跳ね回り、体の中身がシェイクされる。

スバルを投げ飛ばした少年、その右目が燃えていた。アベルが話していた『魂婚術《こんこんじゅつ》』と関係ありそうで、でも、それを確かめる方法は空中にはない。何もない。

――回転しながら、青い空に落ちていくスバルには、何もできない。

「あ」

悲鳴が途切れ、回転するスバルの体におかしな浮遊感があった。

それは、投げ飛ばされたスバルが高さのてっぺんに届いて、今度はそこから真っ逆さまに落ちる兆しだったのだが、その区別に意味なんてなかった。

「ひあああぁぁぁ――っ！」

地面から離れていった声が、今度は地面に近付きながら響き渡る。

その、近付いてくる地面が、今のスバルには『死』そのものであるように思えて。

「アルちん！」

「わかってらぁ！」

直後、スバル自身の悲鳴に紛《まぎ》れて、懸命になる知った声が聞こえた。

そのまま張り詰めた何かが斬られる音と、細長い金属がいくつも倒れる音が続く。その正体もわからないまま、スバルの体は地面に――ぶつかる前に、受け止められる。

「わ、わああ、わあああ……わぶっ！」

柔らかい感触に受け止められ、しかし止まらない勢いがスバルの体を転がし、その感触の端っこから硬い地面の上に放り出される。

ゴロゴロと転がり、やがて止まる。口の中に血の味、あちこちが痛い。

でも――、

「いき、てる……？」

死なかったのが信じられない声で、スバルは何とか体を起こした。

そして、助けてくれたのがアルとミディアムの二人で、どうやったのかも理解する。

二人は落ちてくるスバルを受け止めるため、通りにあったテントを壊し、目一杯広げた幌《ほろ》を使って即席のクッションにしたのだ。

おかげで、スバルは地面に叩《たた》き付けられなくて済んだ。

しかし、スバルを受け止めるために走った二人も、無事ではなかった。

「あ、いたたた……」

「あ、アル！　ミディアムさん！」

叫んだスバルの視界で、アルとミディアムの二人が通りに倒れているのが見えた。

当然、『幼児化』した二人も、いつもと同じパフォーマンスは発揮できず、落ちてくるスバルを受け止めて、その衝撃で吹き飛ばされてしまったらしい。

そして、悪い報告はそれだけではなく――、

「さっきので終わってほしかったのに……っ」

言いながら、苦しげに顔を歪《ゆが》めていたのはスバルを投げ飛ばした少年だ。

彼はスバルと倒れた二人を見つめ、唇を噛《か》む。――その右目に、赤い炎を宿したまま。

スバルを放り投げた力、右目の炎、条件が揃《そろ》った。この少年も、敵の一味と。

「おい……おい！　お前……っ」

「必要なことなんだ。この街は……僕たちは、あの御方《おかた》を失えないんだから」

痛む体を押して、スバルは何とか少年の気を引こうと声を上げた。

アルやミディアムに手を出されたくない一心だったが、振り向いた少年と目が合い、その必死な表情を見てしまって、心が揺れた。

その顔つきに、覚えがあった。――それは、誰かのために必死な人の目だ。

そしてそれは、タリッタと向かい合っていた人々も、同じ目をしていたと。

「許してなんて、言えない。ごめんよ」

瞳に迷いを残したまま、少年がゆっくりとスバルの目の前にやってくる。

這《は》いずって逃げようとしても、まだ地面の上に落ちたダメージが残っていて、うまく手足が言うことを聞いてくれない。逃げられないなら、せめて。

せめて、目を逸《そ》らさないように少年を見つめて、気付いた。

少年の癖毛の中、その側頭部からちょんと覗《のぞ》いているモノ――小さな角の存在に。

白い癖毛と角を見て、まるで羊のようだと場違いに思った。

それを最後に、瞳を燃やした少年の手が大きく振られて――、

「――――」

顔をしかめ、目を開けたまま、少年の行いを見逃すまいとして、スバルは見た。

「あ、うーっ!!」

スバルの前に割って入った金髪の少女が、鈍い音と赤い血を撒《ま》き散らして、木の葉のようにくるくると飛ばされていくのを。

第四章『消えぬ[redacted]』

1

か細い悲鳴を上げて、小さな体がくるくると、くるくると飛んでいく。

少女の体は地面の上を跳ねて、勢いを殺せないまま何度もバウンドし、通りの端へ。布を剥《は》がれたテントの柱にぶつかって、傾いた骨組みが少女を下敷きにする。

「――――」

それを、スバルは声も出せずに呆然《ぼうぜん》と見ていた。

一瞬のことで、何が起こったのかわからないなんて言い訳はできない。

一瞬のことで反応できなくても、その一瞬のことは黒い眼《め》でしっかりと見ていた。

カーっと頭が熱くなって、感情的に飛び出して、それで――、

「……ルイ」

両手を広げてスバルを庇《かば》ったルイが、ゴム毬《まり》のように弾《はじ》かれた。

無防備に、血を撒《ま》きながら飛んだ少女、それはとても無事とは思えない有様で。

「ごめん」

崩れたテントの下敷きになったルイ、それを目で追ったスバルの鼓膜を謝罪が打つ。

地べたに座ったスバルの正面に立った羊人《ひつじびと》――ルイを吹き飛ばした少年の謝罪だ。苦々しい顔で腕を振り上げた少年、それがスバルの頭を狙っている。

よける、なんて選択肢も浮かばない。せっかく、ルイが庇ってくれたのに――。

「――スバルちん！　立って！」

瞬間、すごい勢いで飛んできた影が、少年の肩を細い足で蹴りつけた。

驚いた顔で少年が下がると、そこに割って入ったのは長い金髪をなびかせるミディアムだ。彼女は顔を赤くして、呆然自失のスバルに立てと呼びかける。

地べたに尻餅をついて、ガタガタと震えることもできないスバルに。

「ルイちゃんをお願い！」

なのに、ミディアムは励ましも慰めもなしに、スバルにそう言って走り出した。

一本だけ持ってきた剣を細い両手で持って、踊りみたいに格好よかったのと全然違う動きで、それでも一生懸命、少年に立ち向かっていく。

少年の方も、ミディアムの強さより、気迫の方に驚いたような顔をしていた。

「ぐ、ううう……っ」

そのミディアムの奮闘に救われ、スバルは震える手足を使って何とか立ち上がる。それから、ルイが潰《つぶ》されたテントに駆け寄り、下敷きになった少女を探した。

「ルイ、ルイ！　い、生きてるか！　おい、ルイ！」

必死で呼びながら、スバルは目の奥から込み上げてくる熱を再び感じる。

この厄介な熱は、さっきからずっとスバルの顔の奥から出てくるのを今か今かと待っているみたいだ。それを押しやって、急いで、急いで荷物をどけて——、

「……あ、う」

「ルイ！」

弱々しい呻《うめ》き声《ごえ》がして、スバルは土埃《つちぼこり》に汚れたルイをようやく見つけ出した。

ルイの姿はテントの支柱、倒れたそれの下に入り込んでいた。支柱がつっかえ棒になっていて、ギリギリで重たいものの下敷きになるのを免れている。

そのことにホッとする。でも、ホッとしてすぐに、気付いてしまった。

——じわじわと、ルイの白い服が、土埃じゃない赤い染みで汚れていくのを。

「……ぁ」

それを見て、目を見開くスバルの手足が冷たくなり、思考が白くなる。

血の気が引くとはこのことだ。自分が血を流したわけでもないのに、引いていった血がどこにいったのかわからない。引いた分、別の場所が血で熱くなるはずなのに。

ただ、心臓の音だけが、爆発しそうなぐらい、大きくて。

「あー……」

弱々しく呻くルイ、その服の染みはゆっくりと広がっていく。

すぐに引っ張り出して、手当てをしないといけない。なのに、ルイを下敷きにする支柱

は重たくて、スバルの体重ではびくともしない。

「ルイ、ルイ……」

震える唇がルイの名前を呼ぶ。その声がひび割れているのは、舌が痺《しび》れて——違う。

ルイの名前を呼ぶことを、スバルの心がずっと拒絶しているからだ。

思えばずっと、スバルはルイの名前を呼ぶことすら嫌がってきた。

レムと一緒に大きな塔から飛ばされてきて以来、ずっと傍《そば》に置いていたルイ。スバルはずっと彼女を警戒し、疎んで、邪魔者みたいに接してきた。

それでも一度も、ルイはスバルに危ないことや、不利益なことをしなかった。

レムに、嫌われたくない。周りに、怖がられたくない。

そんなことを嫌がって、スバルはずっとルイに近付くことを避けながら、最後にルイをどうするのか決めることだけは先延ばしにしてきた。

どうして、そんなにルイを怖がっていたのか。

痺れた脳が、冷たい手足が、渇いていく舌が、爆《は》ぜそうな心臓が、忘れさせる。

ルイに何をされたのか、この瞬間は思い出せない。ただ、忘れられないこともある。

ルイは、スバルを庇《かば》おうとして血を流したということ。

——それだけは、忘れようも、目を逸《そ》らしようもない事実だったから。

「し、ぬな……」

「——」

「死ぬな、ルイ！　死んじゃ、死んじゃダメだ……！　ダメなんだぁ!!」

小さくなった体を支柱の隙間にねじ込んで、スバルはルイの傍《そば》に膝をついた。

そのままルイの手を取って、両手で強く握って、祈りを込めて必死に叫んだ。

「死なないで……！」

死なせないためにできること、それを探すことも忘れて、無茶《むちゃ》なお願いをする。

そんなスバルの震える声に、ルイの瞳がうっすらと開いて――、

「――うあ、う」

2

「うきゃうっ!?」

両手に握った双剣の片割れが弾《はじ》かれ、ミディアムは背中から壁に激突する。

ずるずると崩れ落ちる少女の視界、それをしたのは乱暴に腕を振るった羊人《ひつじびと》の少年だ。

右目に火を灯《とも》した少年、戦い方は全然へたっぴで、動きも速いわけではない。

「なのに、ついてけない～……」

そうこぼし、ミディアムは力任せな少年に押し負けた悔しさを噛《か》みしめる。

少年の動きは出鱈目《でたらめ》で、技もない。戦い方なんて知らない、でっかい赤ん坊みたいなものだ。こんなにでっかい赤ん坊、見たことなんてないけれど。

「アルちん！　アルちんってば！」

せめて一人でなければやりようもあると、ミディアムは仲間の名前を呼ぶ。

視界の隅っこ、地面に蹲《うずくま》っているアルの姿がある。自分と同じで縮んでしまった彼だが、自分と違って頭がいい。だから、悪い状況でも頑張ってほしかった。

「――」

しかし、ミディアムの呼びかけに彼は答えない。

吹っ飛ばされたときに頭をぶつけて気絶した、とかではない。アルは目を覚ましているし、一度はちゃんと助太刀しようとしてくれていた。

それがどうしてなのか、今はその場に膝をついて、動かなくなってしまったのだ。

ただ、震える自分の右手を覆面越しに見下ろしながら――、

「……なん、でだ？」

まるで、手に握っていたものを落としてしまったみたいに、震えているのだ。

立ち上がれないアルを尻目に、ミディアムの下に少年がにじり寄ってくる。そして、悪いことというのは続くもので――、

「――いたぞ！　こいつらだ！」

跪《ひざまず》くアルの背後、通りに殺到したのは十人ぐらいの男たちだ。彼らの人種は入り混じっているが、その片目に赤い火を灯しているという共通点がある。――追っ手だ。

少年を振り切って、アルのところに駆け寄って、男たちを相手して――そんな無謀を実

行に移そうと、ミディアムは踏み込み、最初のところで躓《つまず》いた。

振り切ろうとした少年に、長い髪を掴《つか》まれてしまったのだ。

涙目になり、届かない手を伸ばしたミディアム、その前でアルは追っ手に捕まり――、

「アルちん――！」

「――まだ動けぬか、たわけ」

その、絶体絶命のアルの窮地に、男たちの前に割って入った人影があった。

それは路地に残り、事態を静観していたはずの鬼面の人物だ。

「アベル、ちん……？」

髪を掴まれたまま、呆然《ぼうぜん》としたミディアムの呟《つぶや》きを誰も邪魔しない。皆、突如として現れた男の異様な風体と、それに反した覇気に気圧《けお》されていたのだ。

だが、その驚きが稼げる時間も長くはない。通りに殺到した男たちのうち、最初に我に返った人物――牛人《うしびと》の中年がアベルに詰め寄った。

「悪いが……逃がすわけには、いかない。あんたたちにはここで……」

「――貴様は牛人、先のものは羊人《ひつじびと》だった」

「なに？」

「宿を包囲したものたちと、貴様らも揃《そろ》って有角《ゆうかく》……ここまで揃えば誰でも気付こう。俺たちを狙うのは、魔都で暮らす有角人種か」

取り囲まれ、窮地にあるはずのアベルに怯《おび》えはない。一方で、鬼面越しのアベルの視線

と言葉を浴びて、男たちの方に盛大に動揺が走った。

「ゆう、かく……」

言いながら、ミディアムは目を動かし、髪を掴んでいる羊人の少年を見た。

彼の白く縮れた髪の中、存在を主張している二本の角。アベルを囲んだ男たちも、確かにみんな角があった。生えた場所、角の本数、違いはあっても、必ず角はある。

そしてどうやら、そのことに男たちは気付かれたくなかったみたいで。

「——試してみるがいい」

「……なんだと」

じりじりと、にじり寄ってくる男にアベルが言い放つ。

角の話をされて、男たちの気配は明らかに物騒になった。それを挑発するみたいに。

「貴様に俺を殺せるか、試してみるがいい」

——否《いな》、挑発するみたいではなく、はっきりと挑発的にそう言った。

当然、その挑発に牛人の男も怒りを覚え、右目の炎がはっきりと火勢を増した。

「……その細い首を折るのに、難しいことがあるか？」

「容易《たやす》いか否か、その答えは行動の先にある。故に、試してみるがいい。貴様にその器があるなら、焔《ほのお》は貴様を称《たた》えよう。だが——」

「だ、だが？」

「器に足らねば、焔は魂《たましい》すらも焼き尽くす。——さあ、どうする」

腕を組んだまま、そう言ってのけるアベルに牛人《うしびと》の男が押し黙った。

男の仲間たちも口出しできず、場の空気がアベル一人に吞《の》まれている。ミディアムの動きを封じた少年も、固唾を吞んで成り行きを見守っている一人だ。

そしてそれは、アベルの仲間のはずのミディアムも例外ではなかった。

「試すがいい。——審判という名の焔《ほのお》を、貴様の在り方が上回れるかどうか」

「ぐ、ぅう、ううう……！」

圧される男が喉を震わせ、おびただしい汗を浮かべながら煩悶《はんもん》する。

誰も介入できない。アベルの目を見てしまった時点で、他のものは舞台から外された。

このアベルの言葉に応じる資格は、目の前に立った男以外の誰にもないのだ。

そのまま、噛《か》みしめた歯の軋《きし》る音が響き、響き、響き——、

「う、うおおおお——ッ!!」

軋った歯の割れる音を響かせ、痛みを切っ掛けに男が太い両腕を振り上げた。

首をへし折るどころか、アベルの体ごと命を押し潰《つぶ》さんとする一撃。それが届けば、いくらアベルのハッタリが上手でも死んでしまう。

ミディアムは必死に身をよじるが、逃げられない。アルも、目の前の事態に動かない。

そしてスバルとルイも——、

「——え？」

崩れたテントの下敷きになったルイと、その彼女を助け出そうとしていたスバル。その

スバルが倒れた支柱の下に潜り込み、ルイの手を握っているのが見えた。

見えて、下敷きのルイがわずかに動いて、そして――、

「うー！」

――刹那、消えたルイが両腕を振り上げた牛人、その顎を真下から撃ち抜いていた。

3

何が起こったのか、スバルにはまるでわからなかった。

テントの下敷きになり、血を流すルイに縋《すが》り付いて、必死に彼女の無事を願った。何の慰めにも助けにもならない、死なないでほしいという身勝手な祈りだ。

そのスバルの言葉に、ルイが身じろぎした直後のことだ。

――スバルの視界が一瞬で切り替わり、世界がひっくり返ったのは。

「う、え」

猛スピードであるとか、時を止めたであるとか、そんな現象ではなかった。

本当に、瞬《まばた》きの一瞬でスバルは別の場所へと移動したのだ。

それも――、

「貴様……」

そう言って、スバルの出現に微《かす》かに息を詰めるアベルの前に。

腕を組んだ鬼面の男、アベルの目の前にスバルは尻餅をついていた。その彼の存在と、周囲を取り囲む男たちの気配にスバルの頭は混乱を注《つ》ぎ足される。

直前まで、ルイを案じて込み上げていた涙も引っ込み、喉が引きつった。

そして、スバルの混乱の原因となった渦中の少女は――、

「あー、うー！」

「ごぁ!?」

くるくると、ルイがピンボールのような動きと速度で男たちの間を跳ね回り、その全員の首や胴、膝といった急所に一撃入れ、包囲網を強引に壊す。

その速度と威力に男たちが驚く中、ルイは次なる行動に移っていた。

「うあう」

男たちの背後に回ったルイ、彼女は地面に動物のように手をつくと、そのまま両手で地面を引っ張り、その表層を絨毯《じゅうたん》かカーペットを引くみたいに引っぺがした。

もちろん、街中の通りに絨毯なんて敷いてあるはずもない。なのに、地面はそう見えるようにズレた。結果、その上の男たちは足下を掬《すく》われ、ひっくり返る。

「あう！　あうあう！」

「な、なんだ、この子ども……！　クソ！」

バランスを崩したものの中、かろうじて踏みとどまった鹿人《しかびと》の青年がルイへと飛びかかる。その青年にルイは今しがた剥《は》がした薄っぺらい地面を投げつけた。

青年の腕がそれを払い、瞬間、ぺらぺらだった地面の質量が元に戻る。

「ぶがぁ!?」

元の状態に戻った地面、すなわち土の壁に激突され、青年が後ろにのけ反った。

続けて、バラバラになった土の壁を破り、飛び出したルイの足裏が青年の顔面を踏みつけ、鼻血を撒《ま》き散らす顔を足場に、高々と跳躍する。

そして、ルイは男たちの頭上の壁に取りつくと、先の地面と同じように壁の表面を引《ひ》き剥《は》がし、それを繰り返すことで何枚も薄紙のような壁を作った。

その剥がされた壁が元の質量を取り戻し、崩落事故のように男たちに降り注ぐ。

「うわあああ――!!」

悲鳴を上げる男たち、その背後にルイの姿が瞬間転移、突《つ》き出される掌《てのひら》が一人の背中を打ち抜き、反撃に移る別の男の腕を異なる技術体系が容赦なく投げ飛ばした。

まるで、一人で十人分の実力を発揮するルイに、男たちが為《な》す術《すべ》なく翻弄される。

「る、ルイ、それ、は……」

悪夢、そう、それは悪夢だった。悪夢そのものと、それ以外になんと言える。

それが、幼い少女が学び、培った努力の成果でも、生まれつき持っている恵まれた才能でもないことは明白――違う、その力の出所までスバルは知っていた。

あれは、あれは、あれはあってはならない力で――、

「――これが、貴様があの娘を連れ歩いていた理由か」

「え……？」

ふと、傍《かたわ》らに進み出たアベルの言葉に、一瞬何を言われたのか理解が追いつかない。だが、それが目の前のルイを示していると気付いて、スバルの頭が熱くなる。

とっさに、違うと反論しかけるが――、

「――ぁ」

なら、どうしてルイを連れ歩いていたのかと、そう言われたら何も答えられない。

これまでもそうだったように、今だってそうなる。

「や、やめろ！　この子がどうなっても――うわぁ!?」

「あうあう！」

総崩れになる仲間を見て、ミディアムの髪を掴《つか》んだ羊人《ひつじびと》の少年が声を上げた。

しかし、脅し文句を言い切る前にルイに接近され、驚いている間に勝負がつく。近付いたルイが少年の肩に触れ、次の瞬間、少年ごとルイの姿が頭上五メートルの位置へ。

突然、空中に連れられた少年は対応できず、ルイと一緒に頭から通りに落ちて、小さな苦鳴を上げて動かなくなった。

「い、今のって……ルイちゃんがやったの？」

「あーうー」

いきなり解放され、目を丸くしたミディアムの胸にルイが飛びついた。そのルイの頭を撫《な》でながら、ミディアムは呆然《ぼうぜん》と通りの様子を見回す。

通りに集まった十人以上の追っ手、その全員が叩《たた》きのめされた光景を。

「貴様と道化は地金を晒《さら》さなんだか。まあよい」

「わ、わけがわからない……なんなんだよ！」

「騒ぐな。他の連中を引き寄せるだけだ。貴様は道化を拾ってこい」

顎をしゃくり、窮地を脱した感慨も余所《よそ》にアベルがそう命じてくる。

彼が示す先にいるのは、地べたに蹲《うずくま》ったまま動かないアルだ。まさか、目を離した隙に負傷したのかと、慌ててスバルは彼に駆け寄る。

「あ、アル！　おい、大丈夫か？　どこかケガは……」

「……大丈夫じゃ、ねぇ」

「——！　ケガしたのか!?　どこだ？　すぐに手当てして……」

「そうじゃねぇ！」

肩を揺すったスバルを、アルが強い声で怒鳴りつけた。俯《うつむ》いたまま、彼はわなわなと震える手を持ち上げ、その右手をぎゅっと握りしめ、

「——役立たずだ」

「そ、そんなことは……」

「役立たずなんだよ！　今のオレは……死んじまう」

「——？　それ、どういう」

意味なんだ、とスバルは苦悩するアルに問いかけようとした。

だが、そのスバルの問いかけは、後ろから聞こえた切迫した声に遮《さえぎ》られる。

「アベルちん！　ひどいことしちゃダメだよ！」

「黙っていよ。聞かねばならぬことがある」

「だからって……」

ミディアムの感情的な声と、それに応じるアベルの静かな声。

振り向けば、両者は地べたに倒れる羊人《ひつじびと》の少年を間に挟んで言い合っていた。体を起こした少年は怯《おび》えた眼差《まなざ》しで、ミディアムに抱かれるルイを見ている。

瞳の炎も弱々しく、肉体的には戦えても精神的には戦えない状態だとわかった。

無理もない。あの少年はスバルたちと違い、等身大の子どもなのだ。それが大人たちはコテンパンにやられ、自分も追い詰められ、怖くないはずがない。

「答えよ」

そんな怯える少年にも、アベルは一切の容赦をしない。

少年のすぐ目の前にしゃがみ込み、その裏側を探る気持ちさえ謀《たばか》る鬼面を被《かぶ》ったまま、黒瞳が怯えと恐怖につけ込み、胸の内を晒せと脅しをかける。

カタカタと歯を鳴らした少年、彼にかけられる問いは端的で――、

「此度《こたび》のことを仕組んだ有角《ゆうかく》人種のまとめ役――あの、タンザと名乗った娘はどこに隠されている。疾《と》く、それを明かすがいい」と。

4

羊人《ひつじびと》の少年を見据え、容赦なく問いかけたアベルにスバルは目を見張る。

彼の口が紡いだ名前、それがあまりにも予想外のものだったから。

「タンザって、あの女の子か……？」

混乱するスバルの頭の中に、キモノ姿の鹿人《しかびと》の少女の姿が浮かんだ。

ヨルナの付き人であり、昨日の天守閣にも、今朝の宿にも姿を見せた子で、まだ子どもなのにとても落ち着いていたのと、無愛想だったのが印象的だった。

そんな子が、この襲撃を仕組んだまとめ役だとアベルは断言していて。

「答えよ。――幼さが免罪符になるなどと思うな」

重ねて、冷たい声色に切り刻まれ、怖《お》じる少年の瞳の炎が揺れる。だが、弱々しかった炎が、高圧的なアベルの態度にわずかに火勢を取り戻し、

「そ、そんなの知るはずないだろ！　タンザの居場所なら、あなたたちが……！」

「――――」

「あなたたちがタンザを……だから！　僕たちは！」

噛《か》みつくように言い放ち、少年の手が目の前のアベルに伸びる。

破れかぶれの幼い反撃、その指先がアベルの喉笛を掴《つか》んで握り潰《つぶ》そうとする。でも、それが届くより早く、小さな掌《てのひら》が少年の額を押さえ込み――、

「あう！」

そのまま、少年は後頭部から壁に叩《たた》き付けられ、白目を剥《む》いた。

哀れ、動かなくなった少年が投げ出され、ぴくぴくと震えて完全に意識を手放す。

そして、それをしたのが――、

「る、ルイ……」

「うあう！」

瞬く間に、ミディアムの横から消えたルイが少年を叩き伏せた。それを目の当たりにしたスバルの声に、パッと顔を明るくしたルイが飛びついてくる。

その抱擁を無防備に受け止めて、スバルは全身の血が凍る思いを味わった。

――砂の塔でも見せた、『暴食《ぼうしょく》』の用いる短距離ワープだ。その他の使いこなした様々な格闘技も、一人の人間が習得できる範囲を逸脱していたと思う。

あれを見てしまったら、もはや否定することなんてできない。

「お前は……」

――ルイ・アルネブ。『暴食』の大罪司教であり、おぞましき権能の所有者。

スバルの心を引き裂き、完膚なきまでに魂《たましい》を貪ろうとした白い世界の少女。『死に戻り』を祝福と勘違いし、スバルを化け物と呼んだ彼女その人なのだと。

「……は、離れろ」

「あう？」

「離れろってば！」

抱きつく少女の肩を掴《つか》んで、スバルはルイの体を突《つ》き放す。とっさのことで後ろに下がったルイ。距離が生まれ、そこで彼女の赤く染まる腹部が目に入った。

途端、ルイが自分を庇《かば》ってケガをしたことが思い出される。

「あ……傷は!?　手当てしないと……！」

「あう！　あーうー！」

慌てて少女の服をまくり、傷を負った部分を確かめようとする。が、ルイはくすぐったがるように暴れ、スバルの顔や胸を押して抵抗しようとした。

その抵抗に構わず、どうにか服をまくって傷を確認する。しかし、服と肌には血の滲《にじ》んだ形跡があったが、肝心の傷らしいものはどこにも見当たらない。

「治って、る……？」

確かに、出血の痕跡はあるのに傷がない。

まるで狐《きつね》につままれたような気持ちを味わい、スバルは何度も目を瞬《まばた》かせる。浮かんでくる疑問と、わずかな安堵《あんど》。目の前でルイが笑い、スバルは視線を逸《そ》らした。

そこへ――、

「早急に、オルバルトめを見つけ出す必要があるな」

直前の、命を危うくしたやり取りも、逆に命を救われたことも眼中になく、ゆっくりと立ち上がったアベルが呟《つぶや》くのが聞こえた。

オルバルトを見つけ出す、その方針自体にはスバルももちろん賛成だ。

でも、そのために一丸になるには、さっきの話が置いてけぼりになりすぎている。

「さっきの……どういう意味なんだ？」

「それは何に対する問いかけだ？」

「それは！　……あの、タンザって子が黒幕だとか、なのにオルバルトさんを探そうとかそういう、そういう色々だよ！　わかるだろ！」

「ふん」

小さく鼻を鳴らし、小馬鹿にしたようにアベルが鬼面の額に触れる。

焦りや苛立《いらだ》ちもあって、その仕草がいたくスバルの癇《かん》に障った。だから、スバルは腹立ち紛《まぎ》れにぴょんと飛んで、アベルの顔からその鬼面を無理やり引っぺがす。

そうして、久々に露《あら》わになった素顔で、アベルは不愉快そうにスバルを見下ろした。

「何のつもりだ？」

「何のつもりはこっちの言いたいやつだろ！　全部一人でわかってないで、ちゃんと説明してくれよ！　俺たちは仲間だろ！」

「──仲間だと？」

「う……」

素顔で正面から睨《にら》まれ、スバルの勢いが急速にしぼんだ。

面と向かって『仲間』と言ったものの、その表現はアベルを怒らせたかもしれない。そもそもスバルも、アベルを『仲間』と呼んでいいのかよくわからなかった。

思わず勢いで口走ってしまって、また頭がカーっと熱くなる。

「そうだよ、アベルちん。あたしたちは仲間なんだから、教えてくんなくっちゃ」

そのスバルに代わり、そう言ったのはミディアムだった。

彼女は蹲《うずくま》るアルの傍《かたわ》らで、その背中をさすってやりながらアベルを見ている。その素直で真《ま》っ直《す》ぐな抗議に、アベルは黒瞳を細め、しばし思案すると、

「──宿の刺客も此奴《こやつ》らも、全員が有角《ゆうかく》人種だ」

「ゆうかく……角がある人たちってこと、だよな？　それが？」

「──。有角人種には迫害の歴史がある。角が魔獣と類似すると、忌まれた過去だ」

「え……」

淡々としたアベルの語り口に、スバルは目を丸くした。

有角、それが理由で迫害された歴史。──そうした偏見は、スバルにとってとても身近で、だからこそ許せないものだった。

同じような理由で迫害された過去を持つエミリア、彼女はその容姿の特徴と出自が悪い魔女と似通っていることが理由で、大勢の人から嫌な思いをさせられてきた。

そして、有角人種と括《くく》られた亜人たちにも、同じような過去があるのだと。

「でも、その人たちがなんで？　角のせいで怖がられたのはわかるけど、わかんないぞ」

「幼童になったとはいえ、少しは頭を働かせよ。角を有することで迫害された歴史を持つ

ものたちにとって、この都市……カオスフレームの在り方は救済だ」

「救済……いいところって意味か？」

「――ヨルナ・ミシグレは、己の懐に入れたものを決して手放さぬ。以前も、死した鹿人《しかびと》の娘一人のために反乱を起こしたほどだ」

腕を組み、その反乱を起こされた皇帝の口から裏事情が語られる。

過去に何度も反乱を起こしたとされるヨルナ、彼女が自分の仕える皇帝に牙を剥《む》いた理由――その一つが、たった一人の誰かのためだったのだと。

その話を聞かされ、スバルが思ったことと言えば――、

「じゃあ、いい奴じゃん……！」

「たわけ。そのように易《やす》く括れたものか。――ヨルナ・ミシグレは自身を愛したものに肩入れする。そして、その円環の外にいるものに対して容赦せぬ女だ」

「え～、でも、好きな人に優しくするのは当たり前だと思う！」

「俺も思う」

ミディアムとスバルの見解に、賛同するようにルイが「あう！」と手を上げる。それらの様子を冷たい眼差《まなざ》しで一瞥《いちべつ》し、アベルは小さく吐息すると、

「重要なのは、迫害された歴史のある有角人種らが、この都市で安寧を得ていたという事実だ。そして、その安寧にはヨルナ・ミシグレの存在が欠かせぬ。つまり――」

「つまり？」

「――。有角人種《ゆうかく》らにとって、ヨルナ・ミシグレを帝都への反乱へ加担させんと企てるこちらの存在は、踏み固めた地盤を揺るがす脅威だということだ」

「あ……っ」

そう言われ、スバルはようやく、羊人《ひつじびと》の少年の言動に納得がいった。

通りに飛び出したスバルを襲った少年の表情――違う、少年だけじゃなく、襲いかかってきた人たちは皆、辛《つら》そうで、苦しげだった。

あれはスバルたちを追い払うことの罪悪感と、自分たちの居場所がなくなることへの不安の表れだったのだ。だから、スバルを投げたときも少年は謝った。

「この人たちも一生懸命だったたってことか……」

「同情も憐憫《れんびん》も、無用の長物だ。事情など、生きとし生ける全てにある」

「アベルちん！　その言い方、ダメ！　あと、まだわかんないんだけど、なんでタンザちゃんのこと聞いたの？　あと、お爺《じい》ちゃん探しのことも！」

「……先の口ぶりからして、此奴《こやつ》らがタンザの居所を知らぬのは事実だろう。それも、どういうわけか、その居所をこちらが隠したと疑っている。何故《なぜ》だ？」

「なんでって、それは……ええと？」

意識のない少年を見下ろして、スバルはアベルの質問に頭を悩ませる。

気絶する前の少年の反応、あれが嘘《うそ》とは思えない。彼は、スバルたちがタンザに何かしたと思い込んでいるみたいだった。たぶん、彼の仲間たちも。

「そのせいで、俺たちに攻撃してきたってこと？」

「それが道理だ。だが、事実としてこちらはタンザに危害を加えていない。ならば、あの娘はどこに消えた？　加えて、百もの有角人種らはどこから現れた？」

「どこからって、外で待ち伏せてたんじゃないか」

「誰に命じられてだ？」

間髪入れずに聞かれて、スバルは言葉に詰まった。

頭を回転させ、アベルの問いかけを柱に回答という建物を組み立てていく。しかし、それがちゃんと組み上がるより前に、

「――事前に、あの嬢ちゃんが言い含めてたってこったろ」

と、何とか立ち上がったアルが、その結論を横取りしていった。

振り向くスバルの視界、アルはミディアムに支えられて立ち上がっていた。まだ本調子ではなさそうな彼は、スバルの不安げな視線に頷《うなず》いて、

「悪《わり》ぃな、兄弟、心配かけた。……まぁ、状況はよくなっちゃいねぇが」

「調子は戻らぬままか。それも、オルバルトの術技の影響であろうな」

「……オレもそれには異論ねぇよ。その話もしてぇが、先にしてた話を終わらせちまう方がいい。で、タンザ嬢ちゃんの話だ」

小さくなった手を振って、アルが意識的に感情を押し殺した声で答える。

調子を崩したアルも気掛かりだが、彼の言う通り、話も途中だ。――タンザが事前に、

宿の外に人を集めていたと、そういう話だったが。

「なら、タンザが前もって角のある仲間を集めて、俺たちを襲わせたってこと？」

「でも、それならタンザちゃんはどこいっちゃったの？」

スバルの言葉に続いたミディアムの疑問、それが答えの出ない疑問だ。

ヨルナからの指示を伝えに宿に現れ、そのまま帰ったはずのタンザ。彼女があれこれ企《たくら》んでいたのは納得できても、外の仲間たちの反応は変だった。

少なくとも、羊人《ひつじびと》の少年はスバルたちがタンザに何かしたと、そう信じていた。

「ってことは、嬢ちゃんは仲間のとこに戻らなかったってことになる」

「それも道理だ。故に、俺たちが宿を出るまで、待ち伏せていたものたちは仕掛けてこなかった。中で話しているタンザを巻き込むのを恐れてだ」

「でも！　やっぱりタンザちゃんがいないじゃん！　どこなの？」

混乱に頭の中を殴られ、目を回しそうなミディアムが悲鳴みたいにそう言った。

だが、そこまで丁寧に順序立ててもらえば、スバルにもアベルの考えがわかった。たぶん、アベルはこう思っているのだ。

それは――、

「あの子が……タンザが宿屋の外に出てないんなら、どこかに隠れてる。――それにオルバルトさんが協力してるってことだな⁉」

5

――タンザ奪還のため、スバルたちを襲った有角《ゆうかく》人種たち。

しかし、彼らが宿の外で最初から待ち構えていた以上、事前にタンザの身に何かがあった場合のことを打ち合わせてあったとしか思えない。

そしてあの宿の中、タンザと示し合わせる可能性があり得るのは――、

「――オルバルト・ダンクルケン、奴《やつ》しかいない」

「あの子……タンザが一人で企んだって可能性もあるんじゃないか？」

「確信がある。わざわざ逃げ隠れの児戯を挑むなど、あれの好みそうな悪辣《あくらつ》な趣向だ」

そう断言したアベルに、スバルは思わず嫌な顔を作った。

オルバルトの性格の悪さを根拠としたアベルの推測、そもそも『かくれんぼ』を提案してきたこと自体、タンザを隠したことの隠喩だったと気付いてしまったからだ。

「でも、そのせいで俺たちが襲われたんなら、ルール違反じゃないかよ！」

「互いに危害を加えぬという話か？　彼奴《きやつ》ならば、『自分は手を下していない』と言い逃れるだろうよ。タンザと手を結んでいるならなおさらな」

「ぐ……っ、そんなズルい考え……！」

「故に、オルバルトの居所の特定を優先する。さすれば、タンザの居所も同時に知れよう。もっとも、目論見《もくろみ》が割れれば『かくれんぼ』に拘《こだわ》る理由も消えるかもしれんがな」

オルバルトとタンザ、二人が一緒にいるかもしれないことはわかった。でも、それで『かくれんぼ』まで終わる話になるのはよくわからない。

そのことで悩むスバルの手から、振《ふ》り返るアベルが乱暴に鬼の面を奪った。「あ」と驚いたスバルの前で、アベルは鬼面を被《かぶ》り直し、

「オルバルトの目的は、こちらの価値を見極めることだ。奴《やつ》の本命は児戯より、裏の思惑に気付くかどうか。ならば、真意を紐《ひも》解けば面倒な手順を踏む必要は互いになくなる」

「あー、わかった、ような気がする……？」

「——。本格的に知恵の巡りが拙くなりつつあるか」

かろうじて説明についていくスバルに、アベルが嘆息を交えつつ呟《つぶや》いた。

そのアベルの指摘に反論できない。スバルも、自分の頭の調子が明らかにおかしくなっている自覚はあった。ただ、どのぐらいなのかが判断つかない。

考えが拙く、言葉がうまく出てこなかったり、頭が悪くなっているのだと思うが。

「元々、頭いい方ってわけでもないのに……」

「貴様の場合、理解力と発想力まで落ちているのが問題だ。……一説には、肉体はそのもののオドの盛衰を反映すると聞く。オルバルトの術技の詳細は不明だが」

「お、オドのせいすい……？」

「オドと肉体、それらの成長と衰えには関連性があるということだ。言わば、オルバルトは貴様の……いや、貴様たちのオドに干渉したと推測できる」

そう言って、アベルは体の縮んだスバルとアル、そしてミディアムの三人を見た。

しかし、その説明にもスバルはピンとこない。魔法を使うためのゲートが壊れたときもそうだったが、元々存在を意識していないマナやオドの話は実感が薄いのだ。

ただ、それはスバルにはピンとこなくても――、

「――ってことは、あの爺《じい》さんに体いじくられたのが原因か」

そう、あまりにも憎々しげにアルが呟く声にハッとさせられた。

見れば、アルは覆面に包まれた自分の額に触れ、わなわなと指を震わせている。たびたび見せた強い苛立《いらだ》ちは、彼の精神も『幼児化』の影響を受け始めた証拠か。

大人のときは持てていた精神的な余裕が、子どもになったことで失われつつある。

「あのクソジジイ、絶対にとっちめてやる……！」

「うん、元に戻れなきゃ困っちゃうもんね。じゃあ、アベルちんの考え通りにする？」

沸々と怒りを溜《た》め込んだアルを気遣い、ミディアムがちらとアベルを見る。

彼女が指摘したのは、アベルが元々想定していたオルバルト探しの人海戦術だ。酒場に向かい、人を雇って隠れた怪老を探す計画。しかし――、

「そう考えていたが、相手方にタンザがいるとなると、事情は変わる」

「事情が変わるって、どこが？」

「こちらが宿を離れた以上、早晩相手も対策を打とう。人手を増やすという策は誰でも思いつく。余所者《よそもの》が辿《たど》れるツテも多くはない。なれば……」

「酒場の周りにも、オレらを待ち伏せする奴《やつ》らがいておかしくねぇわな」

アベルの結論をアルが引き取り、それでスバルも会話の焦点がわかった。

つまり、オルバルトだけでなく、タンザも厄介な敵なのだ。オルバルトには実力と老獪《ろうかい》さがあり、タンザにはカオスフレームでのヨルナの従者という立場がある。

それはこの魔都で、トップレベルに信頼された権力者ということだ。

「もっとも、最悪の場合、強行突破も視野に入れて動くことは可能のようだがな」

「強行突破って……まさか」

方針転換を余儀なくされる話の中、そうこぼしたアベルの視線が横を向く。その彼の視線を辿《たど》り、思わずスバルは頬《ほお》を強張《こわば》らせた。

「うあう？」

鬼面越しの視線を受け、不思議そうに首を傾《かし》げるルイがそこに立っていたからだ。

襲ってきた相手を返り討ちにして、今も無邪気な顔で自分の髪を梳《す》いているルイ。その圧倒的な戦闘力と裏腹に、小動物めいた態度そのものに変化はない。

それが逆に、スバルの背筋をかえって冷たいもので突《つ》き刺してくるのだが。

「あ！　さっきのルイちゃんすごかった！　あんなの隠してるなんてビックリだよ～」

「あうあう」

「えへへ、助けてくれてありがとね」

そのスバルの心境を余所《よそ》に、ミディアムはルイの頭を無防備に撫《な》でようとする。その伸びる彼女の白い手首を、「待って！」とスバルはとっさに掴《つか》んでしまった。

「わ、スバルちん？」

「その、ミディアムさん、こいつに近付くのはやめた方が……」

「——？　なんで？　だって、助けてくれたんだよ？　スバルちんのことだって」

「それは、そう、かもしれないけど……でも……」

ミディアムの悪気のない疑問に、スバルはうまく返事ができない。

実際、彼女の見方が素直で正しいのだ。ルイは、スバルを助けてくれた。自分が傷付くのも躊躇《ためら》わないで、その小さな体いっぱいを使って守ってくれた。

スバルも必死で、「死なないで」と彼女に訴えかけたのに——、

「いい加減、話してくれてもいいんじゃねぇか」

歯切れの悪いスバルを見て、アルが低い声でそう言った。

覆面越しの昏《くら》い眼差《まなざ》し、それにスバルは息を呑《の》み、俯《うつむ》く。——数日前、カオスフレームへくる途中、アルにルイの事情を隠したことが思い出された。

あのときも、スバルはルイをどう扱うか決め切れず、答えを保留した。

しかし——、

「——」

「もう、笑って見過ごせる状況じゃねぇ。オレだけじゃなく、全員の問題だ」

「その娘の、何を秘している」

追及の視線が集中し、スバルは反射的にルイを背後に庇《かば》ってしまう。

それはルイを守ろうとしたのではなく、その視線を浴びたルイがどう反応するかがわからなかったから——違う、それも本当なのかスバルにもわからない。

ただ言えることがあるとすれば、もう誤魔化《ごまか》せないということ。

そして、幼く拙くなったスバルの頭では、それらしい嘘《うそ》を作り上げることもできない。

だから——、

「こいつは、ルイは……『暴食《ぼうしょく》』の大罪司教だ」

そう、真実をはっきりと打ち明けることしかできなかった。

6

——ルイ・アルネブの正体。

それはスバルがヴォラキア帝国に飛ばされてきて以来、記憶を失ったレムはもちろん、出会ってきた全員に隠してきた秘密だった。

ルイの正体が大罪司教とわかることで生じるトラブル、それはスバルの心の問題だけでなく、色々なことが予想された。——違う、予想できないと予想されたのだ。

だから、スバルは今日このときまで、その事実を隠して——、

「——大罪、司教」

スバルの明かした事実、その単語をたどたどしい声が反芻《はんすう》する。

アルやアベルが、その答えに驚いたなら当然のことだ。警戒し、事実か確かめ、それがどれだけ馬鹿げたことなのかと、そう怒って当然のことだった。

でも、最初にそう声を震わせたのは、アルでもアベルでもなくって。

「ルイちゃんが、大罪司教って……」

そう、愕然《がくぜん》とした声を漏らしたのは、丸い目を見開くミディアムだった。

凝然《ぎょうぜん》と、ルイを見つめるミディアム。当のルイはそのミディアムの眼差《まなざ》しに、何の心当たりもない顔で不思議そうに首を傾《かし》げていた。

その、ミディアムの瞳を過《よぎ》る感情、それこそがスバルが一番恐れていた反応だ。

ひょっとしたら、ミディアム——違う、オコーネル兄妹《きょうだい》ならあっけらかんと受け入れ、なんてことないことだと笑い飛ばしてくれるかもしれない。そう思っていた。

だが、そんなのは希望や期待ですらない、ただの夢物語だったと思い知らされる。

「————」

ミディアムの双眸《そうぼう》に過った、見間違いようのない確かな『恐れ』こそが。

「兄弟、そりゃ笑えねぇ冗談だぜ」

「じ、冗談なんかじゃ……」

「冗談じゃねぇんなら、なおさら笑えねぇよ！」

ミディアムの反応にショックを受けたスバルは、続いたアルの言葉に絶句する。

声を荒げたアルが、背負った青龍刀《せいりゅうとう》を乱暴に引っこ抜く。もちろん、子どもの細腕一本で持てるものではないから、抜いた刀は地面に先端を埋めてしまった。

それでも、体重をかけて振り回すことはできなくはない。そんな荒っぽい意思を込め、アルの視線がスバルと、その後ろのルイに向いた。

「大罪司教を連れ歩くなんざ、正気の沙汰じゃねぇ。プリステラで何があったか、まさか忘れちまったってんじゃねぇだろうな」

「そ、それは……」

「オレやプリシラ……姫さんに被害はなかった。だが、そりゃたまただ。兄弟の身内も、知り合いの身内もやべぇ目に遭った。そいつは、その原因の一人なんだぞ！」

地面に刺さった青龍刀に寄りかかり、そう訴えるアルに言い返せない。

全面的にアルが正しい。間違ったことをしているのは、どう考えてもスバルの方だ。

ルイを連れ歩くべきでも、自由にしておくべきでもなかった。

素性を明かして縛り上げ、自由を奪って捕まえておくべきだったのだ。

でも、スバルはそれをしてこなかった。それどころか——、

「あ、アベルも……？」

同意見なのかと、そう沈黙するアベルに縋《すが》るような目を向けてしまう。

ミディアムが怯《おび》え、アルが怒りを露《あら》わにした今、アベルの態度が最後の砦《とりで》——それが、誰にとっての砦なのか、それさえわからないまま、縋ろうとした。

ただ、その場の全員がルイと敵対することを選ぶというなら、
きっとスバルも、この躊躇《ためら》いにトドメを刺して、動き出せるはずだと。

「────」

「他国で、彼奴《きやつ》らをどう扱っているかは知らぬが」

息を呑《の》んだスバルの前で、鬼面の男がこちらの視線を真っ向から受ける。

黒瞳と黒瞳が交錯し、冷たい眼差《まなざ》しにスバルの胸が抉《えぐ》られる。待ち望んだはずの言葉、その先に続く内容を拒むように、脳が端から痺《しび》れていく。

そんな痺れた脳に、その声はゆっくりと、ゆっくりと浸透して──、

「この帝国において、『魔女』を奉ずるものは如何《いか》なる理由があろうと処刑される」

玉座を追われたとて、この帝国の頂点に立つ存在からの断固たる宣言。

決して相容《あいい》れないと、そうはっきりと言い切られた処刑宣告だった。

それを聞いた瞬間、スバルは強く目をつむり──、

「──ッ、ルイ!!」

「スバルちん!?」

感情的に名前を叫んだ瞬間、スバルの腰に小さな両手が回った。

直後、悲鳴みたいなミディアムの声を置き去りに、スバルの両足が地面を離れる。スバルの腰に組み付いたルイが、スバルごと高く跳び上がったのだ。

何故《なぜ》、ルイの名前を呼んだのか、それにどんな意味を込めたのか、ぎゅっと奥歯を噛《か》み

しめて、どうしてか浮かんでくる涙を堪《こら》えるスバルは全然わからない。

ただ、思ったのだ。

「うあう」

腰に組み付いて喉を唸《うな》らせる少女を、今見捨ててはならないと。

命を救われたから、救い返すわけじゃない。情が湧いて、守ってやらなくちゃならないと勘違いしたわけでもない。ただ、思ったのだ。

手足だけでなく、頭の中身まで縮んでしまった状態で、この何を考えているのかわからない女の子への答えを出してしまったら後悔する。

それはレムも、これまで出会ってきたたくさんの人たちとも関係ない、スバルの問題。ナツキ・スバルが全力で向き合わなくてはならない、問題なのだ。

「兄弟！　戻ってこい！　クソったれ――っ！」

上を向いたアルがそう叫ぶが、壁を蹴って跳躍するルイの足は止まらない。

ルイはスバルを背中側から抱き上げて、ぴょんぴょんと通りに面した建物の壁を蹴って屋上に上がり、そのまま建物伝いに隣の通りへ、さらに隣の通りへ飛び移る。

街のあちこちに足場があり、自由気ままに継《つ》ぎ接《は》ぎの道が作られたカオスフレームで、ルイの捉えどころのない奔放さはまさしく独壇場だった。

「ぶはっ！」

何度目かの跳躍を終えたところで、解放されたスバルが地面に手をつく。

何度も重力に逆らったのと、ルイの細腕で万力みたいに締め付けられていたのが苦しかった。当のルイはピンピンしながら、喘《あえ》ぐスバルを覗《のぞ》き込んでいるのが憎らしい。

でも、その顔をただ憎たらしく思っている場合ではない。

「アベルたちと……」

自分から動いた結果だ。はぐれた、とは白々しくてとても言えなかった。

しかし、あの場に残っていたら、アベルがどんな命令を下したか知れない。アルの反応からしても、穏便にルイを見逃してはくれなかったろう。

ミディアムの場を和ませる力にも、期待できるとはとても言えなかった。

だからって、流されてルイを引き渡すのは、心が嫌だと咎《とが》めたのだ。

「うあう?」

口元を袖で拭い、顔を上げたスバルをルイの青い瞳が能天気に見ている。

自分に向けられた敵意や恐怖、そういったものに全く頓着していない態度。それを見ていると、こうして心をぐるぐるさせているスバルが馬鹿みたいだ。

「馬鹿か、俺は。いや、馬鹿だ俺は」

実際、とても馬鹿だ。

アベルはともかく、ミディアムやアルを置いて、ルイと逃げるなんて馬鹿げている。

こんな、何を考えているのかも、何をしでかすのかもわからない相手と。

「それでも、今の俺が決めたら後悔する。こんなの子どもが決めていいことじゃない」

人の生き死にに、そして帝国の未来に関わる重大事、だと思う。

そんな大きな問題を、たかだか十歳ぐらいの子どもが、冷酷な大人の目に晒《さら》されながら決めるなんておかしい。――そう、間違っているのだ。

「きっと、元に戻ったらちゃんと判断できる。だから……」

一刻も早く、この『幼児化』を解除し、少年ナツキ・スバルから青少年ナツキ・スバルへとカムバックしなくては。

そうすれば、ルイ相手にあれこれと思い悩み、仲間たちの判断にちゃんとした答えを返して、納得のいく結論へと辿《たど》り着《つ》けるはずなのだ。

そのために――、

「――オルバルトさんを探す。アベルたちにも頼らないで、全力で」

「あー、うー！」

キッと顔を上げたスバルに呼応し、ルイがやる気のある顔で両手を上げた。

高々とした足場から魔都の情景を見下ろし、傍目《はため》には小さい子どもが二人で息巻き、カオスフレームの住人と、玉座を追われた皇帝を敵に回し、シノビの頭領を見つけ出すと志を高く掲げる。

――図らずも、スバルたちは『かくれんぼ』の鬼であり、『追いかけっこ』の鬼に追われる側ともなったのだった。

第五章　『星の巡り合わせ』

1

「クソ！　もうどこにも見えねぇ……！」

通りから空を見上げ、いくつもある足場に視線を巡らせながら、覆面姿の少年――否《いな》、アルが地団太を踏んで喉を震わせる。

直前の、とんでもない事態が彼の苛立《いらだ》ちに拍車をかけ、心中を激情が沸き立たせる。

馬鹿げたと、そうとしか言えないような展開だった。

「スバルちん、ルイちゃん……」

一方、怒りを露《あら》わにするアルと対照的に、沈んだ顔で呟《つぶや》いたのはミディアムだ。

はきはきと明朗、そんな普段のらしさが陰に隠れ、俯《うつむ》いた彼女はこの場から逃げ去った二人のことを気にしている。ただ、呟きに込められた感情は複雑だ。

素直な心配と、そうは言い切れない。だって――、

「ルイちゃんが……」

「――大罪司教、とはな」

「――っ」

思わず、唇から漏れた言葉の続きを拾われ、ミディアムが目を見張る。

ミディアムにそんな顔をさせ、アルと同じように空を仰いでいるのはアベルだ。面を被《かぶ》り直し、素顔を隠した男の心情は外からは読み取れない。

ただ、この状況を歓迎していないことは、組んだ腕を打つ指からも明らかだ。

「アベルちん、二人は……」

「――。優先すべきは事態の収拾だ。こちらの動きは変わらん。生憎《あいにく》と、打てる手立てはまた一つ減らされたがな」

弱々しいミディアムの問いに、すげないアベルの答えが返る。

直接、スバルとルイには言及していないが、二人と合流する目的で動くつもりはアベルにはないと、そういうことだろう。

それを聞いて、ミディアムは不安と安堵《あんど》、その両方を胸に味わった。

二人を案じる気持ちと、二人と顔を合わせずに済むことの安堵を。

冗談でも言ってはいけないことを、冗談と笑えない状況で言われたことの恐れを。

「放っておくってのか？　頭の中までガキになってる兄弟を！」

「さりとて、どうする？　貴様とて、置かれた状況はさして変わるまい。言っておくが、貴様もミディアムも、使えなくなれば置いていかざるを得んぞ」

「ぐ……っ」

「手を結ぶか否《いな》か、選択権が自分にばかりあると思うな、道化」

言葉に詰まるアル、その願いはアベルに冷たく却下される。もっとも、アルの焦点はあくまでスバルにあり、ルイの存在は二の次——否、強い警戒が剥《む》き出《だ》しにある。

「兄弟と、あのガキを一緒にはしておけねぇ……」

歯軋《はぎし》りするアルは、ルイへの敵意を露《あら》わにしている。

そのアルの態度にミディアムは何か言いたげにするが、彼女自身、ルイへの態度を決めかねているのか、彼女らしくない思案が沈黙を形作った。

「——」

そんな二人の様子を横目に、アベルが再び頭上を仰ぐ。

すでに姿は見えず、魔都のどこへなりと飛んでいったスバルたち、その残滓《ざんし》すら見当たらない無秩序な空を眺めながら、

「たわけめ」

と、誰に届くこともない呟《つぶや》きだけが、一言こぼれたのだった。

2

——未曽有の事態の最中《さなか》、仲間との別行動を強いられることになったスバル。

正直、勢い任せで飛び出して、先のことをしっかり考えた判断とはとても言えない。

それでも、あの場で急《せ》かされて決めたらきっと後悔した。それが嫌だったから、後悔しないためにああした行動を選んだと、それだけははっきり言える。

そして今、スバルはあの場でああしたことを早くも『後悔』していた。

何故《なぜ》なら――、

「あう、うあう！」

「やめろ、ルイ！　それ以上やったら死んじゃうだろ！」

ルイの小さな体を羽交い絞めにして、スバルはもがく彼女を引き剥《ひは》がす。引き剥がしたのは、ルイに馬乗りになられ、意識をなくした追っ手の男からだ。

アベルたちと別れ、都市に張り巡らされた足場を飛び移りながら、何とか『幼児化』の原因であるオルバルトを探しているスバルとルイ。

しかし、追っ手は『幼児化』したスバルの姿も、天守閣にはいなかったルイのことも標的にしているらしく、見つかっては戦ってを何度も繰り返していた。

きっとアベルの推測通り、オルバルトとタンザは手を組んでいる。だから、二人が共有した情報は、追っ手の有角《ゆうかく》人種たちに伝わっているのだ。

結果、スバルとルイの二人だけになってから、追っ手と戦うのはこれが三度目。

幸い、通りで見せたルイの戦闘力が爆発し、追っ手は速やかに無力化されている。スバルが戦えない以上、それ自体はありがたい。ありがたいのだが――、

「あうー……」

「あうーじゃない！　この人たちは怖がってるだけで、悪い人たちじゃないんだ！　死んじゃうかもしれないのに……そんなの、ちっともよくない！」

足をジタバタとさせたルイが、「うー」とスバルの注意を聞いて大人しくなる。

今の話をわかってくれたのかわからないが、とりあえずスバルが怒っていることは伝わったようだ。それを見届けて、スバルは倒れた相手の手当てを始める。

道具がないので、頭を高くして寝かせたり、鼻血を拭いてあげるぐらいだが。

「この人たちも、自分の居場所が欲しくて必死なんだ」

「うあう？」

気絶している青年を道の端に寄せ、そう呟《つぶや》いたスバルにルイが首を傾《かし》げる。

ここまで出くわした追っ手はみんな、年齢も性別も、種族もバラバラだ。でも、確かな繋《つな》がりとして、みんなに角があった。それも、アベルの予想した通り。

その角が彼らの人生にもたらした影響は、エミリアを知るスバルには笑えない。

「……レムがいなくてよかった、のかな」

鬼族の生き残りであり、その額に角を生やす特性を秘めているレム。

獣人たちと違い、角はずっと見えているわけではないけれど、やはり角の生える種族として、彼らが味わったような想《おも》いとも無縁ではなかったのかもしれない。

ラムからもレムからも、そんな話は聞いたことないが。

「ラムなら、誰になんて言われても屁《へ》とも思わなそうだし」

我が道をゆく、を地でいくのがラムだから、角のことで外野になんて言われても、「ハッ！」と鼻で笑ってくれそうな頼もしさがある。

種族や肩書きに囚《とら》われない強さを備えた彼女なら、きっと。

——あるいはそんな彼女なら、ルイといることを知っても平常心でいてくれただろうか。

「……馬鹿か、俺は。いや、馬鹿だ俺は」

自分の額に拳を当てて、スバルは情けなくてズルい考えを引っ込めた。

ラムは、ここにはいない。エミリアも、ベアトリスも、みんなここにはいないのだ。一番近くにいるレムだって、ずっと離れたグァラルに残ったまま——いない誰かを頼りにして、自分を慰めている場合じゃない。

「今は『見晴らしのいい奈落』を見つけないと……」

ヨルナに呼ばれた時間も考えると、逃げ隠れしている時間も惜しい。隠れている相手を探さなきゃいけないのに、追われる側にもなってしまって。

「たぶん、アベルは俺たちのことを探さないだろうし、タリッタさんに会えたら……」

「あう」

「——。いや、タリッタさんだって、知らない街でたくさんの人に追いかけられてるんだし、俺たちが迷惑かけるわけにいかない」

頭に手をやり、スバルは何も知らないタリッタとの合流案を保留にする。

もしタリッタと合流できても、アベルたちと別れた理由をうまく説明できる気がしない。その場合は嘘《うそ》をつくことになるが、それは問題を先送りにするだけだ。ミディアムがダメなのだ。タリッタだって、ルイの素性を知ったら、きっと。

「――――」

結局、ルイをどうするか答えが出ないと、また同じ問題とぶつかることになる。またあんな風に言い争って、スバルはみんなを嫌いになりたくない。みんなをうまく説得できない自分のことも、嫌いになりたくなかった。

「うあう」

考え込むスバルを覗《のぞ》き込んで、ルイは急《せ》かさず答えを待っている。元々、どうなるかわからない子だった。それが力を――『暴食《ぼうしょく》』の権能を使い出してからは、もっと手のつけようがなくなってしまったとも言える。

だから――、

「死にたくなかったら、俺から離れるな。俺も、お前を死なせたくない。……今は」

「あー、うー」

わかっているのかないのか、ルイはふやけた笑みを浮かべて頷《うなず》いた。そのへらへらとした少女の様子に、スバルは深々と息を吐いて――、

「――おい！　あそこにいる二人だ！」

落ち着いて考える暇もなく、スバルとルイの姿を見つけた追っ手の太い声が上がる。

その途端、スバルは弾《はじ》かれたようにルイの背中に飛びついた。

「ルイ！　戦うな！　逃げろ逃げろ逃げろ！」

「あう！　う！」

飛び出しかけたルイが、タックルするスバルを背中に張り付けたまま飛んだ。無理やり強引なおんぶに持ち込んで、ルイを戦わせない作戦がうまく嵌《は》まった形だ。

しかし――、

「逃がすな！　追え追え追え追え！」

魔都を巡回している角ある人々は、そんな二人を簡単に逃がしてくれない。

どうやら、追っ手は本当にみんな角のある人たちだけのようだ。カオスフレームで暮らす人には、角のない亜人も大勢いる。彼らは、スバルたちを追ってこようとしない。

鹿人《しかびと》で、自分も有角《ゆうかく》人種だったタンザが彼らを動かしているのだと思うが。

「あのタンザって子が命令できるのが、角のある人たちだけみたいだ……！」

もしも、カオスフレームの全員が追いかけっこの敵になったらとても逃げられない。あの子も、自分の職権を乱用できるギリギリで戦っているらしい。

もっとも、そのギリギリの乱用で十分、スバルたちは追い詰められていた。

「ルイ、迎え撃つな！　このまま逃げ切るんだ！」

「うー？」

「なんでじゃない！　何でもだ！　とにかく、ダメ！　ダメだから！」

街中のあらゆるものを足場に、スバルを背負ったまま逃げ続けるルイ。だが、彼女は戦えば勝てるのにと、逃げるように言い続けるスバルに不満げだ。

その頰《ほお》を引っ張って抗議しながら、スバルはルイを戦わせる気はなかった。

確かに、ルイが戦えば追っ手に勝てるかもしれない。でも、勝てる代わりに追っ手は死んでしまうかもしれない。ルイの、制限の利かない暴力が理由で。

それをしてしまったら、スバルの恐れた『ルイ・アルネブ』が暴れるのと同じだ。

もしも、このルイが『ルイ・アルネブ』に戻るようなことがあるなら――、

「――アベルたちの言うことが正しいってことだ」

だったら、あの通りから二人で逃げて、アベルたちと拗《こじ》れる必要だってなかった。

ルイという子の存在に、スバルが変な悩み方をする必要だって。

だから、ダメなのだ。

「お前にもう、誰も殺させない」

ナツキ・スバルの目が黒いうちは、それをさせたらダメなのだ。

「――あう」

ぎゅっと、しがみつくスバルの腕の力が強くなり、ルイは静かに前を向いた。

それまでの不満げな態度を引っ込め、スバルの言うことを聞いてくれる気になったようだ。そのまま、ルイは追っ手を振り切るため、街中をぴょんぴょんと跳ね回る。

しかし、土地勘と数で勝る追っ手はしつこく、徐々に追い詰められていく。

ルイを戦わせたくないのに、このままでは――、

「――お二人さん、こちらへ」

その声がかかったのは、スバルとルイが高所の足場から通りへ飛び降りたときだ。

「え？」と驚いたスバルたちが振り向くと、二人に手招きする細面の青年が見えた。パッと見、頭に角は生えていないが、いきなりのことで警戒は解けない。

ただ、彼は自分のすぐ後ろにある積み荷を載せた荷車を手で示して、

「ほら、ここに隠れるのがおススメですよ。今ならだーれも見てません」

「あ、あんたは……」

「追われてるんでしょ？　相手もかーなーり、本気みたいじゃないですか。悪いことは言いません。星に誓ってもいいですよ」

言いながら、灰色の髪を長く伸ばした青年がウインクしてみせる。その人好きのする笑みと胡散臭《うさんくさ》い態度、そして突然の誓いを信じていいとはとても思えない。

でも、足を止めてしまったスバルの耳に、通りの向こうから野太い声が届く。スバルたちを探している追っ手が追いついてきたのだ。

「さーて、どうします？　星の巡りは刻一刻と変わるもの。この巡りを受けるも避けるもお二人次第です。――たーだ、ここは素直に従うのが得策と、ぼかぁ思いますよ」

何も持たない両手をひらひらと振って、青年は敵意はないと示すように笑う。

その笑みを信じていいものか、スバルはかなり迷った。が、彼の言う通り、迷うのにか

けられる時間も多くはなかった。
　だから――、

3

「……なんで助けてくれたんだ？」

「なんで助けたか、ですか。ふーむふむ。そうですね……ああ、子どもが追っかけられているのを見るのがしのびなかったと、それでどうです？」

「どうですって、その言い方だと絶対思いつきじゃん……」

「バレますかぁ」

　じと目のスバルに聞かれて、青年が困った風に自分の髪を撫《な》でる。

　そんな彼の態度に複雑な思いを抱きながら、スバルは荷車の荷台から、無理やり押し込んだルイを引っ張り出し、下ろしてやった。

　――結局、スバルは青年の誘いに乗り、ルイと二人で隠れることを選んだ。

　それは青年を信じたというより、逃げ続けるのが厳しいと感じたことが大きい。

　幸い、青年はスバルたちを売るような真似《まね》はせず、それどころか隠れる二人が見つからないよう、追っ手に嘘《うそ》を言って遠ざけることまでしてくれた。

「最悪、ルイが暴れて全部台無しにするって手もあったんだけど……」

「あーれれ、もしかして結構、ぼかぁ危ない橋渡ってたりしました？」

「やりたくなかったから、やらずに済んでホッとしたよ」

それは掛け値なしの本音なので、スバルとしても青年には感謝しかない。

その青年だが、見たところ角がないだけでなく、そもそも亜人でもなさそうだ。もちろん、亜人にはラムやレムのように特徴の少ない種族もいるので確実ではないが、青年の服装や雰囲気が、あまりカオスフレームらしくない気がしたのだ。

挙句、スバルたちを手助けもしてくれて、その真意はさっぱりわからない。

「その、助けてくれてありがとうなんだけど、本当になんで？　えっと……」

「ああ、ぼかぁ、ウビルクってもんです。疑いたくなる気持ちもわかるんですが、実はあーんまり言えることもなくってですねえ」

「言えることがないって、どういう意味で？」

「お二人を助けたのは、何となくそうした方がよさそうって思っただけってことです」

へらっと笑い、青年――ウビルクがますます胡散臭《うさんくさ》い答え方をしてきた。

ただ、受け答えと整った見た目、それに服装はウビルクがちゃんとした仕事をしている証拠だとスバルは思う。荷車を運んでいたし、商人だとは思うが。

「あ、この荷車ですけど、ぼくのじゃないですよ。たまたま、ここにあっただけです」

「え!?　でも、俺たちに隠れろって……」

「別に隠れるだけなら、自分の荷車の必要もないでしょう。たぶん、すーぐそこのお店のものじゃないですか？　感謝なら、あちらに手でも合わせましょう」

予想を大胆に裏切りながら、ウビルクは手近な店を指差して「あれかな？　もしかしたらあっちかも」と適当を並べている。

つまり、ウビルクはたまたま見かけた二人を、その場にあるもので何となく助けたということだ。――意味がわからなすぎて、たぶん、子どもになっていなくても怖い。

「ええと、ウビルクさん、助けてくれてありがとう。でも、今度からもっとちゃんと考えて行動した方がいいよ。今にひどい目に遭っちゃうと思うから……」

「あーれれ、心配されてますか、ぼく。そんなに残念そうに見えますかねえ。結構、世渡り上手だと思ってるんですけど、距離が遠いなぁ」

「いや、怪しんでるとかじゃなくて、俺たち急いでるから」

本音を言えば、怪しんでいる気持ちもある。

この場合の怪しむは、タンザやオルバルトの回し者という意味ではなく、純粋にそれらと無関係の危ない大人である可能性だ。

今、スバルとルイの子ども二人だけなので、ただの怪しい大人相手でも十分怖い。

相手が危ない大人だった場合、それを叩《たた》きのめしたルイをスバルが止め切れるかどうかも自信がない。子どもに危ない大人は、ちょっと無理だ。

「じ、じゃあ、俺たちはこれで。ほら、お前もいくぞ」

そんなわけで、スバルはルイの手を引いて、お礼もそこそこに歩き出した。

しかし——、

「ちょーっと待ってくださいって。そうすげなくされると、ぼかぁ悲しいなぁ」

そう言いながら、細くも長い足で小走りしたウビルクに回り込まれた。

途端、スバルの中で危ない大人指数が高まり、ウビルクの立場が危うくなる。具体的には握った手に力が入り、ルイに「う？」とスバルの緊張が伝わってしまった。

結果、ルイがスバルより前に出て、道を塞いだウビルクを睨《にら》みつける。

「うー！」

「あーりゃりゃ、嫌われちゃいました？　これでも女の子受けはいい方だと思ってたんですが、やっぱり心に決めた相手がいると話は別ですね、これ」

「……ウビルクさん、あんまりルイを怒らせない方がいいよ。見た目より、怖いから」

「なーるほど。——ルイさんってお名前なんですねえ」

うんうんと頷《うなず》くウビルク、彼の答えにスバルは苦い唾を呑《の》み込《こ》んだ。

名前ぐらい知られても問題ないが、迂闊《うかつ》に情報を与えてしまったことが問題だ。まだどういう大人かわかっていない相手に、これ以上情報を漏らしたくない。

「ウビルクさん！　悪いんだけど、俺たち本当に急いでるから……」

「——ぼかぁ、今日はあんまり出歩くつもりはなかったんですよ」

「え？」

「そーれがどういうわけか、こうして外を出歩かされてまして。そういう星の巡りなら仕方なしと、気の向くままに歩いていたところ……お二人ですよ」

　自分の額に手をやり、そこから優しげな目尻、白く透き通った頬《ほお》、そして形のいい顎へと順番に指を滑らせ、ウビルクが最後に指を鳴らした。

　その挙動に目を奪われていたスバルは、最後の音に驚かされ、それから今のウビルクのもったいぶった発言を頭の中で嚙《か》み砕《くだ》く。そして――、

「……ただ、散歩してたら俺たちを見かけたってこと？」

「まー、そういう言い方もできますね。たーだ、ぼかぁこういう言い方もできると思いますよ。――これも全て、星のお導きだとね」

「――――」

　とてもロマンティックな物言いだが、スバルはがっくりと肩を落とした。

　偶然の出会いにしては、揃《そろ》った顔ぶれがロマンもへったくれもないではないか。

「もしかして、ぼかぁ呆《あき》れられてます？」

「その、大丈夫です。もう会わない人だから、なんて言われても平気だから」

「うわー、結構傷付きますねえ。その切れ味、昔の友達を思い出しますよ」

「ウビルクさんに、友達……？」

「あっはっは、いたんですよ」

　思わず失礼な本音が漏れたが、ウビルクは気を悪くした風もない。

　ただ一瞬だけ、その友達を懐かしむウビルクは寂しげだった気がした。不真面目で甘っ

たるい雰囲気のウビルクも、そんな顔をするのだと思わされる。

「ともあれ、ここで会ったのも何かの縁です。うーん、そうだ！　ぼかぁ、実は人の相談に乗る仕事をしてましてね。どうです、相談してみません？」

「ついにきた！　テレビで見た手口だ！　いりません！」

「あっはっは、詐欺じゃないですって。たーだ、ぼかぁ役目を果たしたいだけでして」

「役目……？」

「そう、ぼくの役目。たぶん、ここでお二人と会ったのも巡り合わせ……なら、君とルイさんの相談に乗るのが、ぼくの役回りなんでしょうねえ」

　くるくると自分の指に髪を巻きながら、ウビルクがうんうんと頷《うなず》いている。

　残念ながら、ウビルクの納得はスバルにちっとも響かない。ただただ、怪しい大人指数がじりじり高まっていくだけだ。できれば、今すぐここから立ち去りたい。

「あ、逃げようとしても無駄ですよ。もーしも逃げたら、大声で人を呼びますから」

　しかし、それはウビルクの怪しい大人指数の上昇と引き換えに阻止される。

　ただ、胡散臭《うさんくさ》いししつこいが、悪い人ではないと思いたかった。

「ウビルクさん、俺たちの事情は知らない方がいいと思うよ。ウビルクさんも巻き込まれるかもしれないし、そうなったらウビルクさんじゃ無理だと思う」

「あー、心配しなくても大丈夫ですよ。ぼくの相談、相手の事情とか聞かないので」

「そんな悩み相談ある!?」

「まあまあ、騙《だま》されたと思って。ほーら、ぼくの目を見てくださいな」

スバルの心配を余所《よそ》に、腰をかがめたウビルクがじっと見つめてくる。自分の目元を指差し、引かない彼にため息をついて、スバルは仕方なくそれに従った。

目の前、ウビルクの茶色い瞳は場違いに澄んでいて、彼の甘いマスクと合わせて騙される女性が多そうだと思う。スバルも、こんな状況でなければもっと話しても――、

「――探している答えは、すでに君の中にある」

「え？」

「相談の答え……助言ってやーつですよ。こんなん出ましたーでもいいです」

柔らかく笑い、ウビルクが「どうです？」と首を傾《かし》げてくる。が、期待するウビルクには悪いが、それがスバルに光明をもたらす気配は全然なかった。

そもそも、探している答えなんて表現もとても漠然としたものだ。

「誰にでも当てはまること言うのって、詐欺の常套手段《じようとうしゆだん》って気がするし……」

「そーんな人生の岐路的な話じゃないんじゃないかなぁ。たぶん、もっと目先の……それこそ、さっき追いかけられてたこととかどうなんです？」

「でも、あの人たちに追っかけられてる理由はわかってて――」

自分の眼力に自信があるらしく、絶妙に詐欺師の悪足掻《わるあが》きっぽく拘《こだわ》るウビルク。その言葉に真剣に取り合ううちに、スバルの中でわずかな引っかかりが生まれた。

その、ほんの些細《ささい》な引っかかりが、とても大きなものに思えて。

「──『見晴らしのいい奈落』」

目先の問題の答え、それがスバルの中にあるとウビルクは指摘した。

正直、それがどんな詐術なのか深く知りたくはない。でも、感じたのだ。──その引っかかりを手繰り寄せたら、欲しい答えに辿《たど》り着《つ》けそうな手応えを。

「相談、ちゃんと効果あったかも」

「うあう！」

掴《つか》んだ手応えに目の色を変えたスバル、その様子にルイが嬉《うれ》しそうに笑った。二人の反応を見て、ウビルクも「よかったよかった」と頷《うなず》いて、

「役立ったんなら何よりでした。ぼくも、せっかくなら役立ちたいですし。では？」

「ああ、急ぐよ。色々と最終的にはありがとう、ウビルクさん。──いくぞ、ルイ！」

「あうあう！」

片目をつむったウビルクに応じて、スバルはルイの手を引いて走り出した。

その勢いを急停止させ、驚くルイの腕を引っ張ってスバルは振り向く。すると、その予想外の動きに目を丸くするウビルクがいて、スバルは彼に手を振った。

「ウビルクさん、もう詐欺はやめて実家に帰った方がいいよ！　その方が幸せだ！」

それは感謝の念を込めた、スバルなりのウビルクへの勝手な『助言』だった。

──そうして、慌ただしく二人の少年少女が立ち去るのを見送って。

「詐欺はやめた方がいい、なーんてなかなか手厳しいですね」

一人、通りに残されたウビルクは苦笑いして、長い髪をすっぽり隠すフードを被《かぶ》る。

何とも奇妙な出会いと時間、最後の少年の様子からして、助言は何かしらの役には立つだろう。そんな風に胸のつかえが取れて、ホッと一安心する。

あとは――、

「今戻ってもカフマ殿の機嫌は損ねたままでしょうし、まーだうろつくとしましょうか。ちょっと街が騒がしいのが気掛かりですけど。それにしても……」

今一度、少年たちが立ち去った方角に目を向けて、ウビルクは片目をつむった。

魔都の中央、深みのある赤と青の色が踊り混ざる紅瑠璃《こうるり》城を仰ぎ――、

「――『星詠み』のお役目とはいえ、星は何をお望みなのやら」

4

「――答えは、俺の中にある」

「あう」

胡散臭《うさんくさ》いウビルクと別れ、いくつかの小路を折れたところで足を止める。

一方的に話されたウビルクの『助言』、それを反芻《はんすう》したスバルをルイが見つめる。その視線を見返し、スバルは深々と息を吐くと、

「『瞼《まぶた》の裏側』も謎かけだったんだ。なら、『見晴らしのいい奈落』も謎かけ……本当の奈落を探せって話じゃなくて、奈落っぽいことが大事なんだよ」

「うー？」

首をひねり、ルイはスバルの話にちんぷんかんぷんな顔だ。

それも仕方ない。スバルも、ウビルクの話の大半はそうだった。『相談役』なんて怪しすぎる仕事、あやふやで具体性に欠けた助言、でも、それに助けられた。

本当に、ウビルクにスバルの欲しい答えが見えていたとは思わないが――、

「俺は、全然この街に詳しくない。でも、それはオルバルトさんも同じだと思う。あんまりヨルナと仲良くなかったみたいだし……」

偽皇帝の護衛できているのだから、自由に出歩くのだって本当はいけないはずだ。

それぐらいの土地勘しかなくて、例えば街の名所や隠れたスポットを勝負の場所に選べるだろうか。スバルなら無理だ。だから――、

「カオスフレームじゃない場所にもある、『見晴らしのいい奈落』……」

そして、答えはスバルの中にあると、そうウビルクは言った。

その『助言』を真剣に捉えたとき、スバルの中に電撃的にある考えが浮かんだ。それは直前、リアルタイムで感じたばかりの記憶――『奈落』に落ちる記憶だ。

「通りで、あの男の子に投げ飛ばされたとき……」

カーっと頭に血が上り、飛び出したスバルを投げ飛ばした羊人《ひつじびと》の少年。謝られながら放

り投げられ、高々と空に上がったスバルはぐるぐる回りながら強烈に思った。

――自分が今、青い空に向かって『落ちて』いくのだと。

実際は違う。空に投げられて、周りから見たら高いところに上がっていっていた。落ちるのとは正反対な風に見えていただろう。でも、スバル本人は違った。

スバルは空に、青々とした底なしの『穴』に落ちていく気分を味わったのだ。

だから――、

「あー、う！」

スバルの気持ちを知ってか知らずか、破顔したルイがビシッと一点を指差す。

繋《つな》いだ手を元気よく振りながら、空いた手でそれをしたルイにスバルは頷《うなず》いた。そこに目的地――この街で、一番『見晴らしのいい奈落』に近い場所がある。

ヨルナ・ミシグレの居城、魔都カオスフレームの心臓たる『紅瑠璃城《こうるり》』だ。

「う！」

ぐいぐい手を引くルイの様子に、スバルはオルバルトの性格の悪さを呪う。

現在のスバルは諸事情で、城に向かっても門前払いを喰《く》らう可能性が高い。そしてその諸事情は他ならぬ、オルバルトの手で引き起こされた『幼児化』なのだ。

「答えがわかってても入れない場所……オルバルトさんならやる、よな」

そもそも、この勝負の目的が『幼児化』を解き、城でヨルナと話すことなのだ。

オルバルトもそれを知っている。知っているからこそ、こういうことを仕組むのが『悪《あく》辣翁《らつおう》』なんて呼ばれるオルバルトらしい悪巧みに思えた。

問題は――、

「どうやって城に入ったらいいんだろう……」

オルバルトの居場所の目星がついたのに、肝心の辿《たど》り着《つ》く方法が思いつかない。

昨日の使者を名乗っても信じてもらえないだろうし、タンザの企《たくら》みをヨルナに告げ口するというアイディアも、考えてはみたがとてもリスキーだった。

第一、突然現れて、自分の従者の悪口を吹き込んでくる子どもなんて怪しすぎる。

「正面から訪ねてもダメなら、忍び込むしかないのか……？」

一生懸命考えても、これ以上のアイディアが浮かんできそうになかった。ただ、忍び込むのだって、ちゃんと城にも見張りがいるだろう。簡単なはずがない。

――もしも、スバルが一人だったなら。

「ルイ、一個だけ、協力してほしいことがある」

「あう？」

振り向いて自分を見つめるスバルに、ルイが丸い目を瞬《まばた》かせる。一瞬、そのあどけない様子にちくっと胸が痛んだが、必要なことと自分に言い聞かせ、無視をした。

そして――、

「お前が使ったあのワープ……俺も、一緒に飛ばせてたよな？」

──飛ぶ方向を指差して、ルイの手を強く握る。

それが、スバルがルイに『ワープ』を使う合図として教えた条件だった。

まるで子犬に芸を仕込むみたいな話だが、そんなに可愛《かわい》い実態じゃない。もしもルイが子犬なら、いつ誰を傷付けるかわからないとビクビク怯《おび》える必要もなかった。

しかし──、
ルイの力を借りるのだとしても、ルイの扱いには細心の注意がいるのだから。

5

「──入った！」

周囲の風景が一瞬で切り替わり、建物の外から中へと転移する。

板張りの床が敷かれた廊下、和風の城らしい内装を確かめて、成功を確信したスバルはさすがにルイの功績を「よくやった」と褒めた。

「石垣と城の壁の二枚抜きだ。たぶん、誰も気付いてないはず」

「う！」

興奮したスバルの言葉に、ルイも心なしか自慢げに胸を張る。

あまり調子に乗らせたくないが、門番との押し問答や力ずくの正面突破、そうした問題を全部ショートカットできたのはルイのおかげだった。

──現在、スバルとルイの二人は魔都の中心、紅瑠璃城《こうるり》の城内に忍び込んでいる。

最初は躊躇《ためら》いもあったが、一度やると決めてからの行動は早かった。

ルイの『ワープ』の、触れた相手も含めて十メートル前後の距離を転移するという特性を見極め、それを利用して城に入る計画を立てた。

時間もない中で、それほど難しい計画も立てられなかったから——、

「基本はルイの『ワープ』頼みだ。けど……うぷ」

「うあう」

ぐらりと視界が歪《ゆが》んで、壁に肩を預けるスバルが口元に手を当てる。

込み上げてくる吐き気は、『ワープ』に伴う内臓のひっくり返る感覚が原因だ。こればかりは防ぎ方も克服もできなくて、必ず転移に付き物となってしまっている。

どうやらルイ自身は平気のようだが、スバルは一回ごとに休憩が欲しい体たらくだ。城に入るために二連続で使ったが、それだけで結構グロッキーである。

「吐くだけならマシだけど、最悪、気絶とかしたら……」

「う？」

ちらと、吐き気と戦いながらスバルは能天気な顔つきのルイを窺《うかが》う。

もしもアクシデントがあり、『ワープ』の使用中にスバルが気絶でもしたら、ルイが手綱の外れた状態で放たれることになる。そうなれば、誰も止められない。

彼女に、もう誰も殺させない。——それが、ルイを連れて逃げたスバルの誓いだ。

縮んでしまった幼いナツキ・スバルには、ルイに対するちゃんとした結論が出せない。

だからせめて、今の自分にできる精一杯の誓いは成し遂げたい。

それが、ルイに誰かの命を奪わせないことなのだ。

「……ベランダとか使って、休憩しながら上まで飛ぶのは難しいかな」

オルバルトの居所は、おそらく空に一番近い天守閣だと睨《にら》んでいる。そのためにてっぺんを目指すにしても、人目につかない道のりはなかなか険しそうだ。

城の見張りや街の住人、誰かしらに見つかり、もし人を呼ばれでもしたら。

「それでヨルナに見つかったら、一番マズい」

道中、ヨルナの力の一部を『魂婚術《こんこんじゅつ》』で引き継いだ追っ手と何度も戦った。

強力な力があっても、彼らは戦いの素人。おかげでルイの相手にはならなかったが、本体であるヨルナの実力はそれらとは別格だろう。

そもそも、ヨルナと戦うなんてことになったら、スバルたちがこの街にきた目的自体果たせなくなる。仲間は増やせず、体は縮んで大失敗、レムに合わせる顔がない。

「だから、慎重に、気を付けて進むぞ」

気分が落ち着くと、口元を覆っていた手の指を立て、唇に当てる。ルイに静かにとジェスチャーして、二人は手を繋《つな》いだままゆっくりと上への階段を探し始めた。

昨日、一度城に入った経験からすると、城内の見回りはほとんどいない。

来客があっても待合室をほったらかしにしていたぐらいなので、誰もきていないときの警備なんてもっと笊《ざる》だろう。偉い人のお城で、不用心すぎるとは思うが。

「……ホントに誰もいなそう」

曲がり角の先の通路を覗《のぞ》き込んで、その無防備さにスバルは場違いな心配を覚える。見えた長い廊下にも人気《ひとけ》がなく、足音に気を遣っているのが馬鹿みたいだ。

ただ、廊下には隠れる場所が少ないから、いざ誰かと行き合ってしまったら、すぐに壁の向こうに『ワープ』する必要があると、それだけは心に留《と》めておく。

「いや、いざとなったら横じゃなく、縦に移動した方がいいかも。むしろ、悠長に階段を探すより、そっちの方が時短になるかな？」

「あーう？」

「ああ、偉い人の部屋は上の方だと思うけど、長居するのも怖いだろ？　世の中には、人の気配を感じるって漫画みたいなことする人たちもいるから」

スバル的には全然ピンとこないが、達人にとっては常識的な技能であるらしい。

わかりやすい足音や息遣い、うっかり立てた物音なんてものではなく、そこにいるだけで相手の存在を感じてしまう、そんな実力者たちの世界。

ヨルナもその手合いなら、ルイの『ワープ』を使っても見つかってしまう。見つかってしまったら、きっと敵として見られる。

そうならないために――、

「慎重さと大胆さを使いこなそう。もしも見つかったら――」

「──見つかったら、どうするでありんす？」

瞬間、背筋の凍るような声が真後ろからして、スバルは肩を跳ねさせる。

その衝撃は手を繋《つな》いだルイにも伝わって、目を見開いた彼女と一緒に、スバルは弾《はじ》かれたように後ろに振り返った。そこに──、

「童《わらわ》同士が手を繋いで、何とも可愛《かわい》らしいものでありんす。わっちも思わず、頬《ほお》が綻《ほころ》んでしまいんすなぁ」

「──ぁ」

出くわしてはならなかったはずの城主、ヨルナ・ミシグレの美貌が佇《たたず》んでいた。

誰も、いなかったはずだ。

一秒前まで、廊下にはスバルとルイ以外誰もいなかった。ちゃんと確かめた。

なのに、そういうスバルの注意とか慎重さとか、懸命な準備とか心構えとかを全部踏《ふ》み躙《にじ》って、蔑《ないがし》ろにするような力というものを彼女たちは持っている。

──異世界の超越者、ヨルナ・ミシグレもその一人だった。

「どちらも、わっちの知らん顔でござりんす」

手にした煙管《きせる》をくゆらせ、スバルたちの顔を見下ろしてヨルナが呟《つぶや》く。

昨日、城のてっぺんで目にしたときと同じ、艶《あで》やかな美しいキモノ姿の女性。結い上げた長い髪は白と橙色《だいだいいろ》が綺麗《きれい》に混ざり、ちょんと尖《とが》った狐《きつね》耳が顔を出している。

一見、ただの目が潰《つぶ》れそうな美人。——でも、圧迫感がただの美人とは桁違《けたちが》い。縮んだスバルと比べて、ヨルナが背の高い女性だからじゃない。その人が持っている存在感だったり、影響力のようなものが違いすぎるのだ。

「そう怯《おび》える必要はありんせん。主さんら、わっちの城に何用でありんす？」

「う……」

尋ねるヨルナの髪飾りが揺れ、その涼やかな音を聞きながらスバルは自分を呪った。慎重に慎重を期して忍び込んだつもりなのに、見つかったときの言い訳の一個も用意してこなかった。浅はかとは、今のスバルのためにある言葉だ。

案の定、何も言えずにまごつくスバルを見て、ヨルナが切れ長の瞳を細める。怪しまれている。何か言わないとと思うのに、焦れば焦るほど何も言えなくて——、

「タンザ、でありんすか？」

「え……っ」

「主さんらが、こうして城にいる理由でありんす」

その指摘に全てを見透かされ、スバルは全身の血が凍り、ひび割れる音を聞いた。たったの一瞥《いちべつ》で侵入の目的を見抜かれ、おそらく正体もバレた。頭の中でアベルの「たわけ」という声が聞こえて、その百倍、自分で自分に馬鹿と言う。

そのまま目の前が真っ暗になり、崩れる足場から真っ逆さまに落ちる錯覚を——。

「うあう」

その、真っ暗闇に落ちる意識が、ぎゅっと握られる手の感触に引き止められた。

思わずスバルが隣を見ると、傍《かたわ》らのルイがじっと顔を覗《のぞ》き込んできていた。微《かす》かに震える青い瞳が訴えかけている。——いつでも飛べると、そう。

「——」

そのルイの懸命な眼差《まなざ》しが、スバルの危うい精神を立て直した。

顔を上げれば、ヨルナは静かに先ほどの質問の返事を待っていて、スバルを急《せ》かそうとなんてしていない。なら、まだ諦めるには早いかもしれない。

ヨルナは、スバルたちが城にいるのはタンザが理由なのかと聞いた。

それは合っている。でも、半分だけだ。残りの半分を埋めるため、賭けに出る。

「あの、ヨルナさん……ヨルナ様」

「なんでありんしょう」

「タンザちゃんは、お城にいますか？」

意を決して、そう尋ねたスバルにヨルナの瞳がすっと細められる。

数秒にも満たない一瞬、スバルは狐《きつね》に捕まった鼠《ねずみ》のような心境を味わった。たぶん、現実的には狐と鼠よりも力の差がある相手だと思う。

そんな相手と向かい合い、永遠にも思える数秒を過ごして、そして——、

「生憎《あいにく》と、タンザは使いに出していんす。もう戻ってもいい頃でありんしょうが……」

「——っ」

そのヨルナの答えに、ルイと繋《つな》いだスバルの手に力が入る。思わず、ルイがスバルがどこか指差していないか、きょろきょろとあたりを見回してしまうほどに。

合図に反応するルイには悪いが、今のは飛ぶための合図じゃなく、賭けの結果を受けたスバルがとっさに喜んでしまっただけ。――賭けに、そう賭けに勝ったのだ。

直前のヨルナの質問、それはスバルたちの正体と目的を見抜いたのではなかった。

「まったく、タンザにも困ったものでありんす。わっちのために尽くす心意気は買いんすが、それで友人との約束を忘れるようでは従卒なんて務まりんせん」

「と、友達……」

「あれは律義な子でありんしょう？　その健気《けなげ》の矛先を、わっちにだけ向けるようではダメと、そういつも言っているでありんすが」

そうこぼしたヨルナは、本当にスバルたちをタンザの友達とみなして見えた。

それは昨日の、城のてっぺんで出会った意地悪で底知れない魔都の女主人――そんな怖い印象にそぐわない、身近な子どもを案じる優しい大人の雰囲気で。

その印象を後押しするように、ヨルナは「ふぅ」と小さく吐息をこぼすと、

「タンザの不注意でありんすが、追い返すのもしのびのうござりんす。――ついてきなんし、わっちが案内しんしょう」

「え……!?　よ、ヨルナ様が、ですか!?」

「あう？」

くるりと優雅に身を翻し、底の厚い履物でも靴音を立てない見事な足運び。それに見惚《みほ》れかけたスバルは、そのヨルナからの申し出に遅れて仰天してしまう。

そんなスバルの反応に、ヨルナはそっと袖で口元を隠して笑い、

「ここはわっちの城でありんす。当然、もてなすのはわっちの役目でござりんしょう。タンザが留守の今、二人の相手をするものもいりんす」

「あ、えと……」

「あの子の友人がくるのも初めてのことでありんすから。さ、ついてくりゃれ」

顎をしゃくり、ついてくるよう命じてくるヨルナにスバルは激しく迷った。

これが罠《わな》である可能性は、疑っても一秒でいらなくなった。だって、ヨルナにスバルたちを罠にかける理由なんてない。スバルは指一本、ルイだって指何本かで十分だ。

なら、これは善意の申し出だ。でも、それなら昨日のヨルナの印象はいったい――、

「うあう」

ぐるぐると、迷いが堂々巡りするスバルの手をルイが引っ張った。見れば、ルイの手はヨルナの背中を指差していて、ついていこうと言っているみたいだ。

そのルイの様子が、スバルの足を動かす最後のひと押しになった。

「――――」

ぶんぶんと頭を振って、スバルはルイと一緒に早歩きでヨルナに追いつく。それを待っていたヨルナは微笑《ほほえ》み、スバルたちの歩幅に合わせて歩みを再開した。

そのまま、ヨルナの案内で紅瑠璃《こうるり》城を進む不思議な状態になって。

「主さんらは、余所《よそ》の子たちでありんしょう？」

「わ、わかるんですか？」

「見ない顔でありんすから。わっちの『恋文』も受け取っておりんせん」

知らない顔、見ない顔とはさっきも言われた言葉だ。続いた『恋文』という表現も心当たりはなくて、スバルは下手な嘘《うそ》はつかず、「は、はい」と頷《うなず》いた。

「街の外から……その、怖い大人と一緒に」

「怖い大人、でありんすか。それは苦労も多そうでありんす。何故《なぜ》、怖い大人と？」

「な、成り行きかなぁ……」

ヨルナの投げかける質問に、注意しつつもある程度の本音で答える。

実際、怖い大人――アベルと一緒に行動しているのは成り行きによるところが大きい。

もっとも、『一緒に行動していた』と過去形にすべきなのかもしれない。

ルイを連れて逃げたスバルを、アベルが許してくれるかどうか。

そもそも――、

「俺が、許されなきゃいけないことなのかな……」

ルイをどう扱うか、それを決め切れなかったことを責められる謂《いわ》れはない、と思う。

確かに、ルイの素性を隠していたのは悪かった。でも、隠さないで話した結果がこれなので、やっぱり隠していたのが正解だったということだ。

謝ることがあるとすれば、最後まで隠し通せず、途中でばらしてしまったこと。

「──。何とも、その大人とは複雑な関係のようでありんすなぁ」

「え？」

「童《わらわ》が、そう難しい顔をするもんじゃありんせん。──その怖い大人、わっちが仕置きしてあげげんしょうか」

「仕置きって……え、ヨルナ様が？」

「くふ、こう見えて、わっちはなかなか力持ちでありんすから」

持ち上げた袖を柔らかく振り、ヨルナがそんな役回りを買って出てくる。その姿に、スバルはお仕置きされるアベルを思い浮かべ、すぐぶんぶんと首を横に振った。

「心配してくれて嬉《うれ》しいけど、大丈夫です！　きっと、話し合った方がいいから……」

「そうでありんすか。話せばわかる相手なら、それに越したことはござりんせん。とかく世の中、話の通じぬ方々が多くおりんすから」

「──。ヨルナ様は」

「うん？」

一瞬、言うかどうか迷って言葉が途切れ、ヨルナに足を止めさせてしまった。

小さくなって、判断力も思考力も下がっている。でも、一番の問題はこの堪《こら》え性《しよう》のなさというか、抑えの利かなさな気がする。ルイを連れ出したことも、準備不足で紅瑠璃城に忍び込んだことも、どれも勢い任せなところが問題だ。

その弾みの流れで、これを口にするのは躊躇《ためら》われたけれど――、

「その、ヨルナ様は、ちゃんとお話を聞いてくれるんですね。てっきり、偉い人は怖い人だって、勝手に思ってたから……」

とても失礼なことを言っている自覚から、スバルは途中でヨルナの目が見ていられなくなる。だが、そのスバルの失礼な話に「ふむ」とヨルナは喉を鳴らし、

「見たところ、主さんらは亜人ではなさりんしょう」

「ええと、そうです」

「その主さんらの目から見て、この都市はどう見えるでありんすか？」

「この街……」

唐突感のある質問に、スバルはその視線を廊下の窓に向ける。壁の高い位置にある窓は小さく、今のスバルの背丈では外の様子を覗《のぞ》くことはできない。

ただ、薄ぼんやりと見える青い空、それがすぐ近くにあることはわかって。

「すごい、賑《にぎ》やかな街だなって。色んな人が、たくさんいるし」

言葉を選びながら、スバルはできるだけ素直な印象を口にする。

賑々《にぎにぎ》しい街だという印象は、かなり最初の時点からあった。雑多に色々と積み上げたような街の見た目もそうだし、中で暮らしている人々の種類豊富さもそう。

目にも耳にも、慌ただしい街という印象が強かった。

「素直な童《わらわ》でありんす。でも、それが耳に心地ようござりんす」

そんなスバルの感想を聞いて、ヨルナは薄く唇を綻《ほころ》ばせる。

それから、彼女は窓の外――スバルとは見え方が違うだろう景色を眺めながら、

「この都市には、余所《よそ》で暮らしづらいものたちが大勢集まりんす。街の外では小さくなって、行き場のない子ら……声を上げても、気付かれのう子らでありんす」

「声を、上げても……」

「その子らが辿《たど》り着いた終《つい》の地で、わっちが子らの言葉に耳を貸さのうござりんしたら、いったい誰が耳を貸してやれるんでありんしょう」

言いながら、煙管《きせる》を口にくわえるヨルナの瞳を過る温かな光――それが、他者への慈しみだと気付いたとき、スバルは自分が本気で恥ずかしくなった。

『愛情深い方です。味方を愛し、敵を憎む。――魔都を生きる、全てのものの恋人』

それは昨日、ヨルナについて聞かれたタンザが返した答えだった。

あのとき、それがどういう意味なのかスバルにはちっともわからなかった。アベルから『魂婚術《こんこんじゅつ》』の話を聞いたとき、その力のことを意味しているのだとばかり。

でも、たぶん、タンザの言いたかった本当の意味は、そんなことじゃない。

――ヨルナ・ミシグレが、本心から何を大事にする人なのかという答えだったのだ。

「ごめんなさい、ヨルナさん……俺、ヨルナさんのこと、怖い人だって」

そう思った途端、スバルはまたしても抑えが利かず、そう謝ってしまっていた。

突然のスバルの謝罪、それを聞いたヨルナは紫煙を吐きながら笑い、

「何も謝ることはありんせん。偉いお人が怖く見えるのは、そうしないと偉いお人も怖いからでありんしょう。怖がられていた方が通しやすい筋もある、でありんす」

「偉い人も、怖がられてたい……」

なんだろう。それは、とても覚えておくべきことを聞かされた気がする。

そして、たぶんヨルナにとっても他人事《ひとごと》ではない理屈に思えた。

「心配しなくとも、わっちはこのぐらいのことで童《わらわ》に怒るようなみっともない真似《まね》はいたしんせん。ちょうど、機嫌もいいところでありんした」

「あう？」

「ええ、そうでありんす。――長く、欲しかったものに手が届きそうな兆しが見えてきたところでありんして」

目尻を下げ、今一度袖を振ってみせるヨルナ。

彼女の受け答えには怒りの色がない。自分で言った通り、子ども相手に大人げない対応をする性格でもないのと、実際に上機嫌なことが理由だろう。

その上機嫌の裏側には、きっとアベルの送った親書のことが隠れていて――、

「――――」

そう考えたところで、スバルは今度こそ堪《こら》えて、慎重に思い悩んだ。

ヨルナが前向きに捉えている親書、それが効果を発揮するかどうかは、アベルやスバルたちが無事に紅瑠璃《こうるり》城で合流できるかにかかっている。

でも、スバルたちの行動を妨害しているのは、ヨルナの付き人のタンザなのだ。

さっきまでのやり取りからも、ヨルナがタンザを大事にしているのは伝わってきた。

もしも、自分の望みとタンザの望みとがぶつかった場合、ヨルナはどちらを選ぶのだろうか。――前にも誰かのために、皇帝に逆らったことがあるというヨルナ。

置かれた真相を知ったとき、ヨルナはいったい、どちらを――。

「――また、眉間に皺《しわ》を刻んでおりんすな」

とんとんと、ヨルナが自分の眉間に指を当てて、スバルの苦悩を指摘する。そのヨルナの仕草につられて、ルイも自分の額をぺちぺちと叩《たた》いていた。

その、ヨルナとルイの様子を見て、スバルは微《かす》かに息を吐いた。

これも、もしかしたら早まった考えなのかもしれない。

でも、それが正しいのか間違っているのか、ちゃんと考える頭が今はないから――、

「あの、ヨルナさんにちょっと、聞いてほしいことが――」

6

――紅瑠璃城の天守閣、その屋根瓦の上、青と赤が入り混じる輝きを尻に敷く。

そうして、高所特有の澄んだ風を浴びながら、懐に呑《の》んだ瓢箪《ひょうたん》に口を付ける。ぐいぐいと渇いた喉を酒で潤しながら、眼下の光景に頬杖《ほおづえ》をついた。

「かかかっか、絶景絶景」

様々な様式が入り乱れ、雑多に入り組んだ街並みを見下ろし、老躯《ろうく》が喉を鳴らす。しゃがれた笑声は風に掻《か》き回され、どこへも届かず消えていく。それが魔都の喧騒《けんそう》に呑《の》まれ消えゆくようで、何とも怪老には愉快だった。

混沌《こんとん》としたものが好きだ。

混沌とした街並みも、入り乱れる様々な亜人種も、右へ左へ流れる思惑も。

それらがただ、乱れているというだけで肩入れしたくなるほどに。

「なんであれ、掻き混ぜて食っちまうのが年寄りの悪《わり》ぃ癖じゃぜ。とはいえ――」

ぐいっと瓢箪《ひょうたん》を傾け、口の端からこぼれる酒を袖で拭い、老人は肩をすくめた。そうして胡坐《あぐら》を掻いたまま、ぐるりと尻を回して振り向き、片眉を上げる。

それはなかなか、混沌好みの老人垂涎《すいぜん》の光景で――。

「ワシんとこ辿《たど》り着《つ》くにしても、意外性高まりすぎの顔ぶれじゃぜ、ホント」

そう言った怪老の正面、天守閣の瓦を踏んだのは三つの人影。

それは――、

「オルバルトさん、みーつけた！」

オルバルトをビシッと指差す少年と、その少年と手を繋《つな》いだ金髪の少女。

そして、その二人の後ろに保護者のように佇《たたず》む、魔都の支配者たる女傑の姿だった。

第六章　『恋心は譲れない』

1

光を浴びたぬるい風が、スバルの前髪を柔らかく撫《な》でていく。

そのこそばゆさを感じながら、スバルは繋《つな》いだ少女の手の感触と、自分の後ろに立っている長身の女性の息遣いを受け取っていた。

場所は紅瑠璃《こうるり》城のてっぺん、一番上の階にある広い部屋のもっと上、その城の屋根の瓦を踏んで、魔都カオスフレームを一望できる『空に一番近いところ』だ。

それこそが、スバルの思いついた『見晴らしのいい奈落』に一番近い場所で。

「オルバルトさん、すごい性格悪いと思うぞ」

隣にいるルイと繋いでいない方の手、そっちでスバルが指差しているのは、城の屋根の端っこに座って、手にした瓢箪《ひょうたん》に口を付ける怪老《あお》――オルバルト・ダンクルケン。

彼は喉を鳴らし、瓢箪の中の酒をぐいぐいと呷ると、

「坊主、腹ぁ減っとりゃせんか？」

「……お、お腹《なか》？」

「おう、そうよ、腹具合よ。なんせ、起きてすぐ慌ただしくなって、飯食う暇もなかったじゃろ？　腹具合ってもんは、頭と体とどっちの働きにも関係あんじゃぜ」

言いながら、瓢箪を置いたオルバルトが懐から別の包みを出す。わずかに警戒するスバルの前で包みが解かれ、ゴルフボールくらいの黒くて丸い物体が露《あら》わになった。

「兵糧丸つって、ワシらシノビの必需品よ。これ一個で腹具合は一日もつのと、頭と体もしっかり回るって代物じゃぜ。ただし、味がマズいんじゃわ、これ」

「マズいんだ……」

「おう、目が飛び出すんじゃぜ。とはいえ、ワシもシノビやって長《なげ》ぇからよ。こいつともおんなじぐれえ長い付き合い……仕事先でこれ食うたんびに、里の偉い爺《じい》様たちみてえにとっとと引退して、こんなの食わねえ生活してえと思ったもんよ」

包みの中から兵糧丸を一個摘《つ》まみ、オルバルトがそれを見ながら唇を曲げる。

見るからに味の拘《こだわ》りなんてなさそうな非常食で、オルバルトの話も本当なのだろう。

「でも、だったらそうすればいいじゃんか。オルバルトさん、シノビの里の頭領って言ってたし、偉いんじゃないの？」

「そうじゃぜ。ワシを顎でこき使ってた爺様連中より、今のワシの方が偉いし強《つえ》ぇってもんよ。……じゃが、なんでかワシぁ今もこいつを食っとる」

そう言って、オルバルトは摘まんだ兵糧丸を口に放り、マズいと話したそれをもぐもぐ食べて呑《の》み込《こ》む。それから口を開けて、ちゃんと食べたのを見せつけてから、

「結局、習慣は抜けねえって話なわけじゃぜ。味も見た目も関係なしに、一切合切全部ぶち込んだ団子がワシの一番の馳走《ちそう》ってことよ。笑えるじゃろ。かかかっか！」

歯を鳴らして笑うオルバルト、その反応にスバルは不気味なものを覚える。

今の話で何を伝えたいのかわからないのは、スバルの幼さとは無関係な気がした。ただ、全部丸っと無視していいものとも思わない。

たぶん、オルバルトなりの称賛というか、褒め言葉だった気がしたから。

「――オルバルト翁《おう》、ここはわっちの城でありんすよ」

そうして会話がひと段落したのを見計らい、口を開いたのは魔都の女主人――スバルたちと一緒に、城の屋根に上がってきたヨルナ・ミシグレだ。

そのヨルナの青い瞳に見つめられ、オルバルトは「おお」と笑うのをやめる。

「もちろん、そりゃわかっとるんじゃぜ。城主尻目に、その城を尻に敷くっちゅうのはなかなか気分がええもんよ。好きなことするのが長生きの秘訣《ひけつ》じゃし」

「それはそれは、翁ともあろうものがおかしなことを言いなんす」

「ほう、おかしなことってえと？」

「その長生きの秘訣とやらで自分の寿命を縮めるなんて、馬鹿馬鹿しくありんしょう？」

口元にそっと袖を当て、艶《あで》やかに微笑《ほほえ》むヨルナがオルバルトを挑発する。

『九神将』同士の睨《にら》み合いに、ピリピリと空気が怯《おび》えている。そんな殺伐とした天守閣の屋根で、オルバルトは包みの中から次の兵糧丸を口に運んで、

「おうおう、ずいぶん怒っとるようじゃが、眺めのいいとこで昼飯食ってたのがそんなに気に食わんかったか？　そりゃ失敬ってなもんじゃぜ」

「生憎《あいにく》と、悪辣《あくらつ》なるオルバルト翁と違って、わっちは些事《さじ》に腹を立てるようなはしたない真似《まね》はいたしんせん。ただし——翁が童《わらわ》を惑わし、わっちの従者も誑《たぶら》かしたと聞けば、都市の女主人として為《な》すべきことを為さねばいけのうござりんす」

「ほほう、ほう」

すっと目を細め、自分を見るヨルナにオルバルトが楽しげに唸《うな》る。怪老は口の中の兵糧丸を噛《か》み砕《くだ》いて、それから厚い眉に隠れた目をスバルたちに向けた。

その視線の意図を察して、スバルは大きく頷《うなず》く。

「悪いけど、告げ口させてもらったよ。オルバルトさんのルールなら、別に反則じゃないはずだろ。そっちだって、俺たちを襲わせたんだから」

「かかかっか！　大した度胸じゃぜ、坊主。けど、それで正解よ。こっちが仕掛けたことじゃし、やり返されて泣き言なんてみっともねえ真似せんからよ。しっかし……」

「——？」

「頭の中身も追っつかなくなってんじゃろうに、よく考えたもんよ。お前さん、もしかしてヴォラキア皇族だったりせんか？　性格悪《わり》ぃのが揃《そろ》っとるからよ」

「めちゃくちゃ怖いこと言わないでくれよ……」

髪の色だけ見たら、今の皇帝であるアベルとスバルは同じ黒髪だ。でも、それ以外の部

分に違いがありすぎる。顔の造りと足の長さ、それと――、

「俺はちゃんと、よくしてもらったらありがとうってお礼言えるから」

「それも、笑顔で大きな声ででありんす。童《わらわ》というのはそうでなくてはいけんせん。タンザにも見習わせたいところでござりんす。ともあれ――」

唇を綻《ほころ》ばせ、スバルの腕白さを褒めてくれたヨルナが声の調子を落とす。それに合わせて冷えていく空気は、この話し合いの序幕の終わりを意味していた。

何故《なぜ》なら――、

「わっちの健気《けなげ》な従者を窘《たしな》めようにも、当の本人がいないと話になりんせん。さて、オルバルト翁《おう》はあの子をどちらへ隠したのでござりんしょう」

ヨルナのその問いかけこそが、彼女がこの場に同席した一番の理由だからだ。


――階下、城に入ってすぐのところでヨルナに見つかり、昨日はわからなかった彼女の人となりに触れたスバルは、またしても大きな賭けに出た。

自分たちの置かれた状況と立場、そしてこのカオスフレームで行われている『かくれんぼ』について、できるだけ正直にヨルナに告げ口したのだ。

もちろん、アベルの正体や、スバルたちがオルバルトの手で『幼児化』させられたことは内緒にしてある。あくまで、スバルたちは昨日の使者の仲間で、オルバルトから挑まれた『かくれんぼ』の真っ最中。――そこにタンザが関わっているのだと。

できるだけ真摯に訴え、彼女の疑いを解くために根気よく話すつもりだった。

そんな覚悟を決めたスバルの話を聞いて、ヨルナはしばしの思案のあとで――、

『――必死な童の言葉が嘘《うそ》か真《まこと》か、見抜けぬ女ではありんせん』

そう答え、スバルとルイを伴い、紅瑠璃《こうるり》城のてっぺんまで付き合ってくれたのだ。


「正直、ここまで話せる人だと思わなかったけど……」

「あうあう」

「ああ、わかってる」

スバルの呟《つぶや》きを聞きつけて、ルイが握った手を振って唇を尖《とが》らせる。油断するなと言われているみたいで、確かにとスバルは頷《うなず》いた。

こうして城のてっぺんに辿《たど》り着《つ》けたのは、いくつもの偶然が重なったおかげだ。

悪巧みするアベルと別れ、ウビルクの『助言』で謎かけを解き、アルやミディアムとではなくルイと一緒で、見張りではなくヨルナに直接見つかった。

そして、『幼児化』の影響を一番強く受けているスバルが、賭けに挑んだこと。

ヨルナがスバルの話を聞いてくれたのは、そこに嘘がないと、子どもの真剣な訴えであると、そう受け止めてくれたことが一番大きな理由だ。

子どもの言葉を真に受けず、笑い飛ばす大人がいるように。

子どもの言葉だからこそ真剣に受け止め、期待に応えようとしてくれる大人もいる。

それが、この殺伐としたヴォラキア帝国の『九神将』なんて思ってもみなかったが。

「ヨルナさんの頭がおかしいなんて、どこの誰が言い出したんだよ……」

たぶん理屈としては、ヨルナがヴォラキアの常識とされる『弱肉強食』を全然良しとしていないから、周りの反感を買い、そう言われ始めたのだと思う。

そんなの、ここまで良くされたスバルからすれば馬鹿馬鹿しいの一言だ。ちゃんとグァラルに戻ったら、ズィクルの誤解だけでも解かなくてはと心に決める。

そのスバルの決意を余所《よそ》に、「オルバルト翁《おう》」とヨルナが二本の指を立てて、

「わっちから二つ、要求がありんす」

「要求。一応、話してみ」

「まず、タンザをわっちの下へ返すでありんす」

「おいおい、そりゃ子離れできねえ意見じゃぜ。第一、娘っ子にゃ娘っ子の考えがあんじゃろうよ。でなきゃ、大事なお前さんに内緒で何か企《たくら》んだり……」

「――黙りなんし」

タンザとの共謀を半ば認めたオルバルト、その笑声がたった一言に断ち切られる。

その静かな迫力の込められた言葉は、空の色さえ変えかねない力があった。

そうしてオルバルトの減らず口を黙らせたヨルナは、手の中で弄んでいる煙管《きせる》を口元に運び、紫煙でゆっくりと肺を膨らませると、

「生憎《あいにく》と、タンザの訴えも考えも、あの子の口以外から聞くつもりはありんせん。まして

それが、『悪辣翁《あくらつおう》』の舌をなぞったあととなっては聞くに堪えんでありんしょう」

「かかか、嫌われたもんじゃぜ」

「お心当たりは、自分の内に十二分にござりんしょう？」

攻撃的に微笑《ほほえ》み、首を傾けるヨルナの髪飾りが音を立てて揺れる。豪奢《ごうしゃ》に結われた髪に刺さった簪《かんざし》、その飾られた美貌さえも、スバルにはヨルナの武器に思えた。

――偉い人は怖がられていたい。

そういう考えがあることをスバルに教えたのはヨルナだ。もしかしたら、怖がられるだけでなく、美しいと思わせることも、同じ意味があるのかもしれない。

「ま、要求の一個目は聞いた。そしたら、二個目の方も聞いとくのが筋じゃろ」

「当然、この子らとしているお遊戯、それを中止することでありんす」

「お遊戯、ねえ。一応、遊びっぽくても真剣勝負じゃぜ？」

「わっちは昨日、皇帝閣下の御前で申し上げたはずでありんす。――使者の方々に手出しは無用、閣下であろうと守っていただきとうござりんすと」

使者への手出し厳禁、それは皮肉にもタンザの口から伝えられたヨルナの決定だ。

その決定を下したヨルナからすれば、オルバルトの行いは許《ゆる》し難《がた》い裏切りで、「自分は直接手出ししていない」なんて言い訳に聞く耳を持つ素振りもない。

ただ沸々と、冷えた空気が今度は煮立つ感覚が居合わせるスバルの心を掻《か》き乱す。

ヨルナの口調は丁寧な廓《くるわ》言葉、表情だって優しげなそれから変わっていない。

でも、怒っている。それがわかる。だってスバルは、本気で怒る人を大勢見てきた。

本気で怒っている人たちは、その人生を懸けて感情を燃え上がらせる。だから、傍《そば》にいればそれが肌でわかってしまう。とても、純粋な怒りがそこにあるのだと。

「うー……」

その剣呑《けんのん》な空気に苛《さいな》まれ、スバルの手を握るルイが小さく唸《うな》った。

さすがのルイも、ヨルナとオルバルトの二人を相手に迂闊《うかつ》に動こうとはしない。道中の追っ手とは比べ物にならないと、動物的な本能で察しているのだろう。

あるいは彼女は、スバルが戦いに巻き込まれるのを心配しているのかも——、

「——っ、オルバルトさん！」

一瞬、首をもたげた考えを振り切って、スバルはオルバルトの名前を呼んだ。

ヨルナと睨《にら》み合い、一触即発の気配が高まる天守閣。その状況で、オルバルトは器用に片目を動かし、その瞳にスバルを映した。

その、目玉一個分の注目をもらい、スバルはぎゅっと唇を噛《か》んでから、

「お、おあいこってことにしない？」

「……うん？」

スバルの打ち出した提案、それを聞いたオルバルトが左目だけを見開く。その目玉一個分の反応を見ながら、スバルは「だから！」ともどかしく叫んだ。

「おあいこだよ、おあいこ！　オルバルトさんも、その、ルール違反っぽいことしようと

してたし、俺もヨルナさんに告げ口した。どっちもどっちってことで、だから……」

「お互い悪かったって謝って、そんで手打ちにしようって話かよぅ」

「あ、ああ、そうそう！　ほら、悪くないだろ？　ちゃんとオルバルトさんが知りたがってたことは話させるし、俺たちの問題も解決するし！」

オルバルトの知りたがったもの、それはアベルが持っている皇帝の秘密とやらだ。

その秘密を詳しくは知らないが、手土産があればオルバルトも受け入れやすいはず。

『かくれんぼ』だって、元々その情報を信じるための知恵試しみたいなものだった。

「まだ見つけたのは二回で、約束の三回には届いてないけど……そこは大目に見るってことでさ！　頑張って城のてっぺんまできたのを褒めてほしい！」

「かかか、褒めろってか、正直な坊主じゃぜ。――ちなみに、ワシがここに隠れとるのを見抜いたのはお前さんか？　他の、あの鬼面の若僧《わかぞう》とかじゃなく」

「う、うん、そうだよ。たまたま思いついて……もう一個、候補はあったんだけど」

もしかすると、そっちにはアベルたちが向かっているかもしれないとも思う。

どっちにしろ、遅かれ早かれアベルたちも紅瑠璃《こうるり》城にやってくるはずだ。スバルはルイの『ワープ』と、ウビルクの『助言』をもらってズルをした。

ただ、ここで手柄を立てておけば、ルイの扱いについて、アベルたちを説得しやすいかもしれない。それでも厳しそうなら、ヨルナを味方に付けるという手もある。

もっとも、ルイの素性を知ったら、ヨルナだってどう動くかはわからないけれど。

「とにかく！　どうかな、オルバルトさん。俺の……俺たちの提案、聞いてくれる？」

浮かびかけたネガティブな考えを追い払って、スバルはオルバルトを縋《すが》るように見る。

わざわざ複数形の提案ということにしたのは、この仲直りにはヨルナの協力が絶対にいるからだ。もし、ヨルナがタンザを悪巧みに誘ったオルバルトを許さないと言い出してしまったら、スバルが一生懸命考えた提案も無駄になる。

しかし――、

「――――」

片目をつむり、煙管《きせる》を口にくわえたヨルナは何も反対しなかった。反対しなかったということは、スバルの意見を尊重してくれたということだと思う。

すごく、すごくありがたい。とても感謝したい。

その、ヨルナの預けてくれた信頼なのか、優しさなのか、それを無駄にしないために。

「オルバルトさん」

今一度、スバルはオルバルトの名前を呼び、歩み寄りを期待する。

その、スバルの期待を込めた黒瞳を受け、オルバルトは置いた瓢箪《ひょうたん》を指で拾った。そして飲み口に唇を合わせ、酒の中身を最後の一滴まで呷《あお》ると、

「のう、坊主。それが、今のお前さんならではの考えなんか、元々のお前さんでも考えることなんか、ワシにゃあちっともわからねえんじゃが……」

「――――」

「一度けしかけた勝負、ぽいと途中で投げ捨てるなんて半端な真似《まね》、生憎《あいにく》とワシはしたくねえのよ。——ジジイってのは、頑固なんじゃぜ？」

そういやらしく笑った怪老、その手の中で瓢箪が握り潰《つぶ》され、砕《くだ》け散る。

音を立てて破片が舞い、スバルが息を呑《の》んだ。

その直後——、

「童《わらわ》の差し出した手も取れぬ老害、その頑《かたく》なを悔やみなんし」

飛んだヨルナの長い足が振り下ろされ、轟然《ごうぜん》と紅瑠璃《こうるり》城の天守閣が二つに割れた。

2

厚底の下駄《げた》を履いた足が高々と上がり、真《ま》っ直《す》ぐ高速で打ち下ろされる。

刹那、踵《かかと》の直撃を受けた天守閣が折れ曲がり、一拍ののちにひび割れ、打ち砕かれ、まるで爆撃でも受けたみたいに轟音《ごうおん》を上げて吹き飛んだ。

弾《はじ》かれる屋根瓦が舞い上がり、濛々《もうもう》と噴煙が立ち上る中、颯爽《さっそう》とキモノの裾を翻して爆心地に立つのは、その強烈な一発で先制したヨルナだ。

一息に跳躍と踵落としを連続したヨルナ、その甚大な破壊力の結果が天守閣の半壊だ。

文字通り、ヨルナの踵一発で天守閣は真っ二つ、紅瑠璃城の美しい外観が台無しになる。

「うおわあああ——っ!?」

その壮絶な足場の崩壊に、悲鳴を上げるスバルがルイに引っ張られて噴煙から飛び出した。ゴロゴロと転がり、何とか破壊に巻き込まれるのは避ける。

しかし――、

「クソ！　なんでこうなるんだよ……！」

倒れた体をルイに引き起こされ、涙目のスバルはそう悔しがる。

分からず屋のオルバルトが提案を断ったせいで、結局、戦いが始まってしまった。スバルは誰とも戦いたくも、誰かを戦わせたくもなかったのに。

「ヨルナさん！」

「下がっておくんなんし。わっちは手加減が苦手でござりんす。――その上」

後ろからのスバルの呼び声に、振り返らないヨルナが屋根に刺さった踵《かかと》を抜く。そのまま彼女はキモノの裾についた汚れを払い、切れ長の瞳で頭上を仰ぐと――、

「さすがに、身の軽いことでありんす」

そうこぼしたヨルナの直上、舞い上がる噴煙と瓦の破片に紛《まぎ》れ、くるくると回転しながら飛んでいく小さな影――オルバルトの姿がある。

そのヨルナの視線に、オルバルトは「ハッ」と歯を剥《む》くように笑い、

「お互い、手出し無用って話じゃったが……これで、もう構わんわけよな？」

「この都市でわっちに勝てるおつもりとは驚きでありんす。耄碌《もうろく》したなら、『九神将』の席は後進に譲るのをおススメいたしんしょう」

「かかかっか！　そりゃ無理じゃぜ。ワシ、『九神将』で一番長生きする気じゃし」

空中と屋根の上、視線を交わした両者が瞳を輝かせ、互いに身構える。

ヨルナが口に煙管《きせる》をくわえ、オルバルトが空中で逆さになり——噴き出される紫煙、広がるそれに空を蹴ったオルバルトが矢のような速度で飛び込んだ。

「——ッ！」

瞬間、放たれたオルバルトの足刀が、ヨルナの吐いた紫煙と真っ向から激突する。

質量も硬度もあるはずのない煙管の煙、それがオルバルトの足刀を受け、たわむような弾性の動きを見せ、衝撃を散らした。

だが、思いがけない方法で攻撃を防がれても、オルバルトは腐らない。

「おしゃあああ——!!」

短い足を高速で回転させ、凄《すさ》まじい蹴りが十発、二十発と連射される。

一撃、二撃と衝撃を散らした紫煙だが、蹴りの威力に次々と散り散りになり、いよいよ煙がまとまりを失うと、盾や鎧《よろい》としての役割を果たせなくなった。

もとより、多少なりともそれが果たせた時点でおかしな話だったが——、

「面白《おもしれ》ぇ真似《まね》しよる。それ、術技書に書き残しちまいてえんじゃが」

「残念でありんすが、誰も愛せないシノビには真似のできない秘術にござりんす」

オルバルトが煙を突破した途端、その眼前にヨルナの煙管が振るわれた。

鈍器というには頼りない長さと重さ、それをオルバルトは高速で合わせた腕——違う、

袖に仕込んだクナイで受け止めようとした。

直後、甲高い音と共にオルバルトのクナイが砕《くだ》け、老人の矮躯《わいく》が吹き飛ばされる。

「ぬお!? なんじゃ、その煙管《きせる》!?」

「古き日の贈り物、わっちの愛用品でありんす」

「ワシのクナイも、結構年季の入ったお気に入りだったたんじゃぜ」

屋根瓦を散らしながら着地するオルバルトが、ヨルナの答えに挑発的に笑う。

刹那、そのオルバルトの笑みが空に溶け、常人の目で追い切れないほどの速さで、怪老が仁王立ちするヨルナの周囲を跳ね回った。

蝶《ちょう》のように舞い、蜂のように刺すという往年の名ボクサーがいたが、半壊した天守閣を舞台にしたオルバルトの戦いぶりはまさにそれだ。

「よくよく飛び回る御仁でありんす。少し、やんちゃが過ぎなんす」

オルバルトの脚力で踏まれる瓦が爆《は》ぜ、次の瞬間には別の場所からオルバルトの姿が現れ、ヨルナへと鋭い一撃が放り込まれる。

それにヨルナは超人的な反射神経を駆使し、煙管で受け、あるいは躱《かわ》し、一見緩やかに見える動きで舞踊のように対応する。

その超越者同士の激戦に、スバルは息をすることも忘れて見入ってしまう。

「あう……!」

そのスバルの隣で、同じ光景を見ているルイの体が震えている。

ヨルナとオルバルトの戦いは、ルイですら介入できる次元のものではない。どっちが勝ったとしても、とんでもない被害が発生する災害のようなものだ。

その災害を放置すれば、都市にいる全てのものがこれに気付く。そうなればヨルナを慕う街の住人や、オルバルトの仲間である偽皇帝一行も動き出すかもしれない。

その後に待つのは、街を挙げての大戦争――スバルの理想とかけ離れた結果だ。

「しいいはああ!!」

高い声が上がり、回転する怪老の両足がヨルナの手前の屋根を穿《うが》った。

直後、衝撃が屋根を伝い、ヨルナの足下で爆発、彼女の体が高々と舞い上がり、空にいるものと地に足をつけたものの立場が入れ替わる。

「そら、こいつはしのげるかよぅ！」

次の瞬間、空中のヨルナに向かって四方から無数の手裏剣が殺到する。

いつ投げられたものなのか、見当もつかないシノビの技。回転する刃《やいば》はいずれも異なる軌道を描き、乙女の柔肌《やわはだ》を切り裂かんと残酷な軌跡でヨルナに迫った。

それがヨルナの白い肌を切り裂き、キモノを血で染める寸前――、

「わかっておりんしょう。わっちはこの街の主《あるじ》、魔都の支配者でありんすと」

そう応じたヨルナの周囲、硬い音を立てて手裏剣が止められる。

超高速で動いたヨルナの仕業、ではない。ヨルナは自分で動く必要もなかった。だって手裏剣を止めたのは、空に舞い上がっていた屋根瓦の一枚だ。

——恐ろしいほどの幸運が働いたわけではなかった。

何故《なぜ》なら、ヨルナを狙った無数の手裏剣、その全部がたまたま吹き飛ばされていた瓦に受け止められるなんて奇跡、どんな豪運にだって起こるはずがない。

その光景に目を見張るスバルやオルバルトの視界、ヨルナがそっと腕を振る。

すると、彼女の腕の動きに合わせ、手裏剣を受け止めた瓦が空を泳ぐ。そのまま瓦はヨルナの周囲を取り巻き、螺旋状《らせんじょう》の階段を形作るように宙で動きを止めた。

悠然と、ヨルナの厚底が瓦を足場にし、天守閣へと一段ずつ踏みしめて降りてくる。

それは突然のイリュージョン、あるいは念動力か何かが発揮された場面だ。もちろん、魔法と言い換えることもできるが、スバルの知る魔法とはちょっと違っている。

操ったのは火や水、風や土ではなく、建物を構成する物体そのもので。

「かーっ、本当に厄介じゃぜ、お前さん。これがあれかよ。セシルスやらアラキが言った摩訶不思議《まかふしぎ》ってやつか。どうやっとんのよ」

「言ったはずでありんしょう。他人を愛せないシノビにはできない秘術……わっちはこう見えて、物を大切に扱う女でござりんして」

微笑《ほほえ》み、唇に煙管《きせる》を挟み止めたヨルナが空いた両手をパンパンと叩《たた》く。

するとそれを合図に、半壊した天守閣の屋根が海面のように波打った。他にも瓦が宙に浮かび上がり、煙管の紫煙が寄り添う大蛇のようにヨルナに巻き付く。

それはまるで、ヨルナの思った通りに現実が歪《ゆが》められていくようだった。

「こ、これってまさか……」

「あう！　うあうあう！」

波打つ足場に驚いて、息を呑《の》むスバルの腕にルイがしがみつく。その体を支えてやりながら、スバルは目の前で起こった事象と、アベルの推測を結び付ける。

それはあまりに馬鹿馬鹿しく、それ以上にとんでもない仮説だったが――、

「ヨルナさん、まさか、城にも『魂婚術《こんこんじゅつ》』使ってる……？」

そう、文字通りの規格外ぶりを発揮する魔都の支配者に、スバルは絶句させられた。

3

――城に『魂婚術』を使い、無機物にすらオドを通わせている。

それが、螺旋《らせん》渦巻く屋根瓦を足場とするヨルナのとんでも現象の正体だろう。

アベルは彼女の『魂婚術』が、少なくともスバルたちを追ってきた百人にかけられているだけでも異常なことと話していたが、それどころの話ではなかった。

自分の城や煙管《きせる》、身近な生活用品みんなにオドを分け与えているのだとしたら。

「そんなの、すごい体に悪そうだ……！」

そもそも、誰かとオドで繋《つな》がり、マナを譲り渡すこと自体、結構疲れることなのだ。

事実、契約関係にあるベアトリスと定期的にマナのやり取りをしているスバルは、それ

がどのぐらい大変なことなのか骨身に沁《し》みている。

　そのベアトリス一人でも大変なのに、ヨルナの場合はそれが百倍——繋がった相手の数次第で、それは千倍にも、一万倍にもなり得る途方もない秘術規模だった。

「ははぁ、妙な術技を使いよるもんよ。ったく、どんだけ長生きしても次から次へと知らねえ技が飛び出しやがる。ホントに頭の痛《いて》ぇこっちゃぜ」

「そういう土壌でありんすから、嘆いても仕方のないことでござりんしょう。わっちからすれば、オルバルト翁《おう》の技も十分厄介……なれば、消すに限りんす」

「かかかっか！　そう簡単に消されやせん……うおぅ!?」

　大口を開けて笑ったオルバルトが、直後の敵意に反応して後ろに飛んだ。

　瞬間、オルバルトの足下の屋根が爆《は》ぜ、真下からの衝撃に瓦が空へ打ち上がる。それは直前のヨルナを打ち上げた攻撃の意趣返し——それが、途切れることなく連鎖する。

　ドン、ドン、ドンと音を立て、連続でバク転するオルバルトを衝撃波が追いかける。そのオルバルトの逃げる先、トンと軽い音と共にヨルナが着地した。

　そして、衝撃波と挟撃するように、ヨルナの長い足による蹴りが放たれる。

「——」

　蹴り足が空を薙《な》ぎ、巨獣の舌に舐《ねぶ》られるような破壊が天守閣を襲った。それに伴い、波打つ屋根が波濤《はとう》のように盛り上がり、オルバルトの矮躯《わいく》を呑み込まんとする。

　嵐の大海原のように波打つ天守閣、それはスバルが目を疑いたくなるほどのものだ。

だが、目を疑うのは直後の出来事も同じことだった。

「土ん中潜る術の応用、ぶっつけでできたワシすごくね？」

波濤《はとう》の如《ごと》く押し寄せる屋根瓦、それと衝突する瞬間、オルバルトはその破壊に自ら飛び込み、そのまま押し寄せる屋根の波の尻から飛び出したのだ。

踵《かかと》で瓦の剥《は》げた屋根を削りながら、顔を上げたオルバルトとヨルナの距離が開く。

時間にすれば一分に満たない激闘、だが、それで十分、帝国最高戦力である『九神将』の看板が偽《いつわ》りのものでないことは証明された。

ただ、この調子で戦い続けても一進一退、決着が簡単につくとは思えない。

そんな印象を持ったのは、外野で見ているスバルたちだけではなかったらしい。

「やれやれ、手強《てごわ》ぇ上に厄介な娘っ子じゃぜ。つっても、『参《さん》』が『漆《しち》』相手にしぶとく粘られたとあっちゃ、閣下に怒られても仕方ねえわな」

「では、如何《いか》にするでありんすか？」

「そうじゃなぁ。ま、ワシもぼんやりと逃げ回っとったわけじゃねえんじゃし……」

整った眉を顰《ひそ》め、そう尋ねるヨルナにオルバルトが自分の顎を撫《な》でる。撫でながら、怪老は頬《ほお》を歪《ゆが》め、その視線をちらと別の方向へ向けた。

戦意に輝く黄色い瞳を、戦いを傍観する二人の子どもたちへと――、

「――っ」

「翁《おう》!!」

鋭さを帯びる視線にスバルが震えたのと、ヨルナが瓦を蹴ったのは同時だった。再び、初手と同じようにヨルナの強烈な一撃がオルバルトを襲い——、

「そんなんじゃから、あれだけ謀反していっぺんも閣下に届かんのじゃぜ」

吐き捨てたオルバルトが足を跳ね上げ、両者の蹴りが衝突、雷鳴のような音が鳴る。

ヨルナが歯を軋《きし》らせ、オルバルトが歯を食い縛り、一秒のあとには互いの体が大きく反対方向に吹っ飛んだ。

そうして、大きく距離が開いたのを見るや、オルバルトは左右の腕を自分の両袖に突《つ》っ込み、引き抜く。——抜いた指の間に、黒く丸い塊がそれぞれ四つずつ。

「兵糧丸!?」

「に、見えるじゃろ？　けど、これ食ったらやべえことになっちまうんじゃぜ。——なんせ、砕《くだ》いた火の魔石がぎっしり詰まっとるからよ」

スバルの悲鳴を聞いて、オルバルトが嗤《わら》いながら両腕を大きく振った。

彼の言葉を信じるなら、その黒い玉の正体は爆弾だ。それが衝撃に弾《はじ》かれ、大きな隙を見せたヨルナへと——違う、そうではなかった。

「前回の反乱、やり合った連中が連中じゃろ？　あいつらじゃと、こういうことはせんかったじゃろうから新鮮じゃぜ？」

そう頬を歪め、オルバルトは爆弾を屋根の上から広々とした空へと投じた。

特に狙いを付けているとも思えない投げ方だが、それで間違いない。——オルバルトに

とって、爆弾はただ人がいるところに落ちればいいのだ。

それだけで——、

「聞いた話じゃと、お前さんとこの街の連中はずいぶん頑丈らしいが……それ、うちの里の連中より頑丈だったりすんのかよぅ」

「——下郎っ！」

爆弾のサイズは小さいが、秘められた威力は全くわからない。

それに、ヨルナの『魂婚術《こんこんじゅつ》』が街のどれぐらいの人にかかっているのかも。つまり、あの爆弾を放置するのはあまりにも危険だ。

ヨルナも、瞬時に同じ決断を下した。故に——、

「は、あああぁぁぁ!!」

屋根を砕《くだ》くほど強く足を踏みしめ、ヨルナが大きく腕を振りかぶった。その腕に握られているのは、オルバルトへの攻撃にも使われた金色の煙管《きせる》だ。

その煙管を握る腕が振り切られ、同時、煙管の先から溢《あふ》れる煙も同じ軌跡をなぞる。質量を伴った紫煙は横薙《な》ぎの斬撃のように、カオスフレームの空を一閃《いっせん》する。

——その質量ある紫煙が、バラバラに撒《ま》かれた爆弾をことごとく捉えた。

直後、凄《すさ》まじい爆発音が連鎖し、轟音《ごうおん》と衝撃波が魔都の空を赤く染める。その爆発の一個が、立ち尽くすスバルとルイのすぐ傍《そば》で起こって——、

「か——」

規格外の威力と爆発音、それがスバルの脳を激しく揺らし、立っていられなくなる。

こんな爆弾、いくつも懐に入れて持ち歩くなんて、オルバルトはどうかしていた。容赦なく街中にばら撒こうとしたのだから、そんなの今さらの評価だが。

「うあう！」

叫び声がして、スバルの肩が小さな手に揺すられた。

見れば、いつの間にか視界は真っ赤になっていて、しかも半分ぐらいぼやけている。その不鮮明な世界で、血相を変えているのはルイだった。

縋《すが》り付いてくるルイの涙目、それにスバルは「大丈夫」と答えようとして、

「――ぁ」

――赤い視界の端、ヨルナの背後にオルバルトが現れるのが見えた。

投げられた爆弾に対処し、ヨルナは煙管を振り切った姿勢だ。そのすぐ後ろで、オルバルトは彼女の背中の真ん中、心臓を狙って貫手を放とうとしている。

漫画なら、一突《つ》きで背中から胸が貫かれる。そして、ヨルナもオルバルトも、漫画みたいな力を持った超人たちだから、それが起こっても何も不思議じゃない。

このままだと、ヨルナが死ぬ。だから――、

「ルイ――！」

肩に乗ったルイの手を掴《つか》んで、スバルがヨルナたちの方を指差す。

城に入る前、何度も言い聞かせておいた合図が実行され、ルイが丸い目を見開き――次

の瞬間、スバルの視界が閃《ひらめ》いて、転移が起こった。

そして――、

「あ」

一息入れる間もなく、スバルは呆《ほう》けた声を漏らした。

理由は単純で、突然の生ぬるい感触に真っ赤にぼやけた視界すら奪われたからだ。それが、いきなり顔に浴びせられた何かの液体だと、感覚でわかった。

その感覚をとっさに腕で拭おうとして、気付く。

「ルイ？」

握ったルイの腕が、あまりにも軽くて。

「なんじゃ今の？　お前さんら、向こうでへたばってたはずじゃろ」

オルバルトの不思議がる声がして、スバルは唖然《あぜん》とした顔を上げた。その視界、首を傾《かし》げた怪老の姿がぼんやり浮かび、ぶんぶんと腕を振っているのがわかる。

赤い視界の中で、それよりもなお赤い腕を、ぶんぶんと。

「ルイ……っ」

危険人物を前に、スバルはルイの名前を呼び、握った手の力を強くする。

今すぐ、この場を離れなくちゃいけないと思った。二回、あるいはもっと連続して飛ぶことになるかもしれない。たぶん吐くことになるが、それは我慢だ。

我慢するから、今すぐ、ここから離れないと。

だから――、

「ルイ！　早くしないと……」

「いや、無茶《むちゃ》言ったら可哀想《かわいそう》じゃって。もう首から上がねえんじゃぜ？」

「――え？」

あっけらかんとした言葉をかけられ、スバルは意味を理解できない。

小さくなって、脳が幼くなって、それのせいでわからないのかもしれない。わからないことを言われて、小さな脳が理解するのを嫌がって、それで。

それで、首から上がないなんて、言われても。

「る、い……」

軽い腕をぎゅっと引き寄せる。視界が赤くて、ルイの姿がちゃんと見えない。

これがスバルの目の異常なのか、それともルイの全身が真っ赤になってしまっているせいなのか、その区別もつかなかった。

ただ、言えることは一つ。――ルイは、死んでしまった。

スバルが彼女をどうするか、どうしたらいいのか、何の答えも出せていないのに。

スバルが、死なせてしまった。

「童《わらわ》！　童、わっちを見るでありんす！」

いきなり、俯《うつむ》くスバルの頰《ほお》が両手で挟まれ、ぐいっと顔を持ち上げられる。

正面、赤い視界に綺麗《きれい》な女の人の顔があった。それが一目でヨルナだとわからなかったのは、そこにあったヨルナの表情が悲痛な色を湛《たた》えていたから。

その、揺れる瞳に映り込んだ自分の姿を見て、スバルは彼女の反応の意味を知った。

「――ぁ」

膝をついたスバル、その顔はひどい有様だった。

左の眼球が真っ赤に破裂し、右の眼球は眼窩《がんか》からこぼれて糸を引いていた。爆弾の、あの衝撃をちっとも逃がせなかったせいで、顔から目玉が押し出されたのだ。

まるで、出来の悪いゾンビ映画の特殊メイクみたいじゃないか。

「ひふ」

自分の状況がわかって、吐息をこぼしたスバルの破れた左目だけの視界が揺れる。

でも、倒れるのをヨルナの手は許してくれない。

ヨルナは唇を震わせて、「童《わらわ》……っ」とスバルの顔を見つめると、

「――わっちを愛しなんし。今すぐに」

そう、真っ直《ます》ぐな瞳でとても無茶《むちゃ》なことを言ってきた。

愛せと、それも今すぐにと、とても無茶なことだ。そもそも、具体的にどうしたらいいのかわからないし、知らないし、人を愛するなんて簡単なことじゃない。

ヨルナは、いい人だと思うし、美人だ。でも。

「童！　わっちを愛すれば、その傷も……」

「かかかっか！　おいおい、とんでもねえこと言いよる娘っ子じゃぜ、ホント。あんま知

らねえんじゃが、愛って簡単に芽生えるもんじゃねえんじゃね？」

「黙りなんし！」

後ろから茶々を入れてくるオルバルトを怒鳴り、ヨルナの瞳が深い色を帯びる。

それを間近に見ながら、スバルは掠《かす》れた呼吸を繰り返し、ゆっくりと、やってくるはずの痛みを受け入れる心の準備を始めていた。

ルイが、死んで。スバルもひどい状態で、これ以上、誰かに迷惑は——、

「童」

一言呼ばれ、スバルの意識がちらと持ち上がる。

その、一瞬の隙を突《つ》くみたいに、ヨルナの真剣な顔が近付いてきて。

「——」

ヨルナの唇が、スバルの唇と重なった。

柔らかい感触が顔に当たり、その息遣いをすぐ間近に感じる。キスされたのだと、それがわかるのに時間がかかった。そして——、

「わっちの唇は安くありんせん。これで……」

口付けが終わり、顔を離したヨルナの言葉が縋《すが》るように途切れる。だが、その先に続くはずだった言葉が何なのか、今のスバルにだってちゃんとわかった。

彼女は、こう言いたかったのだ。——これで、自分を愛してほしいと。

スバルがヨルナを愛したら、状況が変わる。

きっとそれが、ヨルナの力の源というか、その強さの原因みたいなもので。

だけど――、

「好きな子が、いるから……」

真っ赤な視界の向こう側、遠い場所にいる好きな女の子の顔が浮かんだ。

微笑《ほほえ》んだその子を思うと、胸が高鳴る。だから、スバルはヨルナを愛せない。

この恋心に、どうしても嘘《うそ》はつけないから――、

「――ま、男と女のことはそううまくは回らんのじゃな」

刹那、ガッカリしたような声と共に、スバルの視界が大きく跳ねた。

「――――」

すぐ目の前にあったヨルナの顔が消えて、見えるのは赤く染まる空だ。

でも、その空もすぐに見えなくなり、くるくるくるくると世界が回る。その回る世界の中、跪《ひざまず》いたヨルナと、彼女の前に立っているオルバルトの姿も見えた。

そのヨルナの隣には倒れている女の子の体が見えて、それがたぶん、ルイだった。

それともう一つ、ヨルナとオルバルトの間に、何かが、誰かが、見えて。

「――ぁ」

――それは、首から上がなくなった子どもの、幼いナツキ・スバルの胴体だった。

「やれやれ、子ども殺しはしんどい気分じゃぜ。ま、体力的には楽なんじゃけどよ？」

「翁《おう》――ッ!!」

血を吐くような叫びと共に、ヨルナの体がオルバルトに突《つ》っ込む。それをオルバルトが正面から捌《さば》き、二人の攻撃がぶつかり合い、紅瑠璃《こうるり》城が激震する。

揺れ、ひび割れ、砕《くだ》かれ、またしても破壊が広がり、広がり、どうなったか。

そこから先は、スバルにはわからない。

もう、何も、わからない。わからないまま、スバルの頭は屋根の上を弾んで――、
はずんで――、

4

――暗い、暗い空間に引きずり込まれる。

何もない、浮かんでいる、手足もない、理解不能の、空も地面もなく、揺蕩《たゆた》っていて、揺れることも、抗《あらが》うことも、味わうことも、慄《おのの》くこともない、空間。

幾度も見知ったような、初めて目にするような。

ゆっくりと遠ざかっていくような、果てしなく近付いてくるような。

常闇とさえ思える、そんな漆黒が支配している空間に、響いている。

響いている、すすり泣きが、誰かの泣き声が、存在しない胸を打つ、声が。

『愛してる』

それは、愛の言葉だった。

愛情を訴え、愛情を乞い、愛情をねだり、愛情を譲り、愛情を愛情する声だった。

『愛してる。愛してる。愛してる』

重ねられる愛情、それは本来、色んな感情が込められるはずの言葉。

嬉《うれ》しいとか、怒ってるとか、悲しいとか、喜んでるとか、そういう、感情の渦。

『愛してる。愛してる。愛してる。愛してる。愛してる』

なのに、ここを、この常闇を埋め尽くさんばかりの愛情は、たった一個だけ。

『愛してる。愛してる。愛してる。愛してる。愛してる。愛してる。愛してる。愛してる。愛してる。愛してる。愛してる。愛してる――』

その感情の全部に、渦巻く愛情の全部に、『悲しい』だけが詰め込まれている。

悲しみが、悲しいが、悲しさが、悲しく悲しんで、愛情をすすり泣かせている。

――すすり泣きが、やまない。

聞いているだけで、死んでしまいたくなるすすり泣きが、やまない。

愛情を悲しみ、愛情は悲しい、愛情が悲しさ、愛情こそ悲しく悲しんで。

すすり泣きながら、愛情する愛情が、悲しみを悲しんで、最後に結ばれる。

それは――、

『――どこにいるの?』

5

「聞いた話じゃと、お前さんとこの街の連中はずいぶん頑丈らしいが……それ、うちの里の連中より頑丈だったりすんのかよぅ」

「――下郎っ！」

くるくると、回る赤い視界が一転し、鼓膜を打ったのは切迫した声だった。

片方は老人、もう片方は女性――それぞれ、オルバルトとヨルナだとわかる。

わかって、わかったのはそこまでだ。

「え……」

「は、ああああぁぁぁ!!」

唖然《あぜん》とした声を漏らした直後、ドンと重々しい音がして、ヨルナの足が城の屋根を強く踏《ふ》み砕《くだ》く。同時に振りかぶられたのは、その手に持った金色の煙管《きせる》だ。

大きく、横一線に弧を描いて薙《な》ぎ払われる煙管の一撃、それが凄《すさ》まじい速度と破壊力を伴って、紫煙をカオスフレームの空に大きく広げる。

それが何のために行われ、何が起こるのかをスバルは知っていた。

知っていたが、知っている知識が現実に追いつく前に、それが起こる。

――ヨルナの紫煙に打たれた爆弾が爆発し、衝撃波が周囲を呑《の》み込《こ》んだのだ。

「か――」

ほんの一分前と同じ衝撃を全身に浴びて、スバルの視界が真っ赤に染まる。

何かが割れるような音が頭の中でして、赤くなった視界とそれがすぐに繋《つな》がった。音を立てて目玉が破れたのだ。それで、目の前が真っ赤になった。

なら、もう片方の、半分の視界が暗くなったのは——、

「あ、ぎ、ぎあぁぁぁぁ——っ!!」

両手で顔を覆って、スバルは痛みと『理解』の二つに殴られて絶叫する。

『理解』してしまった。自分の目玉が片方は破れ、片方は飛び出したことを。脳が理解を嫌がっている間は痛みを無視できた。でも、知っていたら、無視はできない。

「ああが！　あぎ、ぎぎぎあああ！」

「うあう！　うあうう！」

その場に背中からひっくり返り、泣き叫んだスバルに小さな体が飛びつく。

名前を呼ばれている。わからない。耳もキンとしているし、自分の声がうるさい。痛みが、ドクドクと血の流れる音が聞こえる。それが体の中と外、どっちに流れている血なのかもわからない。痛い。とにかく痛い。痛くて痛くて痛いのが痛い痛い痛い。

誰か、助けて。痛いのはやだ。痛いのは嫌だ。痛いのは、痛い痛い痛い痛い痛い——。

「わら——」

「おいおい、そりゃ悪手じゃぜ」

痛みが、頭の中でぐるぐると回って、赤い視界がギラギラと光っている。

泣き叫んで、転げ回ろうとするスバルの体を何かが押さえつけている。それが邪魔だった。もっと大声を出して、もっと暴れて、痛みを体の外に逃がしたい。

違う、痛いのは顔だ。目と耳だ。だから、もっと別のところが痛かったら、この痛いのがもっと別の場所にいってくれたら。

「うあう！　あうあーっ」

ガンガンと、寝そべる地面に後頭部を打ち付ける。その最中、いきなり細い腕に引き起こされ、羽交い絞めにされる。痛いのに、やらせてくれない。怖い。死んじゃう。

「ぐ……っ」

「かーっ、本気かよ、狐娘《きつね》。今ので死なねえって、どんな体しとんじゃ。まさか、セシルスが首斬れんかったって言っとったの、物理的な話かよぅ」

「……子どもを手にかける匹夫に、乙女の秘密を明かすはずもありんせん」

遠くで、誰かが言い争っている。それも、自分の声と、自分を引き止めようとする声とに挟まれて、何も聞こえない。わからない。痛いのが、全部悪い。

そう、全部悪い。赤いのと痛いのと、それが全部悪い。全部、それのせいだ。

「それのせいだ……！　それの、それが、それが悪いんだぁ！　俺じゃない！　俺じゃないのに、う、ぎいいいっ！」

「うーっ!!」

ジタバタともがいて、スバルは全部を余所《よそ》に押し付けようとする。押し付けて、これから逃げられたら、逃げられたらどうするか。

そんなの、逃げてから考える。逃げてから考えるから、だから。

「ぴぃぴぃと、子どもの泣き声は聞くに堪えんのじゃぜ。――うっせぇわ」

「待ちなんし――!」

必死な女の人の声と、投げやりなしゃがれ声。

それが聞こえたあと、何かが掠《かす》れた音を立てながら近付いてくる。頭の後ろの方から、羽交い絞めしている誰かが、ぎゅっとスバルを抱きしめた。

でも、抱きしめて、それでどうにもならない。

だって、また真っ赤で熱い光が膨れ上がって、スバルたちを呑《の》み込《こ》んだから。

呑み込んで、痛いのが消えて、それで――。


「聞いた話じゃと、お前さんとこの街の連中はずいぶん頑丈らしいが……それ、うちの里の連中より頑丈だったりすんのかよぅ」

「――下郎っ!」

瞬間、さっき聞こえたばかりの声が、また聞こえた。

「え……?」

何もかもが唐突に、ぶつっと途切れた直後に世界は再開した。

真っ赤だった視界に他の色が混じって、聞こえなかった耳に風の音を感じて、繋《つな》いだ手

には柔らかい少女の体温を感じて、そして――、

「は、あああぁぁぁ!!」

勇ましい女の人の声が聞こえた次の瞬間、鳴り響く爆音に視界が赤く奪われる。

「ぎ、ああああ――っ!!」

顔を覆い、破裂した目玉と、飛び出した目玉の痛みを味わいながら、のけ反ったスバルが背中から倒れ、悲鳴を、絶叫を上げる。

「うあう！　うあう！」

その倒れた体に、泣きそうな誰かの声が飛びついてくる。

それを感じながら、キンと音の張り詰めた世界に浸りながら、痛みと苦しみを嘆きながら、スバルの頭は涙と怖さと、赤い「どうして」に塗り潰《つぶ》される。

たぶん、死んだ。死んだのだ。

死んでるのはわかる。とても痛くて辛《つら》くて、赤いそれから遠ざけられて。でもまたすぐにこの場所に戻ってきて、それで死んで、だけど、痛くて、爆発が赤い。

それがわかっていながら、スバルは「どうして」と頭の中で繰り返し叫んだ。

――これは、違う。

漠然と、そんな直感が頭の中に鳴り響いて、痛みと赤さで押しやられそうになる。

目玉が破裂して、目玉が飛び出して、鼓膜が破れて、痛くて死にそうで、このあとまたすぐにひどい死に方をすると、いっそそうして痛みから遠ざけてほしいと、涙と鼻水と涎《よだれ》

と小便を垂れ流しながら、必死の頭で、赤い世界にこれを思う。

「おえは、ちが……っ」

「うあう！　あう、うー！」

「ひが……おれ、のじゃなひ……っ」


違う。違う違う違う。違う違う違う違う。

違う——。


「ほえは……ッ」

頭の中を、痛みが埋め尽くす前に、絶対に忘れてはいけないことを、思う。

繰り返し繰り返し、この赤と痛みの世界に、スバルを放り込むこれは、これは——、
これは——、

「ちがう……っ！」


——ナツキ・スバルの『死に戻り』じゃない、別の何かだと。

第七章　『十一秒のその先』

1

「聞いた話じゃと、お前さんとこの街の連中はずいぶん頑丈らしいが……それ、うちの里の連中より頑丈だったりすんのかよぅ」

「──下郎っ！」

また、同じ声が聞こえた。

しゃがれた老人の声と、怒りを湛《たた》えた女の人の声。そうして──、

「────」

──また、連続する爆音が鳴り響いて、あの赤い激痛が訪れる。

弾《はじ》けた目玉と飛び出した目玉、両方の痛みと衝撃に顔を押さえてその場に倒れる。飛びつき、圧《の》し掛かってくる軽い体重、それも知っている。

知っているのに、対処できない。あまりにも、時間が足りなすぎて。

真っ赤な視界、頭が割れるみたいな痛み、「どうして」と泣き喚《わめ》いている魂《たましい》。

その全部が、何度も何度も訪れる絶望の十秒間を、スバルに無駄に過ごさせる。

痛いのが考えるのを邪魔して、世界を赤くする喪失が周りを見るのを邪魔する。急に全部が遠ざかって戻っても、ほんの三秒でまた同じ痛みを新鮮に味わわされる。

痛い、赤い、怖い、どうして、死。痛い、赤い、怖い、どうして、死。痛い、赤い、怖い、どうして、死。痛い、赤い、怖い、どうして、死。痛い、赤い、怖い、どうして、死。痛い、赤い、怖い、どうして、死。痛い、赤い、怖い、どうして、死。痛い、赤い、怖い、どうして、死。痛い、赤い、怖い、どうして、死――その、延々とした繰り返しだ。

頭が、おかしくなる。

「聞いた話じゃと、お前さんとこの街の連中はずいぶん頑丈らしいが……それ、うちの里の連中より頑丈だったりすんのかよぅ」

「――下郎っ！」

また、同じ声が聞こえた。痛みも赤いのも、一瞬だけ途切れて。

でもまた、同じ痛いのを味わうことになるから、それが魂が千切れるほど怖くて。

「あああぁぁぁぁ――ッ!!」

何も聞きたくない。痛い思いもしたくない。怖い怖い怖い怖い。

大きく口を開けて絶叫して、喉が張り裂けんばかりに声を上げる。何も見たくないから目をつぶって、頭を抱えてしゃがみ込んだ。

その、次の瞬間だ。

ドン、と爆音が響き渡って、スバルの小さな体が弾《はじ》かれ、転がった。キンと音が遠くなって、またあの痛いのと赤いのがやってくると、魂《たましい》が竦《すく》み上がる。

しかし――、

「――え」

あの痛みが、こない。

目玉の片方が破裂し、片方が飛び出す痛みがやってこない。耳は、キンと壊れてしまっているけれど、世界が赤くない。一番痛いのも、大声で叫んだ喉だけで。

「なん、で……」

「うあう！」

呆然《ぼうぜん》とした声が漏れたすぐあと、小さな体が飛びついてくる。

ルイだ。ルイが腕を引っ張って、スバルを立ち上がらせようとする。でも、膝に力が入らなくて、「どうして」の答えも出ていないスバルは立てない。

ただ喉が引きつって、一瞬でも、あの赤い痛みと遠ざけられたのが嬉《うれ》しくて、涙が込み上げてくる。堪《こら》え切れなくて、蹲《うずくま》って泣いてしまう。

「わら――」

「おいおい、そりゃ悪手じゃやぜ」

蹲って泣きじゃくるスバル、その遠くでスバルとは別次元の戦いが続いている。――違う、その形勢は大きく傾いて、女の人が膝をつくのがぼやけて見えた。

膝を折ったヨルナと、その後ろに立っているオルバルト。

オルバルトは血で赤く染まった右手を振って、口の端から血を流しているヨルナを見下ろしながら驚いたように眉を上げる。

「ぐ……っ」

「かーっ、本気かよ、狐娘《きつね》。今ので死なねえって、どんな体しとんじゃ。まさか、セシルスが首斬れんかったたって言っとったの、物理的な話かよぅ」

「……子どもを手にかける匹夫に、乙女の秘密を明かすはずもありんせん」

ぐっと奥歯を噛《か》みしめて、ヨルナが覇気の衰えない声でオルバルトに答える。それを聞いたオルバルトは「かかかっか！」と声を高くして笑った。

笑ってから、血に濡《ぬ》れた袖を振って、

「おかしなこと言いよるもんよ。子どもを手にかけるっちゅうんは、こういうことじゃぜ」

「待ちなんし――！」

その袖から抜き出した黒い玉――爆弾が投じられ、スバルたちの方へ飛んでくる。

ルイがとっさにスバルの前に割って入って、それを弾こうとしたが、遅い。

赤い光が、またしてもスバルの眼前で炸裂《さくれつ》して、前に飛び出したルイの体ごと、スバルの体もまた光に呑《の》まれてバラバラに――。

「聞いた話じゃと、お前さんとこの街の連中はずいぶん頑丈らしいが……それ、うちの里の連中より頑丈だったりすんのかよぅ」

「――下郎っ！」

また、同じ声が聞こえた。

2

――赤と痛みが消えた瞬間、目をつぶって大声を上げる。

それが、あれからも赤い痛みを何度も何度も繰り返して、ほんの何回かだけその痛みから逃れる機会があったスバルが手に入れた、絶対の法則だった。

とにかく、あの赤いのと痛いのとがいっぺんにやってきたら、スバルはもうどうにもならない。泣き叫んで、喚《わめ》き散らして、そして死ぬ。

そして死んだと思ったら、またあの声を聞いて、爆発で赤い痛みを受けるのだ。

それはもう嫌だ。嫌だ。嫌だから、お願いだから、怖いから。


「聞いた話じゃと、お前さんとこの街の連中はずいぶん頑丈らしいが……それ、うちの里の連中より頑丈だったりすんのかよぅ」

「――下郎っ！」

また、同じ声が聞こえた。

その瞬間、痛いのも赤いのも全部が引っ込んで、一瞬の安心で体中から力が抜けそうになる。それをぐっと堪《こら》えて、やらなきゃいけないことをやる。

「あぁぁぁぁぁ――ッ!!」

大口を開けて吠《ほ》えながら、ぎゅっと自分の目をつぶった。

自分の大声で聞こえない間、たぶん、ヨルナが煙管《きせる》を振りかぶって、振り抜いて、そしてオルバルトの投げた爆弾を爆発させようとしている。

だから、それからすぐあとに――、

「――っ」

爆音と爆風に全身を押されて、スバルの体が屋根の上に尻餅をついた。瓦の角の部分がお尻に食い込んで、泣きそうなぐらい鋭い痛みがあった。

でも、泣かない。泣いて、視界をぼやかせたくない。だって――、

「見える……っ」

恐る恐る開けた目は、弾《はじ》けても飛び出してもいなくて、ちゃんと見えていた。

相変わらず、耳はキンと鳴るばかりで壊れてしまっているし、喉も焼け付くみたいに痛いけれど、あの赤い痛みはない。合っていた。よかった。

目をつぶって大声を出せば、あの赤い痛みにひどい目に遭わされなくて済む。

「うあう！」

感激で泣きそうなスバルに、ルイが慌てて飛びついてくる。ようやくルイの顔が見れたが、彼女は青い瞳を見開いてスバルを心配しているようだった。

思わず、スバルはそのルイの体を力一杯抱き返して、

「う」

「大丈夫だ！　痛くて、赤くて……ああ、もう、でも、大丈夫……っ」

叫んでしまってから、スバルはまた仕事をしようとする涙腺と戦う羽目になる。

でも、法則は正しかった。赤いのと痛いのが消えたら、目をつぶって大声を出す。それさえ守れば大丈夫だと、スバルはルイを抱きしめながら確信して——、

「いやあ、全然大丈夫じゃねえんじゃわ、これ。こっからこっから」

直後、ゾッとする声が聞こえて、スバルは反射的に顔を上げた。

そのスバルの見開かれた視界、にんまりと笑ったオルバルトが投じた手裏剣、それが不規則な軌道を描きながらスバルたちの方へと押し寄せてくる。

ギラと、鈍く輝いているシノビの暗器は、いずれも的確に急所を狙っていて。

「ひ」

「かような乱行、許しんせん」

喉を引きつらせるスバル、その正面に現れるヨルナの背中。彼女は迫りくる手裏剣の軌道に煙管《きせる》を割り入れ、飛来するそれをことごとく弾《はじ》き落とした。

同時、オルバルトの左右で屋根瓦がめくれ上がり、それがネズミ捕りかハエ叩《たた》きのよう

な勢いで怪老に叩き付けられる。

しかし――、

「かかかっか！　派手で見栄えして、面白《おもしれ》ぇ技じゃぜ！」

打ち付ける屋根瓦の一撃を、オルバルトは小柄な体をひねって悠々と躱《かわ》した。

戦う仕事をする人間は、体が大きい方が力も強いし、攻撃が届く範囲も広くて得だと思っていた。が、オルバルトの俊敏さはその印象を覆す。

「けど、派手すぎんのも考えもんじゃぜ。人間なんざ、針一本でも死ぬんじゃからよ」

「わっちの耳にこそばゆいご高説でありんす。――なら、これはどうでありんしょう」

派手な攻撃を避けたオルバルトを前に、ヨルナが厚底の踵《かかと》を鳴らした。すると、屋根瓦が次々とめくれて浮かび上がり、大きく螺旋《らせん》を描き始める。

それはまるで竜巻の如《ごと》く、城を、オルバルトを中心に渦巻く破壊の顕現――、

「おお!?　こりゃなかなか……」

「隙間のない場所からでも逃れられるか、シノビの技を見せてくりゃれ？」

言い終える前に、ヨルナの持ち上げた手がぎゅっと握られる。

直後、渦巻く瓦の竜巻がオルバルトを取り巻いたまま中心に圧縮される。瓦同士が容赦なくぶつかり合い、巻き添えの天守閣がひしゃげる大音が響き渡った。

壮絶な破壊、それがもたらす威力は尋常ではなく、人間の体なんてあれの前では原形をとどめるビジョンが浮かばない。恐ろしい、必殺の一撃だった。

なのに――、

「――老いても腐っても、『九神将』でありんすか」

「かかかっか！　ひでえ言われようじゃぜ！　言われた通り、隙間のねえとこから逃げ延びてやったってのに、シノビぶりの披露して損した気分になっちまうじゃろ」

ガラガラと音を立てる瓦礫《がれき》の残骸、その山の上にひょいと立って、ひらひらと手を振るオルバルトは無傷で生還を遂げていた。

その異常な生存能力に、さしものヨルナも表情から余裕は失われる。そんなヨルナを瓦礫の山から見下ろして、オルバルトは「しかし」と前置きし、

「もったいねえ娘っ子じゃぜ、お前さん。余計なもん抱え込んでなきゃ、ワシともうちょっとまともにやり合えんじゃろうによ」

「……なんでありんすと？」

「守りてえから戦うのに、守りてえせいで弱くなってるってのは本末転倒じゃろ。だからお前さん、何べんやっても閣下に届かねえんじゃぜ」

そう告げたオルバルトの黄色い瞳が、ヨルナ越しにスバルとルイに突《つ》き刺さる。

瞬間、湧き上がる怖気《おぞけ》に従い、スバルはルイの肩を抱き寄せ、その手を握った。そして自分の足下を指差し、

「ヨルナさん！　俺とルイは消える！　頑張って！」

自分から巻き込んでおいて、ヨルナを置いて逃げるなんて最低だ。

でも、この場にスバルたちが居続けたら、ヨルナはスバルたちを守るために戦い、オルバルトに隙を突かれ、やっぱり死んでしまうことになる。
それを避けるために——、

「——っ」

直後、視界が一気に切り替わり、スバルとルイの姿が城の中に転移する。
スバルの合図通り、ルイが『ワープ』を発動した結果だ。半分壊れた天守閣の中に降り立った二人は、頭の上の戦場からの緊急避難に成功した。

「う……っ」

その成功を確かめた途端、お腹《なか》の中身がひっくり返る感覚に眩暈《めまい》を起こす。一瞬、赤い視界と痛みがちらつくが、あれと比べたら天国みたいな苦しみだ。
これでスバルたちを守る必要がなくなれば、ヨルナも本領を発揮して——、

「——っ、なんだ!?」

思考を中断したのは、スバルの出来立てのトラウマを刺激する爆発音だった。
凄《すさ》まじい爆音が連続し、衝撃が屋根越しに城全体を揺さぶる。思わず膝が竦《すく》み、転びそうになるのを必死で堪《こら》え、スバルは慌てて天井を見上げた。
見えないが、今の爆発もオルバルトに違いない。
あれだけの爆弾をばら撒《ま》いたにも拘《かかわ》らず、まだ他にも爆弾を持ち歩いていたのか。

「——お。おったおった」

「え？」

その、見上げた天井をすり抜ける顔と、愕然《がくぜん》となるスバルの目が合った。

そうして視線を交わしたまま、オルバルトの矮躯《わいく》がぬるりと天井から落ちてくる。それが波打つ屋根の波濤《はとう》や、瓦《かわ》の竜巻を躱した技なのだと直感だけさせられて。

「な、なんで……」

「パッと消えやがるたぁ、ただの子どもと侮って恥掻《か》いたんじゃぜ。失敗失敗」

「うーっ！」

悪意に満ちた怪老の笑み、そこにルイがとっさに細い足を蹴り上げた。が、それにオルバルトは「よ」と気安く応じ、クナイでルイの足を斬り飛ばした。

くるくると、脛《すね》のところで切断されたルイの足が血を撒《ま》きながら飛んで、

「あ、ううう――っ」

「うわ、わあああ!!」

片足を失い、絶叫するルイの姿にスバルは必死で手を伸ばそうとする。

しかし、ルイを引き寄せ、抱きとめるくらいのことも、やり切れなかった。そうしてやるより前に、ルイの悲痛な声が途切れる。

途切れた原因は、彼女の喉の真ん中に突《つ》き立ったクナイだ。それと――、

「ごぶ」

耳元で軽い音がした瞬間、スバルの喉が叫び声以上の熱で焼け付く。ごぼごぼと溢《あふ》れ返《かえ》

る血が喉を塞いで、声を出せない。息も、できない。

「このまま逃げられっと面倒じゃからよ。ま、首だけでも狐娘《きつね》泣かすにゃ十分じゃろ」

そう言って、オルバルトの指がとんとスバルの後頭部を押した。途端、ぐらっと傾いた首が前のめりに落ちて、崩れ落ちるスバルの膝に収まる。

首の皮一枚、繋《つな》がっているから、落っことさずに、膝の上に。

「抱き首、なんつってじゃぜ」

そんな、笑えもしない、悪い冗談が聞こえて、聞こえなくなって。

そして――、

「聞いた話じゃと、お前さんとこの街の連中はずいぶん頑丈らしいが……それ、うちの里の連中より頑丈だったりすんのかよぅ」

「――下郎っ！」

また、同じ声が聞こえた。


とっさに、何をしなければいけないのか、ルイを引き寄せて、それで。

それで、と考えているうちに、爆音が響いた。

――視界が真っ赤に爆《は》ぜて、あの痛みがまたしても、ナツキ・スバルを呑《の》み込《こ》んだ。

3

——聞き慣れた会話が聞こえた瞬間、耳を塞いで目をつむり、大声を出す。

それが、絶望の十秒間を何十回も繰り返して、スバルが見つけた生存の法則。

ただし、その先に辿《たど》り着くための方程式は、まだ何も見つかっていない。


「聞いた話じゃと、お前さんとこの街の連中はずいぶん頑丈らしいが……それ、うちの里の連中より頑丈だったりすんのかよぅ」

「——下郎っ！」


そのやり取りが聞こえた瞬間、スバルは刷り込んだ本能に従い、行動した。

耳を塞いで目を閉じて、大きく声を出して、爆発の衝撃に耐え忍ぶ。

耳を塞いでおけば鼓膜が、目を閉じておけば目玉が、大声を出す効果はわかっていないが、痛くも赤くもないときは必ず声を出していたから、やらないなんて考えられない。

ちょっとでも違うことをして、また同じ痛みと赤さを味わうなんて絶対嫌だ。

これだけ必死に言い聞かせても、一度タイミングがズレてしまうと、もう一度同じチャンスを掴《つか》むために、十回以上も絶望の十秒間を繰り返すことになる。

もう、嫌だ。嫌だった。痛いのも怖いのも、嫌なものは嫌だ。

全然楽にならない。ちっとも慣れたりしない。痛いのはいつも痛い。怖いのはいつも怖い。死ぬのは、いつも痛いのと怖いのとの先にある。

だから——、

「うあう！」

目も、耳も大丈夫な状態で、飛びついてくるルイの体を受け止める。

また、何回目かの無傷状態で最初の爆発をしのぐことができた。ルイを抱きとめ、このあと連鎖的に起こる出来事を思い出す。そう、最初は——、

「手裏剣が」

「しのいで終わりと思っちゃいけねえんじゃぜ！」

思い出すのと、オルバルトの声が聞こえたのは同時だった。

次の瞬間、四方八方から飛んでくるのは、一個も同じ軌道を描いていない手裏剣の嵐、それがスバルとルイを取り囲むように降り注いでくる。

十本以上の手裏剣、どれか一つでも喰《く》らったら動けなくなる。

それを止めるべく、ヨルナが飛び出そうとするのを——、

「かような乱行——」

「ヨルナさん！　大丈夫！」

飛び込んでこようとしたヨルナを掌《てのひら》で制し、スバルは突《つ》き出した掌を指差しに変更、そしてルイと繋《つな》いでいる方の手にぎゅっと力を込めた。

「——なんじゃぜ!?」

刹那、スバルたちの姿が消えてなくなり、驚愕《きょうがく》したオルバルトの手裏剣が空を切る。

何が起こったのか、オルバルトですらルイの『ワープ』の初見には驚かされる。天守閣の瓦を踏み、驚愕《きょうがく》するオルバルトを遠目にスバルは奥歯《おくば》を噛《か》んだ。

何回も前にも、『ワープ』で城の中に逃げ込むことには成功した。それも、追ってきたオルバルトに呆気《あっけ》なく殺されてしまったが――、

「一回だけなら……」

オルバルトの意表を突《つ》ける。そのチャンスが、数え切れないほどの試行回数を重ねてようやく巡ってきた。そして、その生じた隙に影が飛び込む。

「余所見厳禁《よそみ》でありんす――！」

飛んだヨルナの猛烈な踵落《かかと》としが、真上からオルバルトに突き刺さる。

とっさの反応が遅れ、オルバルトは頭を砕《くだ》かれる代わりに左腕を犠牲にした。落ちてくる踵を受け止め、それこそ爆発のような音と衝撃で老人の腕が爆《は》ぜる。

オルバルトの枯れ木のような腕が何ヶ所も折れ、完全に使い物にならなくなった。さすがの怪老も、このダメージは深刻に受け止めるしか――、

「ほい、九十年物じゃぜ」

「嘘《うそ》だろ!?」

そんなスバルの予想を裏切り、オルバルトが突然の凶行に及んだ。

老人は血塗《ちまみ》れの自分の左腕を伸ばすと、それを右手のクナイで二の腕あたりで切断、く

るくると血を撒《ま》きながら、腕がヨルナの方へと飛んでいく。

「――――」

それを前に、ヨルナは一瞬の決断を迫られた。

すなわち、飛んでくる腕を払うか、それとも躱《かわ》すかのどちらかを。

しかし――、

「残念、どっちも外れよ」

「ぐっ……!?」

飛んでくる腕に対応するより早く、ヨルナの足下で爆発が起きる。

それはヨルナの踵を受けたとき、左腕の犠牲と引き換えに死角に仕込んだ罠《わな》だ。遠当てめいた攻撃がヨルナを真下から打ち抜き、彼女の口から血が滴る。

「シノビの基本じゃぜ。右か左か、迷わせたら上なのよ」

「小癪《こしやく》な、翁《おう》にありんす……!」

貫通力のある衝撃波を受け、頬《ほお》を歪《ゆが》めるヨルナがオルバルトを睨《にら》む。そのまま彼女は前に踏み出し、飛んでくるブラフの腕を無視し、怪老に掴《つか》みかかろうとした。

そのヨルナの前進に合わせ、オルバルトは「ああ」と息をついて、

「さっきの外れってのも嘘なんじゃぜ」

――次の瞬間、斬り飛ばされたオルバルトの腕が内側から膨れ上がり、爆発する。

「――ッ」

「ヨルナさん!!」

真横で発生した爆風に呑《の》まれ、ヨルナの体が吹っ飛んだ。そのまま屋根の上をゴロゴロと転がる彼女の姿に、スバルは目を見開いて嗄《か》れた喉で叫ぶ。

使い物にならなくなった腕も、致命打の間隙にさえ罠《わな》を仕込んで勝利に迫る。『悪辣翁《あくらつおう》』の名に相応《ふさわ》しい暴虐ぶりを発揮し、怪老がヨルナの命を摘《つ》み取ろうと倒れる彼女の方へ向かう。何としても、阻止しなくては。

「――ルイ!」

ケガをしたヨルナを救うため、スバルはルイに『ワープ』を命じる。

休憩なしの連続使用は体にかかる負担が大きい。でも、ここでヨルナを見捨てるなんて選択肢、もう何十回も一緒の死線に挑んでいるスバルにはありえなかった。

だから、ルイの手を強く握り、ヨルナの傍《かたわ》らへ飛べるように指差しして――、

「あうあう!」

勇ましいルイの声と共に、スバルの視界が一瞬で切り替わる。

すぐ目の前にヨルナの姿、スバルは彼女に手を伸ばし、内臓へのダメージがやってくるより早く、もう一回の『ワープ』で戦場から離脱しようとした。

「え?」

が、ヨルナに触れようとしたスバルの爪先に、何か硬い感触が当たった。

思わず足下を見下ろして、スバルはその感触の正体を見る。黒くて丸い、玉だった。

もう何度も目にした、スバルを絶望の淵へ叩《たた》き落とす、黒い玉が。

「どうやっとんのか知らんけど、指差した方に飛ぶんじゃろ。いっぺん見てんじゃぜ」

初見の『ワープ』は通用しても、二度目はもはや通用しない。

片腕を失ってバランスの悪い『悪辣翁』は、残った片腕で打てる手を打った。

「うあう」

またしても、ルイがスバルをそう呼んで、腕を引いた。

直後、足下で炸裂《さくれつ》した黒い玉から光が溢《あふ》れ、飛び散る無数の刃《やいば》がスバルとルイを、倒れ伏したヨルナを、ズタズタに引き裂く、引き裂く、引き裂いた。

血が真っ赤に散って、目や口にまで飛び込んだ刃に体の中も切り刻まれ、鋭い痛みが全身を呑み込み、手足が千切れ飛ぶ。

痛み、さえも、感じる暇なんてないぐらい、ズタズタの肉片に。

「何が詰まっとるか、喰《く》らってからのお楽しみ玉よ。面白《おもしれ》えじゃろ？」

痛みが、また赤くて、そんなの正気を、疑う、だけで。

「聞いた話じゃと、お前さんとこの街の連中はずいぶん頑丈らしいが……それ、うちの里の連中より頑丈だったりすんのかよぅ」

「――下郎っ！」

また、同じ声が聞こえた。

「——っ」

聞こえた瞬間、スバルは耳を塞いで、目を閉じて、口を大きく開けた。大声は出ない。掠《かす》れた声が出ただけだ。それでも、爆音と爆風は襲いかかってくる。

全身を叩《たた》かれ、屋根に尻餅をついた。ルールを守れなかった。大声を出せなかった。痛みと赤いのがくるのが怖い。

ただ——、

「うあう！」

軽い感触に飛びつかれ、スバルは「は」と息を吐いた。

そして、目と耳、他のところも大丈夫なことを確かめる。大声を出さなくても、目玉も鼓膜も大丈夫だった。声は、関係ない。口は、関係あるかもしれない。

わからない。わからないけれど——、

「ぐううう……ッ」

ルイを抱きしめて、奥歯を軋《きし》らせて泣きじゃくるスバルには、爆発のあとを生き延びる方法がどうしても、どうしても見つからない。

見つからなくて、泣いて、蹲《うずくま》って、また動けずにいるから。

「ぴいぴいと、子どもの泣き声は聞くに堪えんのじゃぜ。——うっせぇわ」

またしても、避けられない『死』がナツキ・スバルを呑《の》み込《こ》んでいく。

4

何度も、赤と痛みを繰り返して、その先の無力感を味わって、また痛いのと辛《つら》いのと、苦しいのと怖いのと、それを重ねて、それでも届かなくて。

「――わっちを愛しなんし。今すぐに」

ボロボロの状態で、何回そうやって助けてもらえそうになっただろう。
それを言われるたびに、言う通りにしてあげられなくて、悲しい。

「うあう！　うああう！」

必死にスバルの腕を引いて、何とかスバルを生かそうと、死なせまいとしてくれる。
だからいつも、スバルより先に死んでしまって、とても辛い。

何回も、何回も、死と絶望の十秒間を繰り返して。
赤い世界と、痛みだけが支配する感覚と、どれだけやっても届かない無力感、それを何度も何度も、終わりがないと思えるぐらい繰り返して。
頭が、壊れそうになる。心が、死んでしまいそうになる。
これは、『死に戻り』じゃない。

ナツキ・スバルを取り巻いてきた、『死に戻り』ではないモノ。

『死に戻り』が慈悲深いなんて、ちっとも考えたことなかった。

だけど、この十秒間と、延々と重ね続ける喪失と比べたら、それはあまりにも。

――『死に戻り』に愛があると思えるぐらい、これは愛のない所業だった。

5

「聞いた話じゃと、お前さんとこの街の連中はずいぶん頑丈らしいが……それ、うちの里の連中より頑丈だったりすんのかよぅ」

「――下郎っ！」

また、同じ声が聞こえた。

オルバルトの飄々《ひょうひょう》とした声と、切羽詰まったヨルナの声。

直前の痛みと喪失感が消えて、スバルは一瞬だけ、ほんの数秒だけ、青く見える空と、痛みのない体に戻ってくる。

脳は痺《しび》れていて、喉は死ぬ前の絶叫の続きを張り上げて、膝の力は抜けていく。

それでも、もう魂《たましい》に刻み込まれた条件反射が、目を閉じ、耳を塞いで、叫び続けている口を開けっ放しにすることをスバルにやらせた。

「は、あああぁぁぁ!!」

吠《ほ》えるヨルナが煙管《きせる》を振るい、カオスフレームの空にいくつもの爆炎が生まれる。

熱風と衝撃波、そして爆音がスバルたちにも押し寄せるが、このとき、尻餅をつくのが何回やっても堪《こら》えられない。

「うあう！」

尻餅をついたスバルに、軽いルイの体が飛び込んでくる。

それを受け止めて、強く抱きしめた。もう、これも条件反射だ。ただただ、死ぬのを何度も繰り返しているせいで、人の温《ぬく》もりが恋しい。それだけだ。

それ以外の理由なんてない。ないから、奥歯を強く噛《か》む。

「ここから……」

安堵《あんど》する暇もなく、次のスバルを殺す攻撃が飛んでくる。

「しのいで終わりと思っちゃいけねえんじゃぜ！」

その声と同時に、オルバルトがスバルとルイに手裏剣を投げる。四方八方から十本以上の刃《やいば》、その鋭さが子どもの柔肌《やわはだ》を易々《やすやす》と切り裂くことは、もう知っている。

手裏剣に殺されるのも、もう何回も味わった。でも、どれがその痛みだったか思い出せない。痛くない死が一個もないから、わからなくなって。

「かような乱行、許しんせん」

まごついている間に、スバルの目の前にヨルナの背中が割って入った。

彼女は手にした煙管《きせる》で手裏剣をことごとく打ち払い、次いでオルバルトへの返礼に屋根瓦を波打たせ、左右から挟み込むように城の一撃をぶち込む。

「かかかっか！　派手で見栄えして、面白《おもしれ》ぇ技じゃぜ！」

これを、オルバルトは俊敏さを活《い》かして避け切ってしまう。

スバルの反応が遅れたせいで、同じ流れを辿《たど》っている。だが、もう何度も目にしたこのシーンで、スバルができることは何もない。

攻撃を受けそうになるヨルナを庇《かば》ったときも、城の中に逃げ込んだときも、頭の中がめちゃくちゃになってオルバルトに飛びかかったときも、全部死んだ。

全部の道が、行動が、死ぬのに繋《つな》がっていたら、どうしたらいいのか。

「けど、派手すぎんのも考えもんじゃぜ。人間なんざ、針一本でも死ぬんじゃからよ」

「わっちの耳にこそばゆいご高説でありんす。——なら、これはどうでありんしょう」

いやらしいオルバルトの挑発に、ヨルナが踵《かかと》で屋根を叩《たた》いて応える。

屋根瓦が次々とめくれて浮かび上がり、生じるのは城を渦巻く破壊の竜巻だ。それがすごい威力であることも、知っている。でも、オルバルトは倒せない。

「どうしたら……」

いいんだろう。わからない。また、痛くて怖いのがくる予感が近い。

失敗する。どうすれば、あれを避けられるのか。赤い世界も、痛みの合唱も。

ヨルナを助けたくても、邪魔になってしまう。

ルイと逃げようとしても、追いつかれてしまう。

もっと前に戻れたら、そもそも、ヨルナと一緒に屋根の上にきてはいけなかった。

ヨルナだけでいかせれば、ヨルナを置いてきていたら、アベルたちと別れなかったら、
ルイのことを話さなかったら、アルを、ミディアムを、タリッタを、小さくなってなかったら、元のスバルだったら、ズィクルも、フロップも、ミゼルダも、クーナも、ホーリィも、ウタカタも、プリシラも、レムも、レム、レムを、レムが、レム――。

「レム……」

レムを、連れ帰らなきゃいけないのに、ここで死んでしまう。

死んでしまうのが避けられない世界に取り残されて、そのまま、ずっと、ずっと死に続けるしかないなら、スバルは、ナツキ・スバルにできることなんて。

何度も『死』が、痛みが、ナツキ・スバルに押し付けてくる無力感。

それに、ギューッと、心も体も押し潰《つぶ》されそうになって、そして――、

「うあう」

そっと、手を握る少女の温《ぬく》もりが伝わってきて、スバルは息を呑《の》んだ。

温もりが、ふと、スバルに思わせた。

ナツキ・スバルでは、どうしようもないけど。

「――みんなだったら、どうするのかな」

6

痛い、赤い、怖い、どうして、死。痛い、赤い、怖い、どうして、死。痛い、赤い、怖い、どうして、死。痛い、赤い、怖い、どうして、死。痛い、赤い、怖い、どうして、死。

それは、何度も何度も繰り返された絶望の十秒間。

痛みと無力感を重ねて、何度でもスバルの心を折ろうとする、終わりのない地獄。

また、スバルは何度も死んだ。何回も、痛いのと苦しいのとを繰り返して、死んだ。

一個も、うまくいかなかった。

いつもヨルナを悲しませて、ルイを先に死なせて、スバルも死んでしまった。

——だけど、絶望の十秒間の先には、十秒以上の時間があった。

その時間を、全部使う。

全部使って、絶対に死んでしまうのだとしても、またこの絶望の十秒の先の、十一秒目から辿《たど》り着いて、一生懸命考える。

——みんななら、どうするんだろう。

「聞いた話じゃと、お前さんとこの街の連中はずいぶん頑丈らしいが……それ、うちの里の連中より頑丈だったりすんのかよぅ」

「──下郎っ！」

また、同じ声が聞こえた。

その瞬間、スバルは耳を塞いで目を閉じて、口を開けて爆発を耐え忍ぶ。爆音と衝撃が全身を叩《たた》いて、堪《こら》えられない尻餅をついてしまう。

すぐに、「うあう！」と叫んだ小さな体が飛びついてくる。それを受け止めて、安心させるみたいに抱き返して、そうしている間も考える。

──みんなら、どうするんだろう。

「────」

スバルは、小さくなってしまった。

手足も縮んでしまったし、頭の中身も、きっと幼稚になってしまっている。

元のスバルだったらもっと色んなことができたし、思いついたかもしれない。でも、元のスバルはここにはいない。どうにかする方法も、思いつかない。

だったら、この問題はナツキ・スバルには解決できないのだ。

だから──、

「みんななら……」

これまで、色んな問題と出くわして、たくさんの失敗を重ねて、でも、みんなで乗り越えてここまでやってきた。

今、スバルは一人だ。知っている人は、ほとんど誰もいない帝国にいる。

でも、ちゃんとスバルの中に、みんなからもらったものがある。

「みんならなら……」

どうするだろう。

オットーなら、ガーフィールなら、ロズワールなら、フレデリカなら、ペトラなら、クリンドなら、アンネローゼなら、メィリィなら、パックなら、ラムなら、ベアトリスなら、エミリアなら、みんなだったら、どうするだろう。

「みんななら……」

どうするだろう。

ユリウスなら、アナスタシアなら、襟《えり》ドナなら、リカードなら、ミミなら、ヘータローなら、ティビーなら、ラインハルトなら、フェルトなら、ロム爺《じい》なら、トンチンカンなら、アルなら、プリシラなら、ヴィルヘルムなら、フェリスなら、クルシュなら、リリアナなら、シャウラなら、みんなだったら、どうするだろう。

「すごい強くて」

オルバルトと戦えるようなみんなは、後ろで応援しててほしい。

あのオルバルトの悪知恵とか、とんでもない小技とか、そういうのもどうとでもできそうな人たちは、今回は出番がない。ごめん。ありがとう。大好きだ。

「魔法が使えて」

ヨルナを手伝えるようなみんなも、今のスバルだと真似《まね》できないかもしれない。

優しいヨルナの負担にならないようにしたい。でも、治癒魔法もこの場だとちょっと出番がないかもしれなかった。ごめん。ありがとう。大好きなんだ。

「だったら……」

諦めの悪い、最後の最後まで頑張れる、そんなみんなの真似はどうだ。

あるもの全部使って、絶望の十秒間の先を、十一秒から先を、もっともっと先まで頑張れるような、そんなみんなの、真似ならどうだ。

「かような乱行、許しんせん」

煙管《きせる》が振るわれて、スバルたちに迫っていた手裏剣が甲高い音で弾《はじ》かれる。

そのまま、オルバルトの左右の瓦がめくれ上がり、怪老を押し潰《つぶ》そうと挟み込む。

「――――」

その、ヨルナとオルバルトの戦いを見ながら、一生懸命考える。

何回も、何回も死んだじゃないか。何回も、この光景を見たじゃないか。思い出すのも辛《つら》くなる痛みを、今も覚えてるじゃないか。

考えただけで、身が竦《すく》む。心が縮こまって、魂《たましい》が怯《おび》え出す。

まるで、ナツキ・スバルって存在そのものが凍えているみたいに。だけど――、

「うあう」

握った手から伝わる熱が、スバルを凍死させてくれない。

凍死しないでいられるから、みんなのことも、ちゃんと思い出せるから。

ヨルナとオルバルト、二人の戦いに割り込むことはできない。

ヨルナを勝たせたくても、オルバルトに狙われるスバルたちが邪魔してしまう。戦いは始まってしまっているから、どっちかが勝たなくちゃ話は進まない。

たぶん、いつもオルバルトが勝って、スバルたちが死んで終わっている。

じゃあ、スバルたちが生き残れたら、それでいいのか。

それもたぶん、すごーく間違ってる。絶対、ヨルナも無事じゃなきゃダメ。もっといい方法があるはずです。考えんのをやめんじゃァねェぜ。馬鹿ね。ここで諦めるなんて冗談じゃないねーぇ。必ず、大丈夫ですわよ。みんながついてるもんっ。もお痛いのも辛《つら》いのも嫌でしょお？　戦いには決着が付き物、必然。割って入る隙間があるはずですわね。リアのところに帰るんでしょ？　それを見つけ出すかしら。それが、勝利の鍵なのよ。

「勝利の、鍵」

誰の？　もちろん、戦っている人の。

じゃあ、戦っているのって、ヨルナとオルバルトと、どっちの――。

「違う」

「う？」

「違う違う違う違う、違う――！」

首をひねったルイの前で、スバルは声を大にして叫んだ。

違う、間違っていた。みんなが大好きだ。だから――、

「勝つのは――」

またしても、赤い光と痛みが目の前に広がって、そして――。

「聞いた話じゃと、お前さんとこの街の連中はずいぶん頑丈らしいが……それ、うちの里の連中より頑丈だったりすんのかよぅ」

「――下郎っ！」

また、同じ声が聞こえた。

それが聞こえた瞬間、スバルは耳を塞いで目を閉じて、口を開けて蹲《うずくま》る。直後、爆音と衝撃波が全身を打ち据えるが、今度は尻餅をつかない。

パッと両手を離して、顔を上げた。そこに――、

「うあう！」

スバルを心配して、不安げな顔をしたルイが飛び込んでくる。

そのルイを正面から抱きとめて、スバルはその場に立ち上がった。そして、

「ありがとな」

「う？」

目を丸くするルイにそう言って、スバルは彼女の頭越しに正面を見る。

全身が焼かれ、骨が剥《む》き出《だ》しになり、内臓がグシャグシャになる痛みは、今も引きずっ

ている。気を抜いたら叫び声を上げて、泣き喚《わめ》いて、転げ回りそうだ。

だけど——、

「しのいで終わりと思っちゃ——」

言いながら、オルバルトが両袖から抜いた手裏剣を投じようとしている。

そのオルバルトの目と、スバルの目が正面からぶつかった。

子どもだろうと容赦なく、その命を奪うために手加減しない『悪辣翁《あくらつおう》』の目と、何度も無力感を味わって、今も泣きそうなのを必死で堪《こら》える子どもの涙目が。

だが、その涙目に何を見たのか、オルバルトの黄色い瞳が一転、光を強めた。

「——面白《おもしれ》え」

ただの、ヨルナの気を引くための道具としてスバルを狙うのではない。

ナツキ・スバルを殺すために、『悪辣翁』の手から手裏剣が放たれる——。

遊びのない手裏剣が飛んでくる。

スバルの目では捉えられない脅威、それが迫ってくるのを肌で感じながら、スバルは真《ま》っ直《す》ぐ、持ち上げた指を正面——オルバルトに突《つ》き付けた。

みんななら、どうするだろう。

一生懸命、みんなの気持ちになって考えて、そして、思った。

みんななら、何回も死んで、無力感に打ちのめされて、どうしようもなくなったスバルを、きっとどんなボロボロになっていても、信じてくれるから。

痛くて辛《つら》くて怖くて、泣いて喚いて小便を漏らして、それでもみっともなく、無様に死んでしまうスバルを、信じてくれるから。

みんなが大好きだ。

この、紅瑠璃《こうるり》城のてっぺん、何回も死んで、絶望の十秒間と、その先の十一秒と、もっと先へと辿《たど》り着《つ》くための勝負、それに勝つのは――、

――勝つのはいつだって、お師様ッス！


「ルイぃぃぃ――っ!!」

オルバルトを指差して、繋《つな》いだ温《ぬく》もりの先にいる少女の名前を高らかに呼んだ。

そして強く強く、ルイの手を握りしめて――瞬間、世界が変わる。

「――なんじゃぁ!?」

手裏剣で殺すはずだった相手が消えて、オルバルトが驚愕《きようがく》の声を上げる。

オルバルトの理解の外側にあり、慎重なシノビが全く気付けない反則技。二度目からは対応してくるこの転移の一回目だけが、オルバルトの裏を掻《か》ける唯一の方法。

そして、ルイの力で転移し、飛んだスバルは――、

「あああああ――っ!!」

「ぬおっ!?」

猛然と、すぐ目の前にあるオルバルトの後頭部にしがみついた。

死に物狂いで小柄な老人にしがみつき、白髪に噛《か》みつく勢いで縋《すが》り付く。さしものオルバルトも、予想外の転移の刹那、組み付かれるのには反応できない。

背丈でいえばさして変わらない老人に、小さなスバルは全力で組み付いた。

当然、それをオルバルトは引《ひ》き剥《は》がそうとし、突然のことに目を見張ったヨルナも駆け寄ってこようとする。

「うお！　な、なんじゃなんじゃ！　坊主か!?」

「童《わらわ》！　すぐに離れるでありんす！　オルバルト翁《おう》は……」

オルバルトの腕がスバルの髪を掴《つか》み、強引に引き倒そうとする。それを止めたくても、巻き込むのを恐れてヨルナもとっさの手出しが遅れる。

その、両者の反応を余所《よそ》に、スバルは必死で、組み付いたまま、大声で――、

「――俺の勝ちだ!!」

と、そう叫んだ。

「――なに？」

その瞬間、スバルを引き剥がそうとするオルバルトの手が緩む。ヨルナも、スバルが何を言い出したのかと、そう目を丸くしていた。

そんな大人たちの反応に目もくれず、スバルはオルバルトから離されまいと、そう強く強くしがみついたまま、

「俺の勝ち……俺の勝ちだ！　オルバルトさんの負けだ！　そうだろ⁉」

「だから、何を言っとるんじゃ、お前さんは……」

「一回でいいって、言っただろ！」

「うん？」

振りほどく力が弱まったことで、スバルはようやく顔を上げ、目の前にあるオルバルトの白髪の後頭部に話しかける。興奮と動悸《どうき》で込み上げてくる涙と鼻水、その両方を啜《すす》りながら、スバルは喉をひくつかせ、

「お、追いかけっこ！　かくれんぼは、三回見つけろって……でも、追いかけっこなら、一回捕まえたら、いいって……だから」

「――――」

「だから！　俺の勝ちだ！　捕まえた！　勝負は、俺の勝ちだ！　オルバルトさんも、ヨルナさんも、俺に負けたんだ！　俺の、勝ちなんだぁ……っ」

自分でも、言っていてめちゃくちゃな理屈だと思った。

そもそも、追いかけっことかくれんぼで、かくれんぼを選んだのはスバルたちだ。それを急に引っ込めて、追いかけっこのルールに変更なんて、ズルだと思う。

でも、ズルだけど、他の方法が思いつかなかった。

それに――、

「先にズルしたのは、オルバルトさんの方だぁ……」

「――――」

「だ、だから、俺の、俺の勝ち、なんだぁ……っ」

ずるずると、溢《あふ》れ出《だ》してくる涙と鼻水が堪《こら》えられなくなって、声がガビガビになる。それでも、スバルはしがみつく腕に力を込めて、このズルい勝利を手放さない。オルバルトを捕まえて、追いかけっこに勝った。勝ったのだ。

「――オルバルト翁《おう》、どうするでありんすか？」

不意に、押し黙るオルバルトへと、ヨルナがそう問いかけた。

ちらと見れば、ヨルナは煙管《きせる》に新しく火を入れ、真新しい紫煙をたなびかせている。それを肺に入れる彼女の様子は、戦い始める前と変わらず美しい。

依然、オルバルトの答え次第で、ほとんど縁も所縁《ゆかり》もないスバルたちを背後に庇《かば》い、戦うことを厭《いと》わないだろうことも含めて。

オルバルトの受難は、しかもそれだけではない。

「うあう！　あー、うー！」

「痛《いて》ぇんじゃぜ」

スバルのしがみつくオルバルトの足を、一緒に飛んだルイが乱暴に踏んだ。丸い瞳を目一杯細めて、ルイがオルバルトを睨《にら》みつける。

その、スバルの訴えと、ヨルナの問いと、ルイの睨みを受けて、オルバルトはしばらく黙ったあとで、乱暴に自分の頭を掻《か》いた。

そして――、

「いっぺんけしかけた勝負、途中で投げ捨てらんねえって言ったのはワシじゃがよ。それをまさか、こんな風に悪用されるたぁ思わんかったんじゃぜ」

「――それが、翁の答えでありんすか？」

静かなヨルナの言葉、その目線がオルバルト相手に一段と下がる。

何のことはない。オルバルトがその場に、どっかりと胡坐《あぐら》を掻いたからだ。スバルを背中にしがみつかせたまま、オルバルトは歯を見せて笑い、

「かかかっか！　誰が見ても負けじゃろ。勝ち負けまで関係ねえなんて言い出したら、そりゃもうシノビじゃなく、ケダモノじゃぜ」

言ってから、オルバルトは自分の膝を手で打って、「負けた負けた！」と空を仰いだ。

青い空の下、ゆっくりと修復されていく美しき城の上、一秒、二秒と、絶望の十秒間の先、十一秒から先、その先が静かに、確かに、刻まれていく――。

「俺の、勝ちだぁぁぁ……！」

ぐすぐすと、鼻を啜《すす》りながら、泣きじゃくるスバルがなおも訴える。

背中にしがみつくスバルのそれを聞きながら、オルバルトは「かかかっか！」と笑って、

「何べんも言われたら腹立ってくるじゃろ。――うっせぇわ」

と、スバルの額を手でべしっと叩《たた》いたのだった。

第八章　『理想郷カオスフレーム』

1

ぐすぐす、ぐすぐすと、鼻を啜《すす》り、止まらない嗚咽《おえつ》と戦い続ける。

乗り越えた今でも信じられないような、頭のおかしくなりそうな体験だった。

スバルの身に起こった絶望の十秒間と、その向こうにあった十一秒から先――そこに辿《たど》り着《つ》くまでに、いったい何回の『死』を味わっただろうか。

絶望し、心を砕《くだ》かれ、すり減った魂《たましい》が消えてしまわなかったのが奇跡に思える。

でも、そんな地獄のような経験の果てに、辿り着いた景色だ。

「うあうー」

泣きじゃくるスバルの腕にしがみついて、髪を乱したルイが唸《うな》っている。

数え切れない十秒間の中、何度もスバルと同じ運命を辿り、命を落とした少女。この言いがかりみたいな勝利だって、彼女の存在なくしてありえなかった。

「おれ、には……ホントに、お前がわからない」

「う、うぐ、あう……っ」

「あ、うー」

「でも、お前がいなかったら、無理、だった。……ありがとう」

スバルの心の中は、もうごちゃごちゃのしっちゃかめっちゃかだ。

ルイが何をしでかした相手なのかも、スバルにとってのどんな因縁がある相手なのかもわかっている。わかっているのに、感謝の念が溢《あふ》れてくる。

そして、溢れたのはスバルの感謝の念だけではなかった。

「……ルイ？」

その決壊は、突然のことだった。

スバルの、たどたどしい感謝の言葉を聞いたルイ。彼女の大きく丸い瞳にじわりと涙が浮かび、それがあっという間に頰《ほお》を伝って流れ落ちる。

ボロボロと、止め方を知らないみたいな勢いで、ルイの頰を涙が流れ落ちていく。

「ルイ、お前、泣いて、泣いてるから……」

「うー、うー！」

流れる涙を拭おうともせず、ルイはスバルの腕にしがみついて頭を振る。

まるで、スバルが涙を拭いている間にいなくなるとでも思っているみたいに。

「顔、拭けって、馬鹿、馬鹿ぁ……」

そんなルイの涙を見ていると、感情の波がちょっと落ち着こうとしていたスバルもまた危うくなってくる。流した涙も、こぼした嗚咽《おえつ》も、もう数え切れないのに。

このまま、ルイと二人でずっとずっと、延々と泣きやめないのではないかと――、

「――よく、頑張りんした、二人とも」

「あ……」

「いくら泣いても構いんせん。この魔都の主《あるじ》、わっちが許しんす」

そんなスバルとルイを、後ろから伸ばされた長い腕がそっと優しく抱きしめた。

その声の主が、どんな人柄なのかも、もうわかっている。

だから、その言葉も温《ぬく》もりも、何の裏もない優しさなのだとわかっている。

全部を委ねても、許されてしまうのだと、わかっているから。

「う、ぐ……あ、う、あああぁ」

「うあう……うあうっ、うあ、う、うあう……！」

「よしよし。……童《わらわ》には泣いて、大人の胸に縋《すが》る特権がござりんす。わっちの胸でよろしければ、たんと泣き濡《ぬ》れるがいいでありんしょう」

顔を上げて、また涙が流れてくるスバル。そんなスバルに縋り付いているルイ。

二人を優しく抱きしめて、小さな背中を撫《な》でてくれるヨルナ。

そんな戦いの果ての一時が、紅瑠璃《こうるり》城の天守閣に展開されて――、

「これ、全部背中でやられてるワシ、どんな顔してたらいいのかわからんのじゃぜ」

「黙りなんし」

と、無粋な怪老の茶々が、魔都の主に黙らされていた。

2

「それで、オルバルト翁《おう》は申し開きはありんすか？」

「申し開き？　ワシ、なんか言い訳することとあったかよ？　自分の気分で殴りかかってきたのは狐娘《きつね》、お前さんの方じゃろ？」

スバルの大泣きからしばらくして、今度こそ落ち着いた話し合いへ突入――と思いきや、天守閣はいきなり剣呑《けんのん》な空気に呑《の》まれた。

原因は言うまでもなく、飄々《ひょうひょう》と悪びれないオルバルトだ。

彼はどっかりと屋根の上に尻を置いたまま、小指で自分の耳の穴を掻《か》いて、

「ワシは一応、言われたことは守っとったし？　まぁ、多少の抜け道は使おうとしたが、そこはほれ、そっちの坊主とおあいこじゃぜ」

「うぐ……で、でも、それは……」

「まあまあ、聞いといた方が得じゃぜ、坊主。――じゃってよ、何でもありって話にしたら、一番得するのはワシなんじゃからな。かかかっか！」

大口を開けて、呵々大笑《かかたいしょう》するオルバルトにスバルは口ごもった。

実際、オルバルトが正しい。何でもありで、彼に勝てるビジョンが浮かばない。

オルバルトにはシノビの術と経験、周りを巻き込むことを躊躇《ためら》わない非情さがある。そ

ういう相手が一番手強《てごわ》いことを、スバルは帝国にきてから嫌というほど味わった。

「なんかオルバルトさん、俺の知ってる怖い奴《やつ》と似てる気がする……」

「ホントかよ。だったらそれ、碌《ろく》な奴じゃねえから絶対殺しといた方がいいんじゃぜ」

「それなら、ここでわっちがオルバルト翁の息の根を止めるという考えに、翁も賛成してもらわないと筋が通りんせん」

「おいおい、すげえ嫌われてんじゃぜ。まぁ、当然じゃがよ」

ヨルナの厳しい視線を受け流し、オルバルトは平然としたものだ。

その豪胆さには呆《あき》れるが、彼が悠々と構えている裏側には、ヨルナが自分に手を出せなくなったという確信がある。本当に、ヨルナには申し訳ない。

彼女が手を出せない理由は、他ならぬスバルたちの問題のせいなのだから。

「詳しい事情は知らぬでありんすが、この子らに無体な仕打ちをしたと聞いておりんす」

煙管《きせる》を口にくわえ、紫煙を肺に入れながらヨルナがオルバルトを見据える。

彼女に協力を求めたとき、包まず済む情報はそのまま伝えたが、意図的に隠した情報もある。その中には、スバルがオルバルトの手で『幼児化』した事実も含まれていた。

オルバルトの手で『幼児化』が解かれれば、スバルは元の体に戻る。

そうなったとき、全力で謝って、ヨルナには許してもらうつもりだ。――さすがに、それで全部の心証がひっくり返るような事態にはならないと思う。

ヨルナは、話せばわかってくれる類《たぐい》の人だと思いたいから。

「オルバルト翁《おう》、先の勝負、負けを認めたでありんすね」

「おお、認めた認めた。ああもやられちゃ完敗じゃぜ。負けて死なねえだけ運がいいってもんよ。しかし、負けるにしても予想外じゃぜ」

「予想外、でありんすか？」

「ワシといい勝負するのはてっきり、坊主たちの親玉の方と思っとったからよ」

スバルの心配を余所《よそ》に、話を進めるヨルナとオルバルト。そのオルバルトの言葉に、ヨルナは「親玉」と小さく呟《つぶや》くと、そっと自分のキモノの胸元に手を当て、

「親書の送り主、でありんすね。会うのを楽しみにしていんしたが……」

そこでふと、ヨルナは言葉を中断し、オルバルトに向ける瞳をスッと細めた。

その視線の鋭さに、オルバルトが「なんじゃい」と首を傾《かし》げる。

「美人に睨《にら》まれるほどおっかねえことはねえのよ。どしたい」

「どうしたもこうしたもありんせん。使者の方々には城へくるよう、タンザに言伝《ことづて》させたでありんす。――その、タンザはどこへゆきんしたか」

ひゅっと、喉が鳴りそうなぐらい空気が急速に底冷えした。

ヨルナの怒りはいつも、都市の住人や子どもに危害が加えられるときに露《あら》わになる。それが、都市の住人で子どもという両方の条件を満たしたタンザならなおさらだ。

とはいえ、タンザはオルバルトと共謀し、スバルたちをヨルナと会わせないようにしようとした疑いがあるのだが――、

「俺も、タンザはオルバルトさんと一緒にいるとばっかり……瓦の下に隠したりとか」

「城の中ならわっちの内腑《ないふ》も同然でありんす。見落とすことなんてありえせん」

「そ、そうなんだ。すごいな、ヨルナさんの術……」

自信満々なヨルナの答えを聞いて、スバルは彼女の規格外さにもたじたじする。

たじたじしてから気付いたのは、スバルとルイが紅瑠璃《こうるり》城に転移で侵入して、それからすぐにヨルナに見つかった事実だった。

「あのときは、たまたま歩いてて見つけたなんて言ってたけど……」

結局、出くわした当初から、ヨルナには守られていたということだ。

そのヨルナの人柄に触れれば触れるほど、彼女をヴォラキア帝国の大きな戦いに巻き込むべきなのだろうかと、そんな気持ちがスバルの中に生まれてくる。

道中、スバルたちの道を阻んだ、カオスフレームで暮らす人々の気持ちと同じだ。

辛《つら》い目に遭って排斥されて、ようやく見つけた安住の地を守りたい。

自分たちの平和な生活を続けたいと、そう願うことの何を責められるだろう。ましてやそこに、自分たちを大切にしてくれる領主がいるとなればなおさらだ。

――それが、スバルの大好きな女の子の望んだ世界と、何が違うのだろう。

「――――」

黙って、スバルは天守閣から城下を、魔都のごちゃっとした街並みを見下ろした。

何もかも雑多で、入り組んで、しっちゃかめっちゃかで統一感のない街。最初、この街にきたときは、その乱雑さに首をひねった。

でも、ほんの短い間でも、この街の人たちとヨルナを見たスバルは思う。

ここには、誰にも縛られず、自分を小さく隠さなくていい自由があるのだ。だから、この街には自分の思うままを表現し、それを誰も否定しない猥雑《わいざつ》さが溢《あふ》れている。

それはある種、誰にとっても自分でいられる理想郷なのではないかと思えた。

そんな場所からヨルナを取り上げるなんて、本当にするべきことなのだろうか。

そのスバルの密《ひそ》かな葛藤を余所《よそ》に、ヨルナは「翁《おう》」ともう一度オルバルトを呼んで、

「答えてくりゃれ。あの子は、タンザはどこにおりんす？」

「そんな怖い顔せんでも、普通に教えてやるわい。あの鹿娘と手を結んだのも、ちょうど勝負に使える条件が揃《そろ》っとっただけじゃから」

「――どこにおりんす？」

余計な軽口は不要だと、ヨルナの重ねた問いかけがオルバルトに突《つ》き刺さる。

それを受け、オルバルトは首を傾けながら、その視線を城下――絶景とばかりに見渡せる魔都の方へと向けて、

「難しいことはねえじゃろ。ワシ、余所者じゃぜ？　娘っ子一人、匿《かくま》える場所なんて限られとるんじゃからよ」

と、そう答えたのだった。

3

――オルバルトがヨルナの詰問に口を割る、それより少し前。

その場所は、魔都カオスフレームの中にある一軒の旅宿だった。

さして大きくなく、華美に飾られたわけでもない平凡な宿。――しかしその実、建物の壁や扉は頑丈に作られ、滅多《めった》なことでは音も通らない堅固な仕様。

魔都の空気にそぐわぬその場所は、都市に用意された唯一の要人用の宿泊所だ。

舞台となった一室は、壁を取り払い、三つある部屋を一つに繋《つな》ぎ合わせた広々としたものとなっている。広い部屋には格調高い調度品も、舌を楽しませる美酒の類《たぐい》も置かれておらず、利用するものの実用主義を物語っていた。

そういう意味でも、この旅宿の在り方はカオスフレームの異端に位置する。

無法地帯と呼ばれ、自由と混沌《こんとん》を良しとする在り様と裏腹に、魔都の支配者であるヨルナの下、驚くほどに意志の統一されているカオスフレームの住人。

一種の共有幻想を掲げる人々には、外敵に容赦せず、内憂に慈悲ありきの精神が息づいていて、故にこの旅宿のような備えは不要で、無粋なのだ。

まさしく――、

「――帝国民は精強たれと、その理念に反した魔の都と言えようよ」

腕を組んだ男、その発した言葉に頬《ほお》を強張《こわば》らせ、少女は微《かす》かに息を呑《の》んだ。

言葉を発した男は、黒と赤を交えた装いに鬼面で顔を隠した人物、アベル。

相対するのは美しいキモノを身に纏《まと》った、鹿の角を有する亜人の少女、タンザ。

この都市において、今や敵対する間柄となった両者の対面——否《いな》、正確には、ここで対面した敵対者は、アベルとタンザの二人だけではない。

「貴公らは、ここが如何《いか》なる場所か弁《わきま》えて踏み込んできたのか……！」

「——」

「答えよ！　返答によっては、骨も残らぬと思え！」

そう、浅黒い肌を憤怒《ふんど》に赤くする男、帝国二将カフマ・イルルクスが、旅宿の一室に乗り込んだアベルと、その連れの少年と少女を見据えて怒鳴る。

突《つ》き出した手には何も持っていないが、彼に武器など必要ない。あらゆる武装は、カフマ自身の体内に文字通り巣食っている。

骨も残さないと、そう宣言したのは脅し文句でも何でもなく、ただの事実だ。

——それが『闘蟲将《とうちゅうしょう》』、カフマ・イルルクスの真価なのだから。

「おい、アベルちゃん、本気かよ」

そのカフマの気迫を前に、強い警戒に張り詰めた声を出したのは覆面の少年、アルだ。

使いこなせない青龍刀《せいりゅうとう》を背負う少年、彼の言葉にアベルはちらと視線を向け、

「貴様、いったい何度そう問えば心が決まる？」

「乗り込んでなお、決まってねぇから何度も聞いてんじゃねぇか。つか、正気じゃねぇって意味で言ってんだよ！　クソ、オレもなんでついてきたんだ……！」

「決まっていよう。——一人でいるには、今の貴様は臆病すぎるのだ」

「ぐ……っ」

声に詰まり、その先の言葉が出てこなくなるアル。図星を突かれたと一目でわかる反応だが、反論もできなかったのは、アル自身にも自覚がある証拠だろう。

今のアルはどういうわけか、ただ道を歩くだけでも平静ではいられない。

「アベルちん」

その、言葉を封じられたアルに代わり、抗議するようにアベルを呼んだミディアム。彼女の視線を背中に感じ、アベルは「ふん」と鼻を鳴らした。

使い物にならなくなったアルを守りつつ、アベルと共にここまでの道の踏破に尽力したミディアム。しかし、彼女の表情もいくらか陰りの要素が強い。

それもこれも全て、途中で抜けたスバルとルイのことがあってからだ。

いずれにせよ、アルとミディアムの機能不全は深刻と、そう言えるだろう。

「故に、こちらも争うつもりはない。その腕を下ろせ、カフマ・イルルクス」

「貴公……正気か？　こちらの質問には答えず、自身の意向のみを居丈高に通そうとする。そのような真似《まね》、王にでもなったつもりか⁉」

「——。当たらずとも遠からず、だ」

「貴公――ッ！」

目を血走らせ、皇帝への忠義を高く持つカフマの怒りが限度へと迫る。

図らずもアベルの正体の真相に触れつつ、カフマは真実にあと半歩及ばない。シュドラクの集落で入手した鬼面、その『認識阻害』の効果の強さだ。

およそ、被《かぶ》ったものが正体を明かすつもりがある相手と、被ったものの正体に確証のあるもの以外、この仮面の効果を越えることはできない。

つまり――、

「――静まれ、カフマ・イルルクス」

いきり立つカフマの勢いが、背後からかけられた声でぴたりと止まった。

それをしたのは、部屋の奥の椅子に悠然と腰掛ける黒髪の美丈夫――その見慣れた尊顔を確かめて、相変わらずよくできた『仮面』だとアベルは感心する。

そのアベルの感心を余所《よそ》に、奥の美丈夫はアベルたち三人をそれぞれ眺めると、

「そのものらに敵意はない。少なくとも、この状況ではな」

「しかし、閣下！　このものは不敬にも、閣下の御前に顔も見せず、ましてや敬服の念の一切を見せない不埒《ふらち》者です！　しかも、子連れで……」

「子連れがどうした」

「いえ、子連れであることが、あまりにも意味がわからず……！」

色濃い困惑を隠し切れないカフマ、彼は目元を揉《も》みながら苦悩と戦っている。

その生真面目さが理由で、相応《ふさわ》しからぬと自ら『九神将』の地位を辞した過去のある男だ。――故に、その性格を除けば実力は『九神将』と同等と言える。

そんな相手と荒事になれば、無論こちらに勝ち目はない。ただ、今回の目的は別だ。

「寝所を騒がせたことは詫《わ》びようが、こちらの用向きはそこの娘にある。現状、貴様らと事を構えるつもりはない」

「ほう。余を前にして、ずいぶんと大層な口を利く。この顔、この声に覚えはあろう。ましてや、昨日の天守閣で行き合った使者と、貴様らに関係があるならなおさらに」

「ふん」と鼻を鳴らし、アベルは相手――スバルが偽皇帝と呼び、その正体もすでにわかっている人物、チシャ・ゴールドの化けた偽《いつわ》りのヴィンセントを睨《にら》んだ。

その傍《かたわ》ら、アルとミディアムは複雑で渋い顔をしている。『認識阻害』の効果の外にいる二人には、ヴィンセントとの会話が全く同じ声のやり取りに聞こえているのだ。

そういった点から見ても、『白蜘蛛《しらぐも》』たるチシャの化け方は完璧だった。

その声、振る舞い、ヴィンセント・ヴォラキアの身代わりをさせれば、いっそアベルよりもヴィンセントらしくこなしてみせるのがチシャ・ゴールドだ。

だが――、

「部下から挨拶があったと、その件については聞いている。苛烈なヴォラキア皇帝にしては、不躾《ぶしつけ》な女の不敬をずいぶんと寛大に許したものだとな」

「余とて、身の程を弁《わきま》えぬ輩《やから》の相手をするほど酔狂ではない。が、相対するものに相応の価値を認めれば、相応の扱いをして然《しか》るべきだ。なにせ――」

アベルの皮肉に応じるヴィンセント、その言葉に一拍の間が空くと、二人の視線が中空で交錯し、唇が同時に動いた。

「「――帝国民は精強たれ」」

そう、それが神聖ヴォラキア帝国の理念であり、象徴的な在り方だ。

ヴォラキア皇帝たるもの、そうして抗《あらが》う意志を見せたものに対して、相応の向き合い方をしたとの答え、実に見事な思考の模倣と言わざるを得まい。

たとえ、同じことを言われたのがアベルだったとしても、同じ答えをする。

それが、如何《いか》なる胸中を抱えていようと、だ。

「カフマ、そこな娘だが」

「は。オルバルト翁《おう》から、この旅宿にて預かるようにと……その、肝心の翁は街へ出られたまま、戻られておりません」

「なるほどな」

気まずげなカフマの返答に頷《うなず》いて、ヴィンセントの視線がタンザを向いた。

部屋の隅で小さくなり、せめて匿《かくま》われる身の義務に徹しようとしていた少女は、帝国の頂から見下ろす眼差《まなざ》しに囚《とら》われ、「あ」と息を漏らした。

「オルバルトの関与と、昨日のヨルナ・ミシグレとの約定。加えて、昨日の使者と関連したものが貴様を探して現れた以上、おおよその事情は知れる」

「わ、私は……」

「申し開きは不要だ。一度始めた戦いならば、終えるときまで懸命に抗うがいい。それが貴様の選んだ道を燃やし尽くすか否《いな》か、己で決めよ」

淡々と、ヴィンセントはこれ以上の庇護《ひご》はしないと、そうタンザに宣言した。

しかし、それがタンザに見捨てられた絶望を与えたかといえば、それは間違いだ。

「──私は」

呟《つぶや》くタンザの瞳に映るのは、おそらくは戦いに挑むと、そう決めたときと同じ覚悟。

有角人種《ゆうかく》であるタンザ、彼女の生涯が決して平坦《へいたん》なものでなかったことは、アベルにも容易に想像できる。彼女がヨルナに、どれほど手厚く扱われていたのかも。

「ヴィンセント様、ご迷惑をおかけいたしました。ですが、このたびのこと、全ては主《あるじ》であるヨルナ様に黙り、私が仕組んだことにございます」

「先ほども言ったが、申し開きは不要だ。事実如何《いかん》は、ヨルナ・ミシグレに問《と》い質《ただ》す。自らの口で語らんとした、貴様の意志は留《と》めておく」

「はい。ありがとうございます」

居住まいを正したタンザが正座して、深々と腰を折ってヴィンセントに一礼した。それから顔を上げ、タンザの眼差しがアベルたちへと向き直る。

ヴィンセントへ向けたものと違い、明確な敵意を込めた視線が。

「──っ」

その少女の気迫に、後ろで控えるアルの喉が微《かす》かに鳴った。

臆病も極まったものだが、そう気圧《けお》されるだけの気概が込められていたのも事実。そして、この少女がそうまで思い詰めた背景も、想像はつく。

全ては——、

「——どうか、ヨルナ様を戦乱に巻き込まないでください」

「あ……」

「あの方はお優しい方、きっと多くの弱者のために戦い、傷付き、すり減っていくことでしょう。そのようなこと、決して見過ごせません。ヨルナ様は、私の全てなんです」

小さく声を震えさせ、そう嘆願するタンザの言葉にミディアムが目を見張る。

アルとミディアムには、タンザの抱いた動機は予想外だったらしい。だが、魔都の住人が彼女を含め、そうした想《おも》いで動いていることはアベルの予想の範疇《はんちゅう》だった。

そう確信させたのも、都市の人々に浸透し切った『魂婚術《こんこんじゅつ》』の存在だ。

あれは、一方的な想いだけでは成立しない古《いにしえ》の秘術。

本来であれば、自失して当然の膨大な数の相手と結ばれた魂《たましい》。その秘術のカラクリ自体はアベルの推測に留《とど》まっているが、いずれにせよ——、

「決めるのはヨルナ・ミシグレであろう。俺に頭《こうべ》を垂れようと、事態は動かぬ」

「いいえ、違います。決めるのはヨルナ様ではなく、あなた様の方です」

「——」

「ヨルナ様は御心《みこころ》の広く深く、お優しい方……そして、私たちではお手伝いできない、途方もなく遠い夢を見られている方。それを叶《かな》える術《すべ》を、お持ちなのでしょう」

「……ヨルナ・ミシグレへの親書、その内容を知ったか？」

「いいえ」

首を横に振り、タンザはアベルの疑念を否定した。

しかし、タンザは振った首を正面で止めて、ひどく儚《はかな》げな表情を浮かべて俯《うつむ》き、

「ですが、わかります。――ああも、乙女のような顔をされたヨルナ様をお見かけするのは、初めてのことでしたから」

「乙女の顔、か。ならば、それを見たが故に貴様は」

「――はい。全てを、企てました」

深々と頭を沈めて、タンザが自らの企《たくら》みを告白する。

全て、というのは正しくあるまい。間違いなく、このタンザの企みにはオルバルトの手が加えられ、その内容をより悪辣《あくらつ》なものへ歪《ゆが》めたはずだ。

しかし、タンザは自らが始めたこと、自らの意志がそうさせたのだと、オルバルトの関与した領分まで含め、自らの責と引き取ろうとしている。

それはあまりにも――、

「――美しいな」

と、そう声にならない声が、誰にも聞こえぬ口内だけで形作られた。

その呟《つぶや》きを誰にも聞かせず、アベルはタンザの眼差《まなざ》しに静かに顎を引いて、

「貴様の関与については把握した。だが、一つ言っておく」

「──。なんでしょう」

「貴様の行いの報いを、その命で支払わせるつもりはない。貴様の首が落ちれば、ヨルナ・ミシグレの手は取れなくなる。──あるいは、そこまで策に含めたか」

俯《うつむ》いたまま、微《かす》かにタンザの首筋に緊張が走った。それを見取り、アベルはタンザが自分の死すらも奥の手に残していたと確信する。

十分、考えられたことだ。──実行に移すまで、思い詰めるものは少ないが。

「死ぬつもり、だったたってことか。……とんでもねぇ嬢ちゃんだ」

「そんなこと！　絶対にさせないよ！　させないよね、アベルちん？」

タンザのその覚悟を知って、アルは絶句し、ミディアムがアベルを窺《うかが》う。

その万一を恐れるミディアムの眼差しに、アベルは馬鹿馬鹿しいと首を横に振った。

「言ったはずだ。自らの死すらも策の内だとすれば、命を奪うことはこの娘の策の成就を意味する。生憎《あいにく》と、そのような策に乗るつもりはない」

「アベルちん……！」

「人とは、もっと効率的に死ぬべきだ」

「アベルちん……」

思惑に従わぬ駒は、それが自陣にあろうと敵陣にあろうと厄介なものだ。

その点を鑑みれば、タンザという存在は持て余す毒でもある。だが、その毒を飲む覚悟がなければ、より大きな毒を取り込むことができない。

そう断じ、アベルは床に座るタンザを見据え、

「貴様の命は奪わぬ。だが、同胞に出した命令は撤回してもらうぞ」

「……それでは、先のお願いは」

「ヨルナ・ミシグレを戦乱に巻き込むな、か。――それは不可能だ」

はっきりと、そう断言するアベルにタンザの喉が詰まった。

彼女からすれば、自分の命を懸けてでも止めたかった事態が起こる予言なのだ。だが、タンザは思い違いをしている。それも、絶望的な思い違いだ。

何故《なぜ》なら――、

「俺がこなかったとしても、ヨルナ・ミシグレは戦乱の渦に呑《の》まれる。それがあれの選び取った立場であり、避け難《がた》い在り方だ」

「いったい、あなた様は何を見て……」

「俺の眼《め》に映るものを、余人に語って聞かせるつもりはない。だが、起こり得る以上は対策する。それが周囲に、どのようなものと映ろうとも」

震えるタンザの瞳と声に応じながら、不意にアベルの視線が少女を外れた。

代わりにその黒瞳が向いたのは、部屋の奥に座している無言のヴィンセントだ。今や皇帝の座にあり、偽《いつわ》りの帝位を主張するヴィンセント・ヴォラキア。

それが、如何《いか》なる思惑を以《もっ》てこの身を排したのだとしても――。

「俺の在り様は変わらぬ。変えようもない。退路は焼かれ、道は一つだ。――それを、魂《たましい》に焼き付けておくがいい」

「――留《と》め置くとしよう」

アベルの言葉に、ヴィンセントが静かにそう答える。

たったそれだけのことで、室内の空気が焼け焦げ、熱を高めた錯覚さえする。事実、アベルとヴィンセント以外のものは、じっとりと額に汗を滲《にじ》ませていた。

「娘、タンザよ、顔を上げよ」

真贋《しんがん》の皇帝同士の睨《にら》み合いを終えて、アベルが力不足を悔やむ少女を呼ぶ。ゆるゆると顔を上げ、眼《め》に涙を湛《たた》えた娘にアベルは吐息をこぼし、

「元より、貴様の主《あるじ》を使い潰《つぶ》すつもりはない。あれの使い方は熟考を要するが、貴重な戦力は最適に用いる。――人とは、効率的に死ぬべきだからだ」

「……それを、信じてよろしいのですか?」

「信じずとも、俺のやることは変わらぬ」

芽生えた希望に縋《すが》ろうとしたタンザ、そこに降り注ぐ優しくはない答え。

後ろでアルが額に手をやり、ミディアムもため息をつく中、しかし、タンザは幾許《いくばく》かの躊躇《ためら》いを置いてから、こくんと頷《うなず》いた。そして――、

「……どうして、私がここにいるとおわかりになったんですか?」

「オルバルトであれば、こうすると判断した。もう一つ、紅瑠璃《こうるり》城に隠される可能性も考慮したが、追っ手の配置と、距離の問題でこちらを優先したまでだ」

「――ぁ」

「何より、貴様らの手を引かせねば、命の危ういものがこちらには多い」

百人に追われるタリッタと、結果的に別行動となったスバルとルイ。

どちらも、大勢に追われ続ける限り、命の保証のないものたちだ。無論、戦力外となったアルと、戦力半減のミディアムを連れるアベルも、その例外ではない。

オルバルトとの勝負を続けるためには、タンザの攻略が最優先だった。

「……私の負け、ですね」

「知れたことだ。だが、恥じる必要はない」

「え……？」

ぽつりと呟《つぶや》いたタンザの言葉に、アベルはそれだけ応じ、背中を向けた。

その先の答えが聞かれず、タンザは丸い目をぱちくりとさせる。そのタンザの背中に、

「娘」とヴィンセントの声がかかった。

振り返るタンザの丸い瞳に、偽《いつわ》りの顔を張り付けた皇帝が頷きかける。

「あのものの言う通り、恥じる必要はない」

「で、でも、私は……」

「負けた。だがそれは、挑んだということだ。――余も、そうありたい」

頬杖《ほおづえ》をついたまま、わずかに遠くを見たヴィンセントの言葉にタンザは目を見張る。

しかし、ゆっくりとその眦《まなじり》に涙が溜《た》まり、彼女は俯《うつむ》いた。

俯いて涙をこぼしながら、そっと静かに雫《しずく》を落としながら――、

「ヨルナ様、申し訳ありません……私は、未熟でした……」

と、そう涙声で愛する主人に詫《わ》びるのだった。

4

「オルバルトの居所に目星がついた。――紅瑠璃《こうるり》城だ」

「え!?」

タンザとのやり取りを経て、戻ったアベルの言葉にミディアムが目を丸くする。

てっきり、タンザや偽皇帝の件に触れると思っていただけに、この場にいないオルバルトの、それも探し求める居場所の話をされて、二重の驚きだった。

「なんでわかったの、アベルちん。それに、お城に隠れてるって……」

「タンザの反応だ。城の話題に瞳が揺れた。オルバルトに旅宿に隠された際、奴《やつ》自身の口から聞いたのだろう。さすがに、最後の隠れ場までは知らぬだろうがな」

「ほ、ホントに抜け目がねぇ……」

平然と答えるアベルに、アルは信じ難《がた》いものを見るような目を向ける。

おそらく順序としては、オルバルトとタンザが手を組み、タンザが宿でヨルナの言葉を伝えたあと、オルバルトがアベルたちに勝負を申し込んだ。そして一度目の隠れ場が発覚したあと、オルバルトがタンザを連れ、旅宿に連れていくという流れだろう。

無論、タンザに偽の情報を渡し、こちらを攪乱《かくらん》しようとする可能性もあるが。

「ヨルナ・ミシグレの城に潜むという手口、いかにもオルバルトの好みそうなことだ」

「……うん、じゃあ、今度はヨルナちゃんのお城だね。あ、でも、タンザちゃんが他の人を止めてくれるんなら、タリッタちゃんを探した方がいいかな？」

「合流を目的とするなら、こちらから動くのは下策だ。タリッタの目であれば、遠からずこちらを見つけて合流しよう。あのたわけ共のことは……」

「う、うん……」

「──。あれがよほど愚かでない限り、オルバルトの居所は城と気付こう。あとは死んでさえいなければ、目的地は同じだ」

アベルの冷たい物言いは、イマイチちゃんとミディアムを安心させてくれない。はぐれた三人──特に、スバルとルイの二人とは、また話がしたい。どんな態度が取れるのか、ミディアム自身もわかっていなかったけれど。

「……死なねぇよ、兄弟は」

「アルちん……」

「だから、とっととあのジジイに体を戻してもらわなきゃならねぇんだ。……体さえ戻ったら、オレもマシになる。それに、兄弟だってあのチビを」

　ぎゅっと拳を握りしめて、アルが呪うように、祈るようにそうこぼした。

『幼児化』の影響で余裕のないアルは、消えたスバルとルイの関係性に執心している。

　彼としては、スバルを元の状態に戻し、正しくルイに対応してほしいと考えているのだろう。だが、元通りになったスバルが下す判断が正常か、誰が決めるのか。

　それ以前に──、

「貴様の考えがどうあろうと、オルバルトの術を容易《たやす》く解かせるつもりはない」

「は？」

「え？」

「正確には、貴様とミディアムは構わぬ。だが、ナツキ・スバルの術を解かせるつもりはしばしない。今しばらく、あの状態でいてもらうのが得策だ」

　そのアベルの突然の方針に、アルとミディアムは目と口を開けて驚愕《きょうがく》する。

　それから一拍を置いて、「ふざけるな！」とアルがアベルの胸倉に掴《つか》みかかった。

「兄弟を戻さねぇだと？　聞いてねぇぞ！　何のつもりなんだ！」

「聞いての通り、あれには今しばらく幼い姿のままでいてもらう」

「てめぇ……ッ」

「それって、スバルちんをイジメてたのと関係あるの？」

　大人と子ども、身長差のある睨《にら》み合いを、アルの肩に手を置いたミディアムが止める。

彼女はじっとアベルを見つめ、答えをもらうまで動かない覚悟だ。

そのミディアムの眼差《まなざ》しに、アベルは静かに吐息をこぼし、

「イジメる、などと程度の低い真似《まね》をした覚えはないぞ」

「言い方は何でもいいの！　ただ、アベルちん、途中でずっとスバルちんを怖がらせて、何か喋《しゃべ》らせようとしてたじゃん！　それのせい？」

「――――」

「そんなの卑怯《ひきょう》だよ！　聞きたいことがあるなら、普通に聞いたら話してくれるよ！　だから、そんなこと……」

「――生憎《あいにく》と、そうもいくまいよ」

あまりに静かなそれは、儚《はかな》い自嘲めいて聞こえてミディアムに声を失わせた。

そのミディアムの驚きを横目に、アベルはアルの掴《つか》んだ腕をあっさりと払うと、

「俺の考えはミディアムの邪推とは関係ない。ただ、必要なことだ」

「必要!?　何がだよ！　なんで兄弟だけ……オレやミディアム嬢ちゃんは！」

「それでは条件に合わん。貴様は片腕、ミディアムは髪と目の色だ」

「ああ……!?」

意味のわからない発言だと、アルの怒りがますます募る。ミディアムも、アベルの真意はわからない顔で、それとは別の驚きに取り残されたままでいる。

そして、肝心のアベルは――、

「依然、状況は変わらずとも、手駒は揃《そろ》いつつある。故に――」

鬼面越しに、アベルは旅宿の一室、その窓の外を見つめ、紅瑠璃《こうるり》城を瞳に映した。

それは城そのものよりも、もっと象徴的なものを睨《にら》むための仕草であり、事実、アベルは届かぬものを掴むように、その手を真《ま》っ直《す》ぐに伸ばし、

「――俺も貴様も、いつまでも隠しおおせるものでも、逃げられるものでもないぞ」

そう、見えぬ相手に語りかけるよう、憎々しげに吐き捨てた。

5

「そんなわけで、あの鹿娘なら閣下のとこにおるんじゃぜ」

「城じゃなかったら、自分たちの宿かなって思ってたけどさ……」

胡坐《あぐら》を掻《か》いたまま、短い腕を組んで平然と答えたオルバルト。その彼の驚くべき答えを聞いて、スバルはとにかく呆《あき》れ果てた。

「ともあれ、タンザの居場所はわかりんした。……わっちの街の住人が、主さんらにずいぶんと無体なことをしたそうで、お詫《わ》びするでありんす」

「え、そんな、ヨルナさん、よしてくれよ！　謝ることなんてないって！」

その場に膝を曲げ、謝意を込めた一礼をするヨルナにスバルは慌てる。思わず、ルイも「うー！」と飛び上がるくらい、ヨルナに頭を下げさせる意味は重い。

実際、ヨルナが真剣に話を聞いてくれて、オルバルト相手にも一歩も引かないでくれて、何度も何度もスバルを助けようとしてくれて、それで――。

「う……」

「――？　どうしたでありんすか、童《わらわ》。そう顔を赤くして」

「いや、その、ちょっと色々思い出して……」

心身共にようやく落ち着くと、あの繰り返しの中で何度もあった出来事、ヨルナが自分を愛するよう、スバルに口付けした流れを突然思い出した。

もちろん、あの記憶はもうスバルの中にしか残っていないし、スバルもキスの感覚なんて覚えていられる状況じゃなかったから、ただ事実が残っているだけだ。

それでも、死にかけの子どもを助けるために、あそこまで自分をなげうてたヨルナのことは、正直、とても尊敬するし、好きになってしまった。

――だからこそ、巻き込みたくないと改めて思ってしまう。

このとても優しくて、街のみんなに愛されている女の人を、巻き込みたくないと。

そんな風に思ってしまうのは、これもスバルが幼くなっているせいなのだろうか。ちゃんと元の体に戻ったら、この考えは間違いだったと忘れられてしまうのか。

でも、仮に元の体に戻ったスバルが違う考え方をするとしても、この幼い体のスバルが感じたことや考えたこと、それが間違っているとも思えなかった。

だって、もしもそうだとしたら――、

「あう？」

「お前に対する答えを、その相手がでかくなった自分でも、任せきりにしたくないんだ」

手を繋《つな》いだ少女、ルイの処遇はスバルの中で答えの出ない問題だ。

アベルたちと合流するなら、それも間違いなく避けられない話題。ただ、一個だけ、あの絶望の十秒間の先で、スバルが感じてしまったことがある。

――ルイに殺させたくも、ルイを死なせたくもないと、それだけは。

「城の修復は後回しにしんす。まずはタンザを迎えにいくでありんすから」

「うん、そうだな。じゃあ、さっそく……」

晴れ晴れとした顔で、タンザの下へ向かおうとするヨルナ。スバルも、タンザと言葉を交わしたい思いがあって、一緒に城を降りようと――、

「って、待て待て、坊主。戻っとくんじゃねえのかよ。それとも、今の自分の方が気に入っとったりするんか？　別にワシはそれでも構わねえんじゃけど」

「あ、ごめん、違う違う。ちゃんと戻る戻る、戻ります。いや、この状態にもだいぶ慣れてきたんだけど、着るものとか困りそうだから戻っとく」

背中をオルバルトに呼び止められ、スバルは屋根瓦を踏んで振り返った。

縮んでまだ数時間だが、下手しなくても今までの死亡回数の合計をはるかに上回る生き死にを体験した体だ。正直、縁起が悪い気がするので早めに元に戻っておきたい。

今の、自分の考えが急に変わってしまう可能性、それだけが怖いが――、

「大丈夫だ、ルイ。今度こそ、俺はちゃんとお前と向き合うよ」

「うあう……あう」

スバルの言葉に俯《うつむ》いて、それからこくんとルイが頷《うなず》いた。そのルイの額を指で押して、スバルは彼女の体をヨルナの方へと預ける。

背中でぶつかるルイを、ヨルナは正面から受け止めて、

「童《わらわ》、オルバルト翁《おう》のすることでありんすが……」

「うん、全面的に信用してるわけじゃないけど、せめて勝ち負けの理《ことわり》には従うぐらいの人間性がかろうじて残ってるとは思いたいから」

「おーい、聞こえとるんじゃぜ」

「わかってて言ってるから」

オルバルトの茶々にそう応じて、スバルは苦笑する。そんなスバルの答えに、ヨルナはきゅっとルイを後ろから抱きしめながら目を細め、

「それがわかっているなら、わっちから言うことはありんせん。何が起きるかは聞いておりんせんが、童のことはわっちとこの子が見ているでありんす」

「う！」

「ん、わかった。その、このあとの俺とも仲良くしてね、ヨルナさん」

「――？　童は、心配性でござりんすなぁ」

そう微苦笑するヨルナと、ルイの健気《けなげ》な顔に見送られ、スバルはオルバルトの下へ。立

ち上がったオルバルトは自分の腰を叩《たた》いて、

「またボロクソ言ってくれるもんじゃ。ったく、とっとと済ませちまうんじゃぜ」

「うん。……あの、痛かったりする？」

「縮むとき痛かったかよ？　それが答えじゃ、ぜ！」

スバルの質問に意地悪く笑って、オルバルトの手がスバルの鳩尾《みぞおち》あたりに触れる。

アベルの予想だと、オルバルトの『幼児化』の術技はオドに干渉するものという話だったが、それだとオドは心臓のあたりにあるのかもしれない。

オドへの干渉が、体の伸び縮みに影響を及ぼすメカニズムはよくわからないが。

それにしても、体が縮んで数時間、帝国にきて以来、最大の窮地だった気がする。そもそも、帝国では窮地が続きすぎている疑いが濃厚だ。

あの絶望の十秒間は、帝国に限らなくても最大級の――、

「そういえば」

ふと、考えないようにしていたことを思い出した。

あの絶望の十秒間、無間地獄にも思えるような『死』と再開を繰り返したあれは、スバルの知っている『死に戻り』と一線を画したものだった。

あれは、いったい何がもたらしたものなのか、そしてスバルに宿った『死に戻り』の権能はどうなって――、

『——見つけた』

6

——刹那、起こった出来事の完全な知覚は、その場にいた誰にとっても困難だった。

「ぬ」

と声を漏らし、オルバルトが伸ばした右手をとっさに引っ込める。

が、遅い。オルバルトの皺《しわ》だらけの右手は、その手首から先が塵《ちり》と化し、消える。

「童《わらわ》——」

「うあう!!」

目を剥《む》いたヨルナが腕の中のルイを引き寄せ、暴れて飛び出そうとする少女を抱いたまま、大きく後ろへ飛びずさる。

直後、ヨルナとルイの視界一杯を黒い闇が溢《あふ》れ返《かえ》り、美しく鮮やかな光彩で知られた紅《こう》瑠《る》璃《り》城の天守閣を、城の上部を、中部を、一挙に呑《の》み込《こ》んでいく。

「閣下!　あれは……」

「────」

遠く、窓の外の光景を目の当たりにし、カフマが鋭い戦意を宿し、守るべき皇帝の傍《そば》に侍《はべ》り、体内の虫たちが一斉に怯《おび》えるのを感じ取る。

その間に立ち上がったヴィンセントは、その鋭い眼差《まなざ》しを黒く染まる城へ向け、神算と謳《うた》われる深謀遠慮《しんぼうえんりよ》に瞳を瞬《まばた》かせる。


「そんな、城が……ヨルナ様……」

「あ、あああ、あああああああ──ッ!!」

「アルちん!?」

呆然《ぼうぜん》と、幼きものたちは起こった出来事に目を見開き、驚愕《きょうがく》する。

タンザは城に残った主《あるじ》を案じ、そしてアルは生じた被害にこの都市の誰より──否《いな》、世界中の誰よりも強く、絶叫する。

ミディアムが駆け寄り、アルの肩を支える。わけのわからない状況に、彼女も縋《すが》るようにアベルを見つめ、思わず息を呑む。


「あーらら、なんという……これはちょっと、詠んでないとこかもですねえ」

「あなたハ──」

黒い影に呑まれ、崩壊する城を遠目に見ながら、手で庇《ひさし》を作ったウビルクが悠長に呟《つぶや》くのを、彼と対峙《たいじ》するタリッタが歯軋《はぎし》りしながら聞く。

「――これが、貴様が内に抱えていたモノの正体か」

偽の皇帝と、泣き喚《わめ》く幼子たちと、同じモノを目にしながらアベルは呟《つぶや》く。

拳を固く握りしめ、血の滲《にじ》むほどに噛《か》みしめた唇を鬼面の裏側に隠して、その恐ろしい形相の面もかくやというほどに表情を歪《ゆが》め、アベルは漆黒を睨《にら》んだ。

そして――、

7

――愛してる。

――愛してる。愛してる。愛してる。

――愛してる。愛してる。愛してる。愛してる。愛してる。

――愛してる。

それは、ありとあらゆる次元を超越して、ナツキ・スバルという存在を塗り潰《つぶ》し、決して離れようとしない呪いのような愛情。

愛のない、地獄のような世界を知った。

自分がそれでも愛されていたのだと、ナツキ・スバルは知った。

だが、それと同時に、『愛』の全てが肯定されるべきものでないとも、知るべきだ。

知らずにいたからこそ、報いがある。

それが何故《なにゆえ》に恐れられ、誰もが忌避するのか知らずにいたからこそ。

――黒い影と化し、あらゆるモノを呑《の》み込《こ》み、破壊しながら、喝采する。

再会を、合流を、抱擁を、束縛を、宿命を、邁進《まいしん》を、喝采する。

告解を、後悔を、猜疑《さいぎ》を、神秘を、昂揚《こうよう》を、一途《いちず》を、喝采する。

愛のない、地獄のような世界を知った。

ならば、愛ある世界に訪れる地獄とは、如何《いか》なるものか。

スバルにはわからない。何も、わからない。

ただ一つ、誰にも何もわからない状況で、言えることがあるとすれば。

排斥されてきたモノたちの理想郷、魔都カオスフレーム。

――その理想郷の崩壊は、他ならぬナツキ・スバルの因果によってもたらされるのだ。

幕間　『蒼穹《そうきゅう》を覆う』

1

――はるか東の地で、美しい城が黒い影に呑《の》まれたのと同時刻。

「――プリシラさん？」


と、湯浴《ゆあ》みする女性の髪を洗っていた少女――レムは、するりと自分の手をすり抜けて立ち上がり、湯殿の窓辺に悠然と向かった相手を呼んだ。

明るい橙色《だいだいいろ》の髪と、雪化粧のように白い肌をした美貌の持ち主――レムとの関係性は、微妙に言語化しづらい彼女の名前はプリシラ・バーリエル。

レムが残った城郭都市《じょうかくとし》で、誰よりも自由に、尊大に振る舞う炎のような女性だ。

都市にいる間、レムを自分の傍《そば》に置くと豪語した彼女は、その宣言通りにレムを連れ回し、身の回りの世話をさせ、時に話を聞くなど時間を作っていた。

そんな中で、日々、必ずあるのがこの湯浴みの時間なのだが――、

「プリシラさん、まだお体を洗ってる最中で……あ！」

レムの呼びかけに耳を貸さず、プリシラは惜しげもなく裸身を晒《さら》したまま、躊躇《ためら》いなく浴室の窓を開け放ち、外からの風を湯殿に取り込んだ。

贅沢《ぜいたく》にお湯の使われた浴室の湯気が散らされ、しかし、驚きはそれで終わらない。

何と、プリシラは開けた窓から身を乗り出し、湯殿の外の露台に出てしまったのだ。

当然、外から見られてしまうと、レムは慌ててタオルを持って彼女に続く。

「な、何をしているんですか！　他の人に見られてしまいますよ！　いくら、ここが一番上の階だからって……」

「――空じゃ」

「空って……そこまで高い場所じゃありませんよ。ほら、湯冷めする前に中に……」

戻りましょう、という訴えは続けられなかった。

レムの唇にはプリシラの指が当てられ、後ろからかけられたタオルを肩口に羽織りながら、彼女はその血の色をした瞳でレムを見つめると、

「空を見よ、レム。――どうやら、『ばけえしょん』も終わりのようじゃ」

そう言われ、プリシラの瞳に真剣さが宿るのを見取り、レムは息を呑んだ。

そして、湯着姿のレムも、プリシラが仰いでいたのと同じ空に目を向ける。彼女が見たものと同じものを見ようと、その青い瞳を凝らして。

しかし、そう息巻いて目を凝らす必要はなかった。

何故《なぜ》なら――、

「あれ、は……」

露台の上、風の刻で一番明るい時間、大きすぎる太陽が頭上で光り輝いている。その白く見える光の中に、わずかに浮かんだ黒い光点、それが一つ、二つ——徐々に徐々に、その数を増していく。どんどん増えて、やがて、黒点の象がはっきり見えて。

それは——、

「——疾《と》く、下のものらに武器を持たせよ。群れた翼竜に、遊びはないぞ」

2

眼下、高い壁に囲まれた都市が見えてきて、金色の瞳が細められる。

はるか高空、青い空と白い雲を横目にしながら、耳に届くのは強い風の音と、この蒼穹《そうきゆう》を雄大に羽ばたく、最も偉大な生物である竜の翼のはためきだけだ。

「——城郭都市《じようかくとし》、グァラル」

標的となる都市の名前を舌に乗せ、昂《たかぶ》る戦意に全身の血が熱くなる。

その高まっていく戦意は、ゆっくりと周囲に伝搬し、羽ばたきに嘶《いなな》きが混ざり始めた。

やや気が早い。が、狩りの気配に本能が沸き立つのは仕方のないことだ。

何故なら、自分たちは全ての存在にとっての捕食者なのだから。

「——ッッ」

「わかってる。老いぼれの言う通り、ちゃんと仕事しよう」

すぐ足下、背中を借りている一頭からの訴えに、短い腕を組む人影が頷《うなず》いた。

肩口で揃《そろ》えた空色の髪に、爛々《らんらん》と輝く金色の瞳。与えられたものを着ているだけの華やかな装いと、背負った装具には愛用の武器である飛翼刃《ひよくじん》が収められている。

それだけ見れば、ちぐはぐな組み合わせだと感じるかもしれないが、たった一点、その一点の特徴だけで、その存在の特別さは証明ができる。

――その頭部に生えた、黒い二本の角だけで。

「みんな、準備はいい？」

黒い角の生えた存在、その呼びかけに応じるのは無数の嘶き――それはいずれも、この雄大な蒼穹の支配者たる飛竜であり、ありうべからざる数百の群れ。

太陽を背負い、青い空を渡り、雲霞《うんか》の如《ごと》く押し寄せる破滅の具現。

舞い降りれば、怒号と悲鳴が響き渡り、あらゆる命が潰《つい》え、掻《か》き消える。

その、絶対的な狩りの幕開けを目前に、その存在――マデリン・エッシャルトは、金色に輝く瞳で眼下、城郭都市グァラルを見据え、頬《ほお》を歪《ゆが》めて笑った。

『九神将』の『玖《きゅう》』にして、都市の壊滅を命じられた『飛竜将』が滅びを宣告する。

「恐れ慄《おのの》き、逃げ惑え。お前たちに逃げ場はない。――竜がきた」と。

《了》

あとがき

どうも皆様！　長月達平であり、鼠色猫です！

リゼロ29巻、このたびも読了ありがとうございました！　今巻は全編一貫して魔都カオスフレーム編となりましたが、スバルを襲った帝国突入以来最悪の災難、皆様の目にはどう映ったでしょうか。ちなみに作者は大変楽しく書きました！

元々、『死に戻り』という能力を扱う特性上、ナツキ・スバルが苛まれる苦難というものは様々考えているのですが、『天守閣激闘編（作者命名）』は一個の仕掛けとして、非常に力の入ったものとなりました。楽しんでいただけたら、作者冥利に尽きます。

ちなみに相変わらずのびっちりな一冊なわけですが、今回はついに！　挿絵の枚数すらもシーン的な意味合いで選び切れず、ちょっと贅沢な真似をしました。それが本編の最後にある幕間と、ほぼ出番のなかったはずのキャラが目玉のカバーイラスト！

今回は大塚先生に無理を言って、「幕間を読み終わったあと、カバーイラストを見ると何のシーンだかわかるやつにしたいんです！」とワガママを言いました。

ぜひ、今回のカバーイラストは物語と一緒に堪能してください！　楽しいよ！


さてさて、そんな作者特権を暴露しつつも、恒例の謝辞へと入っていくお時間です。

担当のI様、プロット内容と大幅な変更があったにも拘らず、快く許していただきありがとうございました。「とりあえず、書いてみるって大事ですね」というのは至言だと思います。今後もその境地で、プロットは羅針盤くらいの気持ちでいきますね！

イラストの大塚先生、合間に対談なんかも挟みつつ、今回も細々とした指定の多いイラストを仕上げていただき、ありがとうございました！　『幼児化』した三人なんかはもはや新キャラなので、デザイン等々改めて本当に助かりました！

デザインの草野先生、今回はカバーイラストの役割がいつも以上に大きいので、美しく雄大に仕上げていただき、大感謝です！　皆様の力あっての一冊、そんな出来栄えです！

月刊コミックアライブでは花鶏先生&相川先生の四章コミカライズが掲載中、毎月毎月ネームが送られてくるのと、完成原稿の美麗さに胸ときめいております！

加えて、MF文庫J編集部の皆様、校閲様や各書店の担当者様、営業様と皆様のご協力に大変助けられております。いつも、本当にありがとうございます！

そして、29巻という超長編作品にお付き合いくださる読者の皆様に最大の感謝を！

正直、自分でも衝撃ですが、次はまさかの30巻！　それでもまだまだ終わりが見えない本作品ですが、作者は最後まで力の限り書き続けますので、何卒、皆様の応援の方をよろしくお願いいたします！　ホント、いつも助けられてます！

では、また次の巻で……30巻にて！　お会いしましょう！　ありがとう！

2022年2月《30巻の大台目前に、自分で自分に軽く引きながら》

少年
スバル
軍師
ナツミ
マント
Ver.
少女
ミディアム
少年
ア

「さてさて、29巻もこれにて幕引きと相成りなんす。わっちも、次の30巻に向けての幕間の大役、厳かに引き受けとうござりんしたが……」

「かかかっか！　その相方がワシとか、ちょっと配役やっちまっとるじゃろ！　ワシと狐娘、本編でだいぶバチバチやり合ってんじゃぜ」

「同感でありんす。そもそも、童のとりなしがなければ、オルバルト翁がこうして呑気に話せる余地も残らなかったはずでありんしょう？」

「ま、わりとここだと死人が話してることも珍しくねぇらしいからよ。案外、本編でワシとお前さんのどっちが死んでても同じ組み合わせだったかもしれんのじゃぜ」

「――――」

「お、もしかして機嫌損ねたっかよぅ。ワシとしたことが、失敗失敗」

「長引けば長引くほど、オルバルト翁の老い先が短くなると見んした。さくりと、本題へ入った方がお互いのためでござりんす」

「かかかっか！　気遣いたぁらしくねぇ。ま、ワシもビシバシ殺気向けられてて気分いいわけじゃねぇんじゃし、とっとと進めるんじゃぜ」

「……冒頭でも話したでありんすが、次の巻は大台の30巻になりんす」

「かーっ、30巻！　こりゃまた大層な数字じゃぜ。ワシも見ての通りのクソジジイじゃけど、長ぇことやってるもんと感心するわ」

オルバルト

「ともあれ、間隔は変わらずに六月の発売を予定しているでありんす。加えて六月には本編だけでなく、短編集7巻も同時発売の予定でござりんすな」

「短編集！　ま、本編であんだけ散々な目に遭ってる坊主じゃし、ちったぁ心の休まる間もねえともたねえわけよな。つっても、散々な目の一端はワシじゃけど」

「それがわかっていてその態度、オルバルト翁には恥という気持ちがないご様子……さぞ生きやすかろうと、わっちも感心するでありんす」

「おいおい、生娘みてえなこと言ってんじゃねえんじゃぜ。恥知らずにゃぁ恥知らずの生きづらさってもんがあんのよ。これ、内緒なんじゃぜ」

「皮肉も通じんせんその厚顔、あの童が間に入っていなければ、わっちの踵で躙り潰してやったでありんす」

「かかかっか！　なら、あの坊主にワシは感謝せにゃならんのじゃぜ」

「――決めたでありんす、オルバルト翁。のさばらせておくのも許し難い老木は、このわっちの手で必ずやへし折ると」

「おうおう、おっかねえおっかねえ。ちびりたくも死にたくもねえからよぅ、そしたらワシは地の果てまで逃げて、寝首を掻くだけなんじゃぜ？」

「やれるものなら、でありんす」

MF文庫J

Re:ゼロから始める異世界生活29

2022年 3月25日 初版発行
2023年 2月15日 3版発行

著者	長月達平
発行者	山下直久
発行	株式会社 KADOKAWA 〒102-8177 東京都千代田区富士見2-13-3 0570-002-301（ナビダイヤル）
印刷	株式会社広済堂ネクスト
製本	株式会社広済堂ネクスト

Printed in Japan　ISBN 978-4-04-681286-5 C0193

●お問い合わせ
https://www.kadokawa.co.jp/（「お問い合わせ」へお進みください）
※内容によっては、お答えできない場合があります。
※サポートは日本国内のみとさせていただきます。
※Japanese text only

◇◇◇

【ファンレター、作品のご感想をお待ちしています】
〒102-0071 東京都千代田区富士見2-13-12
株式会社KADOKAWA　MF文庫J編集部気付「長月達平先生」係　「大塚真一郎先生」係